A LONGA MARCHA

STEPHEN KING

sob o pseudônimo de

RICHARD BACHMAN

OS LIVROS DE BACHMAN

A LONGA MARCHA

TRADUÇÃO

Regiane Winarski

1ª reimpressão

Grafia atualizada segundo o Acordo Ortográfico da Língua Portuguesa de 1990, que entrou em vigor no Brasil em 2009.

Título original
The Long Walk

Capa
Estúdio Nono

Imagem de capa
Grandfailure/ Adobe Stock

Aberturas de partes
Curly Pat/ Shutterstock

Aberturas de capítulos (silhuetas)
Flatman vector 24/ Adobe Stock

Preparação
Jana Bianchi

Revisão
Bonie Santos
Paula Queiroz

Dados Internacionais de Catalogação na Publicação (CIP)
(Câmara Brasileira do Livro, SP, Brasil)

Bachman, Richard
   A Longa Marcha / Stephen King sob o pseudônimo de Richard Bachman ; tradução Regiane Winarski. — 1ª ed. — Rio de Janeiro : Suma, 2022.

   Título original: The Long Walk.
   ISBN 978-85-5651-161-4

   1. Ficção de suspense 2. Ficção norte-americana
I. Título.

22-133504   CDD-813

Índice para catálogo sistemático:
1. Ficção de suspense : Literatura norte-americana   813
Cibele Maria Dias – Bibliotecária – CRB-8/9427

Todos os direitos desta edição reservados à
EDITORA SCHWARCZ S.A.
Praça Floriano, 19, sala 3001 — Cinelândia
20031-050 — Rio de Janeiro — RJ
Telefone: (21) 3993-7510
www.companhiadasletras.com.br
www.blogdacompanhia.com.br
facebook.com/editorasuma
instagram.com/editorasuma
twitter.com/editorasuma

Este é para Jim Bishop e Burt Hatlen e Ted Holmes.

Para mim, o Universo estava todo desprovido de
Vida, Propósito, Arbítrio e até de Hostilidade; era um
motor a Vapor enorme, morto, imensurável, rodando em
sua indiferença morta para me esmagar membro
a membro. Ó, amplo, sinistro e solitário Gólgota
e Moinho da Morte! Por que os Vivos foram banidos
daí sem companhia, conscientes? Por que, se não há
Diabo; não, a não ser que o Diabo seja seu Deus?

Thomas Carlyle

Eu encorajaria todos os americanos a caminhar
com o máximo de frequência possível.
É mais do que saudável; é divertido.

John F. Kennedy (1962)

The pump don't work
'Cause the vandals took the handles.

Bob Dylan

1

COMEÇANDO

1

Diga a palavra secreta e ganhe cem dólares. George, quem são nossos primeiros competidores? George...? Está aí, George?

Groucho Marx
You Bet Your Life

Um velho Ford azul entrou no estacionamento cercado naquela manhã, parecendo um cachorrinho cansado depois de correr muito. Um dos guardas, um jovem sem expressão de uniforme cáqui e cinto estilo Sam Browne, pediu para ver a identidade azul de plástico. O garoto no banco de trás a entregou para a mãe. A mãe a entregou para o guarda. O guarda a levou até um computador que parecia estranhamente deslocado na tranquilidade rural. O computador engoliu o cartão e mostrou na tela:

GARRATY RAYMOND DAVIS
RD 1 POWNAL MAINE
CONDADO DE ANDROSCOGGIN
IDENTIDADE Nº *49-801-89*
OK-OK-OK

O guarda apertou outro botão e tudo desapareceu, deixando a tela do aparelho lisa e verde e vazia de novo. Ele fez sinal para que se adiantassem.

— Eles não devolvem o documento? — perguntou a sra. Garraty. — Eles não...

— Não, mãe — disse Garraty, paciente.

— Olha, não gostei — disse ela, entrando em uma vaga. Ela estava dizendo a mesma coisa desde que haviam saído de casa no escuro das duas da madrugada. Estava resmungando, na verdade.

— Não se preocupe — disse ele sem ouvir a si mesmo.

Estava ocupado observando e com sua própria confusão de expectativa e medo. Saiu do carro quase antes do último chiado asmático do motor; era um garoto alto e forte e estava usando uma jaqueta de uniforme do exército para se proteger do frio das oito horas da manhã de primavera.

A mãe também era alta, mas estava magra demais. Os seios eram quase inexistentes; não passavam de uns nódulos. Os olhos estavam agitados e inseguros, um tanto chocados. O rosto era o de uma pessoa inválida. O cabelo da cor de ferro tinha se desgrenhado sob a complicação de presilhas que deviam segurá-lo no lugar. O vestido pendia do corpo como se a mulher tivesse perdido muito peso.

— Ray — disse ela com aquela voz sussurrada e conspiratória que ele tinha começado a temer. — Ray, escuta…

Ele abaixou a cabeça e fingiu colocar a camisa para dentro da calça. Um dos guardas estava comendo ração de combate direto de uma lata e lendo um gibi. Garraty viu o guarda comendo e lendo e pensou pela décima milésima vez: é tudo *real*. E, finalmente, o pensamento começou a pesar.

— Ainda dá tempo de mudar de ideia…

O medo e a expectativa aumentaram um pouco.

— Não, não dá mais tempo — disse ele. — O prazo para a desistência acabou ontem.

Ainda com aquela voz baixa e conspiratória que ele odiava:

— Eles entenderiam, eu sei que sim. O prefeito…

— O prefeito… — Garraty começou, e viu a mãe se encolher. — Você sabe o que o prefeito faria, mãe.

Outro carro tinha passado pelo pequeno ritual no portão e estacionado. Um garoto de cabelo escuro desceu. Os pais dele foram atrás e, por um momento, os três ficaram reunidos como jogadores de beisebol preocupados. Como alguns dos outros garotos, ele estava com uma mochilinha leve. Garraty se perguntou se não tinha sido meio burro de não levar uma.

— Você não vai mudar de ideia?

Era culpa, culpa assumindo cara de ansiedade. Apesar de ter apenas dezesseis anos, Ray Garraty entendia um pouco de culpa. Ela achava que tinha sido seca demais, cansada demais ou talvez absorta demais com as dores antigas para impedir a loucura do filho em seu estágio inicial — para impedi-la antes que o maquinário pesado do Estado já tivesse assumido o controle, com seus guardas de cáqui e computadores, prendendo-o mais rigidamente ao todo insensato do sistema a cada dia que passava, até o dia anterior, quando a tampa se fechara com um estrondo final.

Ele colocou a mão no ombro dela.

— Isso foi ideia minha, mãe. Eu sei que não foi sua. Eu… — Ele olhou em volta. Ninguém estava prestando a menor atenção neles. — Eu te amo, mas é melhor assim, de uma forma ou de outra.

— Não é — disse ela, à beira das lágrimas. — Ray, não é, se seu pai estivesse aqui, ele impediria…

— Bom, ele não está, está? — Ele foi brutal, na esperança de que pudesse estancar as lágrimas dela… E se tivessem de arrastá-la? Ouvira falar que acontecia às vezes. O pensamento o fez gelar. Com voz mais suave, ele falou: — Deixa pra lá, mãe. Tudo bem? — Ele forçou um sorriso. — Tudo bem — respondeu por ela.

O queixo dela ainda estava tremendo, mas ela assentiu. Não estava tudo bem, mas era tarde demais. Não havia nada que pudesse ser feito.

Um vento leve soprou pelos pinheiros. O céu estava todo azul. A estrada estava logo adiante, assim como o simples poste de pedra que marcava a fronteira entre os Estados Unidos e o Canadá. De repente, a expectativa ficou maior do que o medo e ele quis seguir em frente, dar logo o primeiro passo.

— Eu fiz isso aqui. Você pode levar, não pode? Não são pesados demais, são? — Ela estendeu um pacote de papel-alumínio cheio de biscoitos na direção dele.

— Posso. — Ele pegou os biscoitos e a abraçou meio sem jeito, tentando dar o que ela precisava naquele momento.

Beijou a bochecha dela. A pele parecia seda velha. Por um momento, quase chorou também. Mas pensou no rosto sorridente e bigodudo do major e deu um passo para trás enquanto enfiava o pacote de biscoitos no bolso da jaqueta.

—Tchau, mãe.

—Tchau, Ray. Seja um bom menino.

Ela ficou ali parada por um momento, e ele teve a sensação de que ela era muito leve, como se a brisa que soprava naquela manhã pudesse jogá-la para longe, como um dente-de-leão se desfazendo. Ela voltou para o carro e ligou o motor. Garraty ficou olhando. Ela levantou a mão e acenou. Lágrimas escorriam por seu rosto. Ele as via. Acenou para ela e, quando ela partiu com o veículo, ficou parado com os braços junto ao corpo, consciente do quanto devia parecer bem e corajoso e solitário. Mas, depois que o carro passou pelo portão, o desamparo o atingiu e ele voltou a ser apenas um garoto de dezesseis anos, sozinho em um lugar estranho.

Virou-se para a estrada. O outro garoto, o de cabelo escuro, olhava enquanto os pais iam embora. Tinha uma cicatriz em uma das bochechas. Garraty foi até ele e disse oi.

O garoto de cabelo escuro olhou para ele.

—Oi.

—Meu nome é Ray Garraty — disse ele, se sentindo meio babaca.

—O meu é Peter McVries.

—Você está pronto? — perguntou Garraty.

McVries deu de ombros.

—Estou meio tenso. É a pior parte.

Garraty assentiu.

Os dois foram andando na direção da estrada e do marco de pedra. Atrás deles, outros carros se afastavam. Uma mulher começou a gritar de repente. Inconscientemente, Garraty e McVries se aproximaram um do outro. Nenhum dos dois olhou para trás. À frente deles estava a estrada, ampla e preta.

—O asfalto vai estar quente ao meio-dia — disse McVries de súbito. — Vou ficar no acostamento.

Garraty assentiu. McVries olhou para ele, pensativo.

— Quanto você pesa?

— Setenta e dois quilos.

— Eu peso setenta e cinco. Dizem que os mais pesados se cansam mais rápido, mas acho que estou em boa forma.

Para Garraty, Peter McVries parecia mais do que isso; parecia incrivelmente em forma. Ele se perguntou quem eram *eles* que diziam que os caras mais pesados se cansavam mais rápido; quase perguntou, mas decidiu não falar nada. A Marcha era uma daquelas coisas que existia em apócrifos, talismãs, lendas.

McVries se sentou na sombra perto de dois outros garotos e, depois de um momento, Garraty se sentou ao lado dele. McVries parecia tê-lo esquecido completamente. Garraty olhou para o relógio. Eram oito e cinco. Faltavam cinquenta e cinco minutos. A impaciência e a expectativa voltaram, e ele fez o possível para sufocá-las, dizendo a si mesmo para aproveitar que estava sentado enquanto podia.

Todos os garotos estavam sentados. Sentados em grupos e sentados sozinhos; um tinha subido no galho mais baixo de um pinheiro com vista para a estrada e estava comendo o que parecia ser um sanduíche de geleia. Era magrelo e louro, usava uma calça roxa e uma camisa azul de cambraia por baixo de um suéter verde velho com zíper e furado nos cotovelos. Garraty se perguntou se os magrelos durariam ou ficariam exaustos rápido.

Os garotos ao lado dos quais ele e McVries tinham se sentado estavam conversando.

— Eu não vou me apressar — disse um deles. — Por que deveria? E daí se eu for advertido? A gente se ajusta e pronto. Ajuste é a palavra-chave aqui. Lembra onde ouviu isso primeiro.

Olhou ao redor e viu Garraty e McVries.

— Mais cordeiros pra matança. Hank Olson é meu nome. É de andar que tenho fome. — Falou isso sem sinal de sorriso.

Garraty disse seu nome. McVries falou o dele, distraído, ainda olhando para a estrada.

— Sou Art Baker — disse o outro baixinho. Tinha um sotaque sulista bem leve. Os quatro trocaram apertos de mão.

Houve um momento de silêncio, e McVries disse:

— É meio assustador, né?

Todos assentiram, menos Hank Olson, que deu de ombros e abriu um sorriso largo. Garraty viu o garoto no pinheiro terminar o sanduíche, amassar o papel-manteiga em que estava embrulhado e jogar a bolinha no acostamento. Ele vai se cansar rápido, concluiu. Isso fez com que se sentisse melhor.

— Estão vendo aquele ponto ao lado do poste de marcação? — perguntou Olson subitamente.

Todos olharam. A brisa projetava na estrada padrões de sombra em movimento. Garraty não sabia se estava vendo alguma coisa.

— É da Longa Marcha de dois anos atrás — contou Olson com uma satisfação sinistra. — O garoto estava com tanto medo que ficou paralisado às nove horas.

Eles ponderaram o horror daquilo em silêncio.

— Não conseguiu se mexer — continuou Olson. — Recebeu as três advertências e, às 9h02, deram o bilhete dele desta pra uma melhor. Bem ali, do lado do poste de largada.

Garraty se perguntou se suas pernas ficariam paralisadas. Achava que não, mas era uma coisa sobre a qual não dava para ter certeza até que acontecesse, e era um pensamento horrível. Ele se perguntou por que Hank Olson quis contar algo tão terrível.

De repente, Art Baker se sentou mais ereto.

— Lá vem ele.

Um jipe de cor parda avançou até o marco de pedra e parou. Um veículo estranho vinha atrás, uma semilagarta com esteiras no lugar de rodas que se deslocava bem mais devagar. O carro militar tinha antenas de radares que pareciam de brinquedo instaladas na frente e atrás. Dois soldados relaxavam na plataforma de cima, e Garraty sentiu um frio na barriga quando olhou para eles. Estavam carregando carabinas de calibre alto do exército.

Alguns garotos se levantaram, mas Garraty não. Nem Olson e Baker, e, depois de uma olhada inicial, McVries parecia ter voltado para os próprios pensamentos. O garoto magrelo do pinheiro estava balançando os pés, distraído.

O major saiu do jipe. Era um homem alto e ereto com um bronzeado de deserto que combinava com o uniforme cáqui simples. Levava uma pistola presa no cinto e estava usando óculos de sol espelhados. Diziam que os olhos do major eram extremamente fotossensíveis e que ele nunca era visto em público sem os óculos escuros.

— Sentem-se, garotos — disse ele. — Mantenham a Dica 13 em mente. — A Dica 13 era "Preserve energia sempre que possível".

Os que tinham se levantado se sentaram. Garraty olhou para o relógio de novo. Marcava 8h16, e ele decidiu que estava um minuto adiantado. O major sempre chegava na hora. Ele pensou em atrasar o relógio um minuto, mas logo esqueceu.

— Eu não vou fazer nenhum discurso — disse o major, observando-os com as lentes vazias que cobriam seus olhos. — Dou meus parabéns ao vencedor dentre vocês e reconheço a coragem dos perdedores.

Ele se virou para o jipe. O silêncio parecia vivo. Garraty respirou fundo o ar de primavera. Ficaria quente. Um dia bom para andar.

O major se virou para eles. Estava segurando uma prancheta.

— Quando eu chamar seu nome, dê um passo à frente e pegue seu número. Depois, volte para o seu lugar até chegar a hora de começar. Façam isso rapidamente, por favor.

— Vocês estão no exército agora — sussurrou Olson com um sorriso, mas Garraty o ignorou.

Não dava para não admirar o major. O pai de Garraty, antes que os pelotões o levassem, gostava de dizer que o major era o monstro mais raro e mais perigoso que qualquer nação podia produzir, um sociopata apoiado pela sociedade. Mas nunca tinha visto o major em pessoa.

— Aaronson.

Um garoto caipira, baixo, gorducho e com o pescoço queimado se adiantou, obviamente impressionado com a presença do major, e pegou o grande número 1 de plástico. Prendeu-o na camisa pela fita adesiva, e o major deu um tapinha nas costas dele.

— Abraham.

Um garoto alto com cabelo meio ruivo de calça jeans e camiseta. O casaco estava amarrado na cintura e batia nos joelhos. Olson deu uma risadinha debochada.

— Baker, Arthur.

— Sou eu — disse Baker e se levantou. Ele se moveu com tranquilidade enganosa e deixou Garraty nervoso. Baker seria duro na queda. Baker aguentaria bastante.

Baker voltou. Tinha prendido o número 3 na camisa, no lado direito do peito.

— Ele te disse alguma coisa? — perguntou Garraty.

— Me perguntou se estava começando a esquentar lá onde eu moro — respondeu Baker timidamente. — É, ele... O major falou comigo.

— Não tão quente quanto vai começar a ficar por aqui — debochou Olson.

— Baker, James — disse o major.

Continuou assim até oito e quarenta da manhã e deu tudo certo. Ninguém tinha tentado escapar. No estacionamento, motores foram ligados e vários carros começaram a ir embora; garotos da lista de espera que iriam para casa ver a cobertura da Longa Marcha pela televisão. Agora vai, pensou Garraty, agora vai mesmo.

Quando chegou a vez dele, o major lhe deu o número 47 e disse:

— Boa sorte.

De perto, o cheiro do homem era bem masculino e um tanto sobrepujante. Garraty teve uma vontade quase insaciável de tocar na perna do sujeito para ter certeza de que ele era real.

Peter McVries foi o 61. Hank Olson foi o 70. Ele ficou mais tempo com o major do que o resto. O major riu de alguma coisa que Olson disse e bateu nas costas dele.

— Eu falei pra ele ficar com bastante dinheiro à mão — disse Olson quando voltou. — E ele me mandou dar trabalho pra todo mundo. Disse que gostava de ver gente cheia de disposição pra vencer. "Dá um trabalho infernal pra todo mundo, garoto", ele falou.

— Que beleza — disse McVries, e piscou para Garraty.

Garraty se perguntou o que McVries queria dizer ao piscar daquele jeito. Será que estava debochando de Olson?

O garoto magrelo na árvore se chamava Stebbins. Ele pegou o número de cabeça baixa, sem falar com o major, depois se sentou ao pé da árvore. Garraty estava meio fascinado pelo garoto.

O número 100 foi um sujeito ruivo com a pele do rosto em erupção. O nome dele era Zuck. Ele pegou o número, e todos se sentaram e esperaram o que viria a seguir.

Em seguida, três soldados que estavam na semilagarta distribuíram cintos largos com bolsos fechados por botão de pressão. Estavam cheios de tubos de pasta energética concentrada. Mais soldados apareceram com cantis. Os garotos afivelaram os cintos e penduraram os cantis nos ombros. Olson colocou o cinto baixo nos quadris, como um pistoleiro, pegou uma barra de chocolate Waifa e começou a comê-la.

— Até que não é ruim — disse, sorrindo.

Tomou um gole do cantil para acompanhar o chocolate, e Garraty se perguntou se Olson estava se exibindo ou se sabia algo que Garraty não sabia.

O major olhou para eles com expressão sóbria. O relógio de pulso de Garraty mostrava 8h56. Como o tempo tinha passado tão rápido? Sentiu o estômago se embrulhar dolorosamente.

— Certo, pessoal, façam fila de dez em dez, por favor. Não precisa ser em ordem numérica. Fiquem com os amigos se quiserem.

Garraty se levantou. Sentia-se entorpecido, irreal. Era como se seu corpo pertencesse a outra pessoa.

— Bom, lá vamos nós — disse McVries ao lado dele. — Boa sorte, pessoal.

— Boa sorte pra você — disse Garraty, surpreso.

— Alguém precisa examinar a porra da minha cabeça — disse McVries.

De repente pareceu pálido e suado, não tão incrivelmente em forma como antes. Estava tentando sorrir, sem sucesso. A cicatriz se destacava na bochecha dele como um sinal de pontuação maluco.

Stebbins se levantou e foi para o fim da fila de dez de largura e dez de profundidade. Olson, Baker, McVries e Garraty estavam na terceira fileira. Garraty estava com a boca seca. Ele se perguntou se devia beber água. Decidiu que não. Nunca na vida tinha ficado tão ciente da existência dos próprios pés. O garoto se perguntou se congelaria no lugar e receberia o bilhete logo na largada. Perguntou-se se Stebbins desistiria cedo, Stebbins do sanduíche de geleia e da calça roxa. Perguntou-se se *ele* desistiria cedo. Perguntou-se como seria se...

Seu relógio marcava 8h59.

O major estava observando um cronômetro de bolso de aço inoxidável. Levantou os dedos devagar e tudo entrou em suspensão junto com a mão dele. Os cem garotos ficaram observando com atenção, e o silêncio era horrível e imenso. O silêncio era tudo.

O relógio de Garraty marcou nove da manhã, mas a mão erguida não baixou.

Vai! Por que ele não *vai*?

A vontade dele era de gritar.

Mas lembrou que seu relógio estava um minuto adiantado; era possível ajustar o relógio pelo do major, mas ele não tinha feito isso, tinha esquecido.

O major baixou os dedos.

— Boa sorte a todos — disse ele.

O rosto estava sem expressão e os óculos espelhados escondiam os olhos do homem. Os garotos começaram a andar calmamente, sem empurra-empurra.

Garraty andou junto. Não tinha ficado congelado no lugar. Ninguém ficou. Seus pés passaram pelo marco de pedra, acompanhando McVries à esquerda e Olson à direita. O som de passos estava bem alto.

É *agora*, é *agora*, é *agora*.

Ele foi acometido por uma vontade repentina e insana de parar. Só para ver se era sério. Rejeitou o pensamento com indignação e um pouco de medo.

O grupo saiu da sombra e foi para o sol, o sol quente de primavera. Estava gostoso. Garraty relaxou, botou as mãos nos bolsos e acompanhou os passos de McVries. O grupo começou a se espalhar, cada pessoa encontrando o próprio passo e a própria velocidade. A semilagarta foi acompanhando pelo acostamento, levantando poeira fina. As antenas de radar giravam sem parar, monitorando a velocidade de cada competidor com um computador de bordo sofisticado. A velocidade mínima era seis quilômetros e meio por hora.

— Advertência! Advertência, número 88!

Garraty levou um susto e olhou em volta. Era Stebbins. Stebbins era o 88. De repente, teve certeza de que Stebbins ia receber o bilhete dele bem ali, com o ponto de partida ainda à vista.

— Esperto. — Foi Olson que falou.

— O quê? — perguntou Garraty. Teve de fazer um esforço consciente para mover a língua.

— O cara leva uma advertência enquanto ainda está começando e tem ideia de qual é o limite. E pode enrolar com facilidade. Se a pessoa andar uma hora sem tomar uma nova advertência, uma das antigas é cancelada. Você sabe disso.

— Claro que sei — disse Garraty.

Estava no livro de regras. Cada participante podia receber três advertências. Na quarta vez que ficasse abaixo dos seis quilômetros e meio por hora, era… bem, estava fora da Marcha. Mas se tivesse três advertências e conseguisse andar por três horas, voltava para o jogo.

— Agora, ele sabe — disse Olson. — E, às 10h02, vai estar sem nada de novo.

Garraty continuou andando num ritmo bom. Estava se sentindo bem. A largada sumiu de vista quando começaram a subir uma colina e descer para um vale longo cheio de pinheiros. Aqui e ali havia campos circulares com a terra recém-mexida.

— Batatas, me contaram — disse McVries.

— As melhores do mundo — respondeu Garraty automaticamente.

— Você é do Maine? — perguntou Baker.

— Sou, do sul do estado. — Ele olhou para a frente.

Vários garotos tinham se afastado do grupo principal, andando a um pouco menos de dez quilômetros por hora. Dois estavam usando jaquetas de couro idênticas, com o que parecia ser uma águia nas costas. Era uma tentação acelerar, mas Garraty se negou a se apressar. "Preserve energia sempre que possível", Dica 13.

— A estrada passa perto da sua cidade? — perguntou McVries.

— A uns dez quilômetros de um lado. Acho que minha mãe e minha namorada vão lá me ver. — Ele fez uma pausa e acrescentou com cautela: — Se eu ainda estiver andando, claro.

— Ah, não vão ter saído vinte e cinco até chegarmos no sul do estado — disse Olson.

Um silêncio se espalhou entre eles depois disso. Garraty sabia que não era assim, e achava que Olson sabia também.

Dois outros garotos receberam advertências e, apesar do que Olson tinha dito, o coração de Garraty se sobressaltou todas as vezes. Ele deu uma olhada em Stebbins. O garoto ainda estava na retaguarda, comendo outro sanduíche de geleia. Havia um terceiro sanduíche saindo do bolso do suéter verde puído. Garraty se perguntou se a mãe dele os tinha feito e pensou nos biscoitos que a mãe lhe dera — empurrara na direção dele, como se para espantar espíritos malignos.

— Por que não deixam as pessoas assistirem à largada de uma Longa Marcha? — perguntou Garraty.

— Atrapalha a concentração dos competidores — disse alguém em voz alta.

Garraty virou a cabeça. Era um garoto pequeno, moreno e de aparência intensa com o número 5 colado na gola da jaqueta. Garraty não conseguia lembrar o nome dele.

— Concentração? — perguntou ele.

— É. — O garoto foi para o lado de Garraty. — O major disse que é muito importante se concentrar em meio à calma no começo de uma Longa Marcha. — Distraído, apertou a ponta do nariz pontudo com o polegar. Havia uma espinha vermelha lá. — Eu concordo. Agitação, multidões e televisão depois. Agora, só precisamos de foco. — Ele olhou para Garraty com os olhos castanhos profundos e falou de novo: — Foco.

— Eu só estou focando em levantar e baixar um pé depois do outro — disse Olson.

O número 5 pareceu insultado.

— Você precisa encontrar seu ritmo. Precisa focar em você mesmo. Precisa ter um plano. Meu nome é Gary Barkovitch, aliás. Sou de Washington, capital.

— O meu é John Carter — disse Olson. — Eu sou de Barsoom, Marte.

Barkovitch curvou os lábios em uma expressão de desprezo e ficou para trás.

— Tem maluco em todo canto, pelo visto — disse Olson.

Mas Garraty achou que Barkovitch estava pensando de forma bem clara, ao menos até um dos guardas gritar, uns cinco minutos depois:

— Advertência! Advertência, número 5!

— Tem uma pedra no meu sapato! — disse Barkovitch, irritado.

O soldado não respondeu. Saiu da semilagarta e parou no acostamento da estrada em frente a Barkovitch. Na mão, tinha um cronômetro de aço inoxidável igual ao do major. Barkovitch parou completamente e tirou o sapato. Tirou uma pedrinha de lá de dentro. Escuro e intenso, com o rosto moreno brilhando de suor, ele não deu atenção quando o soldado gritou:

— Segunda advertência, número 5.

Ele ajeitou a meia com cuidado no arco do pé.

— Oh-oh — disse Olson. Todos se viraram e começaram a andar de costas.

Ainda no fim do grupo, Stebbins passou por Barkovitch sem olhar para ele. Barkovitch ficou sozinho, só um pouco à direita da linha branca, amarrando o tênis.

— Terceira advertência, número 5. É a advertência final.

Garraty sentia algo na barriga que parecia uma bola de muco grudento. Não queria olhar, mas não conseguia parar. Não estava preservando energia sempre que possível ao andar de costas, mas não conseguia se controlar. Quase dava para ver os segundos de Barkovitch se esvaindo.

— Ah, cara — disse Olson. — Aquele burro vai ganhar o bilhete.

Mas Barkovitch se levantou. Parou para tirar terra dos joelhos da calça. E depois começou a trotar, alcançou o grupo e voltou ao ritmo de caminhada. Passou por Stebbins, que continuou sem olhar para ele, e alcançou Olson.

Ele sorriu, os olhos castanhos cintilando.

— Viu? Acabei de conseguir descansar. Faz parte do meu plano.

— Você pode achar isso — disse Olson, a voz mais alta do que o habitual. — Eu só vejo que você recebeu três advertências. Pelo seu mísero minuto e meio, você tem que andar por três... porras... de *horas*. E por que você precisava descansar? A gente acabou de começar, caramba!

Barkovitch pareceu insultado. Fuzilou Olson com o olhar.

— Vamos ver quem recebe o bilhete primeiro, você ou eu — disse ele. — Está no meu plano.

— Seu plano e tudo que sai do meu cu são parecidos demais — disse Olson, e Baker riu.

Com um ruído de deboche, Barkovitch passou por eles.

Olson não conseguiu resistir a um comentário de despedida:

— Só não vai tropeçar, parceiro. Eles não dão outra advertência. Eles só...

Barkovitch nem olhou para trás e Olson desistiu, repugnado.

Às 9h13, segundo o relógio de Garraty (ele tinha se dado ao trabalho de atrasá-lo em um minuto), o jipe do major chegou ao topo da colina que os meninos tinham começado a descer. Ele passou por eles no acostamento oposto ao da semilagarta e levou um megafone aos lábios.

— Fico feliz em anunciar que vocês completaram um quilômetro e meio da jornada, garotos. Eu também gostaria de lembrá-los de que a maior distância que um grupo completo já percorreu foi de doze quilômetros e meio. Espero que vocês superem essa marca.

O jipe seguiu em frente. Olson parecia estar considerando a notícia com surpresa sobressaltada e até temerosa. Nem treze quilômetros, pensou Garraty. Ele chutaria bem mais. Não esperava que ninguém, nem mesmo Stebbins, recebesse o bilhete antes do final da tarde, pelo menos. Pensou em Barkovitch. Para ele, bastava ficar abaixo da velocidade mínima uma vez na hora seguinte.

— Ray? — Era Art Baker. Ele havia tirado o casaco e o pendurado em um braço. — Você teve algum motivo específico pra vir participar da Longa Marcha?

Garraty abriu o cantil e tomou um gole rápido de água. Estava fria e boa. Deixou gotículas de umidade no lábio superior e ele as lambeu. Era bom, muito bom sentir coisas assim.

— Sei lá — disse ele com sinceridade.

— Eu também não sei. — Baker pensou por um momento. — Você fazia corrida ou atletismo na escola?

— Não.

— Nem eu. Mas acho que não importa, né? Não agora.

— Não, não agora — concordou Garraty.

As conversas morreram. Eles passaram por um vilarejo com um mercadinho e um posto de gasolina. Dois homens idosos sentados em cadeiras dobráveis em frente ao posto ficaram olhando para eles com olhos entreabertos e reptilianos de velhos. Nos degraus do mercadinho, uma jovem levantou o filhinho para que ele pudesse vê-los. E dois garotos mais velhos, de uns doze anos de acordo com a avaliação de Garraty, os viu sumir de vista com melancolia no olhar.

Alguns dos garotos começaram a especular o quanto tinham andado. Segundo os boatos, uma segunda semilagarta havia sido enviada para cobrir os seis garotos na frente. Eles tinham sumido de vista. Alguém disse que estavam andando a onze quilômetros por hora. Outra pessoa disse que era a dezesseis. Uma terceira falou com autoridade que um cara na frente estava se cansando e tinha recebido duas advertências. Garraty se perguntou por que eles não o estavam alcançando se aquilo era verdade.

Olson terminou a barra de chocolate Waifa que tinha começado na fronteira e bebeu um pouco de água. Alguns outros também estavam comendo, mas Garraty decidiu esperar até estar com fome. Tinha ouvido que os energéticos eram bons. Os astronautas levavam aquilo quando iam para o espaço.

Um pouco depois das dez horas, o grupo passou por uma placa que dizia LIMESTONE 15 KM. Garraty pensou na única Longa Marcha a que seu pai tinha permitido que ele fosse. Eles tinham ido até

Freeport e os visto passar. Sua mãe estava junto. Os competidores estavam cansados e de olhos fundos, e nem perceberam direito a torcida e os cartazes e os vivas constantes das pessoas que incentivavam seus favoritos e aqueles em quem tinham apostado. O pai de Garret contou-lhe depois que as pessoas encheram as ruas de Bangor em diante. O norte não era tão interessante e a estrada ficava isolada, talvez para que os participantes pudessem se concentrar em manter a calma, como Barkovitch tinha dito. Mas, com o passar do tempo, melhorava, claro.

Quando os competidores passaram por Freeport naquele ano, estavam na estrada havia setenta e duas horas. Garraty tinha dez anos e ficou impressionado com tudo. O major havia feito um discurso para a multidão enquanto os garotos ainda estavam a oito quilômetros da cidade. Ele começou falando de competição, passou pelo patriotismo e terminou com uma coisa chamada Produto Nacional Bruto; Garraty rira daquilo, porque para ele bruto era uma coisa ruim, tipo um valentão. Tinha comido seis cachorros-quentes e, quando finalmente vira os competidores chegando, havia molhado a calça.

Havia um garoto gritando. Era a lembrança mais vívida de Garraty. Cada vez que o competidor botava o pé no chão, gritava: *Não dá. NÃO DÁ. Não dá. NÃO DÁ.* Mas continuava andando. Todos continuavam, e logo o último deles passou pela L.L. Bean que fica na U.S. 1 e sumiu de vista. Garraty tinha ficado meio decepcionado por não ter visto ninguém receber o bilhete. Eles nunca mais tinham ido a uma Longa Marcha. Mais tarde, Garraty ouvira o pai gritando enraivecido com alguém ao telefone, como fazia quando estava bêbado ou sendo político, e a mãe ao fundo, com seu sussurro conspiratório, suplicando para ele parar, por favor parar, antes que alguém pegasse a extensão.

Garraty bebeu mais água e se perguntou como Barkovitch estava.

Eles passaram por mais casas. Havia famílias sentadas nos jardins, sorrindo, acenando, tomando Coca-Cola.

— Garraty — disse McVries. — Ora, ora, olha o que você ganhou.

Uma garota bonita de uns dezesseis anos vestindo blusa branca e calça cápri quadriculada de vermelho e branco segurava um cartaz escrito com canetinha: VAI GARRATY NÚMERO 47 *A gente te ama Ray* "Garoto do Maine".

Garraty sentiu o coração inflar. De repente, soube que venceria. A garota sem nome era prova disso.

Olson soltou um assobio úmido e começou a enfiar e tirar o indicador esticado do punho fechado com um buraco no meio. Garraty achou aquilo algo bem doentio de se fazer.

Que se danasse a Dica 13. Garraty foi até a beira da estrada. A garota viu o número dele e deu um gritinho. Ela se jogou no garoto e o beijou com tudo. Garraty ficou excitado e suado de repente. Retribuiu o beijo com vigor. A garota enfiou a língua em sua boca duas vezes, delicadamente. Sem nem perceber direito o que estava fazendo, ele botou a mão em uma nádega redonda da menina e apertou de leve.

— Advertência! Advertência, número 47!

Garraty recuou e sorriu.

— Obrigado.

— Ah... Ah... Ah, *claro*! — Os olhos dela estavam cintilando.

Ele tentou pensar em alguma outra coisa para dizer, mas viu o soldado abrindo a boca para dar a segunda advertência. Voltou trotando até seu lugar, ofegando um pouco e sorrindo. Mesmo assim, sentiu-se meio culpado por causa da Dica 13.

Olson também estava sorrindo.

— Eu teria aceitado as três advertências em troca de algo assim.

Garraty não respondeu, mas se virou para andar de costas e acenou para a garota. Quando ela saiu do seu campo de visão, o menino se virou e começou a andar com firmeza. Uma hora até sua advertência ser cancelada. Precisaria tomar cuidado para não levar outra. Mas a sensação era boa. Ele se sentia em forma. Sentia que seria capaz de andar até a Flórida. Começou a andar mais rápido.

— Ray. — McVries ainda estava sorrindo. — Pra que a pressa?

É, ele estava certo. Dica 6: Devagar e sempre já serve.

— Obrigado.

McVries continuou sorrindo.

— Não me agradeça muito. Eu também vim pra ganhar.

Garraty olhou para ele, desconcertado.

— Digo, não vamos transformar isso em uma coisa tipo os Três Mosqueteiros. Eu gosto de você e está óbvio que você faz sucesso com as garotas bonitas. Mas, se você cair, eu não vou te levantar.

— É. — Ele sorriu para McVries, mas seu sorriso pareceu falso.

— Por outro lado — disse Baker baixinho —, nós estamos nisso juntos e podemos muito bem divertir uns aos outros.

McVries sorriu.

— Por que não?

Eles chegaram a um aclive e pouparam o fôlego para a subida. Na metade, Garraty tirou o casaco e o pendurou no ombro. Alguns instantes depois, eles passaram pelo suéter de alguém caído no chão. Hoje à noite, pensou Garraty, alguém vai desejar não ter feito isso. À frente, dois competidores do primeiro pelotão estavam perdendo a vantagem.

Garraty se concentrou em levantar e baixar um pé depois do outro. Ele ainda estava se sentindo bem. Estava se sentindo forte.

2

Agora você está com o dinheiro, Ellen, e pode ficar com ele. A não ser, claro, que queira trocar tudo pelo que está atrás da cortina.

Monty Hall
Let's Make a Deal

— Meu nome é Harkness. Sou o número 49. O seu é Garraty. Número 47. Certo?

Garraty olhou para Harkness, que usava óculos e tinha um corte de cabelo militar. O rosto de Harkness estava vermelho e suado.

— Isso mesmo.

Harkness segurava um caderno. Escreveu o nome e o número de Garraty nele. A letra saiu estranha e tremida, indo para cima e para baixo enquanto ele andava. O garoto trombou com um sujeito chamado Collie Parker, que mandou que ele olhasse por onde andava. Garraty segurou um sorriso.

— Estou anotando o nome e o número de todo mundo — disse Harkness.

Quando olhou para a frente, o sol do meio da manhã cintilou nas lentes dos óculos dele, e Garraty precisou estreitar os olhos para ver o rosto do rapaz. Eram dez e meia e eles estavam a treze quilômetros de Limestone, o que significava que faltavam menos de três quilômetros para baterem o recorde de maior distância percorrida por um grupo completo da Longa Marcha.

— Você deve estar se perguntando por que estou escrevendo o nome e o número de todo mundo — disse Harkness.

— Você pertence aos Pelotões — palpitou Olson por cima do ombro.

— Não, eu vou escrever um livro — disse Harkness em tom agradável. — Quando isso tudo acabar, vou escrever um livro.

Garraty deu um sorriso largo.

— Você vai escrever um livro caso vença, você quer dizer.

Harkness deu de ombros.

— É, acho que é isso. Mas escuta só: um livro sobre a Longa Marcha do ponto de vista de alguém de dentro pode me tornar um homem rico.

McVries caiu na gargalhada.

— Se você ganhar, não vai precisar de um livro pra ficar rico, vai?

Harkness franziu a testa.

— Bom... acho que não. Mas seria um livro bem interessante mesmo assim, eu acho.

Eles continuaram andando, e Harkness continuou perguntando nomes e números. A maioria dos meninos respondia com boa vontade e brincava sobre o grande livro.

Completaram dez quilômetros. Segundo os rumores, parecia que iam quebrar o recorde. Garraty especulou brevemente sobre por que deviam querer quebrar o recorde. Quanto mais rápido a competição fosse se reduzindo, afinal, melhores eram as chances dos que ficavam. Ele achava que era coisa de orgulho. Também havia um rumor de que uma tempestade estava prevista para aquela tarde; Garraty achava que alguém tinha um rádio. Se fosse verdade, era má notícia. As tempestades no começo de maio não eram as mais quentes.

Eles continuaram andando.

McVries pisava com firmeza, mantendo a cabeça erguida e balançando os braços de leve. Tinha tentado o acostamento, mas o solo solto o fizera desistir. Não tinha recebido advertência nenhuma, e se a mochila estava incomodando ou provocando uma assadura, ele não demonstrou. Os olhos estavam sempre fitando o horizonte. Quando o grupo passou por um pequeno amontoado de gente, ele acenou com a boca apertada em um sorriso. Não demonstrava sinais de cansaço.

Baker seguiu caminhando, movendo-se com um passo alto que parecia cobrir a distância da passada quando ninguém estava olhando. Balançava o casaco, distraído, sorria para as pessoas que apontavam e, às vezes, assobiava um trecho de uma canção ou outra. Garraty achou que ele parecia capaz de continuar para sempre.

Olson não estava mais falando tanto e, de tempos em tempos, dobrava um dos joelhos rapidamente. Garraty ouviu a articulação estalar todas as vezes. Olson estava enrijecendo um pouco, pensou Garraty. Começava a demonstrar os dez quilômetros caminhados. Garraty avaliou que um dos cantis dele devia estar quase vazio. Olson teria de fazer xixi dali a pouco.

Barkovitch continuou no mesmo ritmo desajeitado, ora à frente do grupo principal, como se quisesse alcançar os competidores da vanguarda, ora ficando para trás, perto da posição de retaguarda de Stebbins. Perdeu uma das três advertências, mas a ganhou de volta cinco minutos depois. Garraty decidiu que ele devia gostar daquela posição, na beira do abismo.

Stebbins continuou andando sozinho. Garraty não o tinha visto falar com ninguém. Ele se perguntou se Stebbins estava solitário ou cansado. Ainda achava que Stebbins cairia fora cedo, talvez primeiro, embora não soubesse dizer por que achava isso. Stebbins tinha tirado o velho suéter verde e estava carregando o último sanduíche de geleia na mão. Não olhava para ninguém. O rosto dele parecia uma máscara.

Eles continuaram andando.

Chegaram a um ponto onde a estrada era atravessada por outra, e havia policiais segurando o trânsito para os competidores passarem. Eles saudaram cada competidor, e dois garotos, seguros em sua imunidade, fizeram caretas com o polegar no nariz. Garraty não aprovou. Ele sorriu e assentiu para agradecer à polícia e se perguntou se ela achava que eram todos doidos.

Os carros buzinavam, e uma mulher gritou para o filho. Tinha estacionado no acostamento, ao que parecia esperando para ter certeza de que ele ainda estava na Marcha.

— Percy! *Percy!*

Era o número 31. Ele corou, acenou de leve e acelerou, mantendo a cabeça meio abaixada. A mulher tentou correr para a estrada.

Os guardas na parte superior da semilagarta enrijeceram, mas um policial segurou o braço dela e a impediu com gentileza. Depois a estrada fazia uma curva, e o cruzamento sumiu de vista.

Eles passaram por uma ponte de madeira. Um riacho gorgolejava lá embaixo. Garraty andou perto da amurada e, ao olhar por cima dela, viu só por um momento uma imagem distorcida do próprio rosto.

Eles passaram por uma placa que informava LIMESTONE 11 KM e por baixo de uma faixa ondulando que dizia LIMESTONE TEM ORGU-LHO DE DAR AS BOAS-VINDAS À LONGA MARCHA. Garraty achou que devia faltar menos de um quilômetro para o recorde.

Os boatos voltaram a se espalhar, e dessa vez eram sobre um garoto chamado Curley, número 7. Curley estava com cãibra e já tinha levado a primeira advertência. Garraty aumentou a velocidade e alcançou McVries e Olson.

— Onde ele está?

Olson apontou com o polegar para um garoto magrelo de membros compridos e calça jeans. Curley estava tentando deixar as costeletas crescerem. Não estava dando certo. O rosto magro e sério estava cheio de rugas de concentração, e ele olhava para a perna direita. Estava poupando-a. Perdia ritmo, e seu rosto demonstrava isso.

— Advertência! Advertência, número 7!

Curley começou a se obrigar a ir mais rápido. Estava meio ofegante. Tanto de medo quanto pelo esforço, pensou Garraty. Garraty perdeu a noção do tempo. Esqueceu-se de tudo, menos de Curley. Ficou assistindo à luta do garoto e percebeu de um jeito meio entorpecido que aquela podia ser a luta dele dali a uma hora ou um dia.

Era a coisa mais fascinante que já tinha visto.

Curley foi ficando para trás aos poucos, e várias advertências foram dadas aos outros antes de o grupo perceber que os demais competidores estavam se ajustando à velocidade dele, fascinados. O que significava que Curley estava bem perto do limite.

— Advertência! Advertência, número 7! Terceira advertência, número 7!

— Eu estou com cãibra! — gritou Curley com voz rouca. — Não é justo se a pessoa está com cãibra!

Ele estava quase ao lado de Garraty. Garraty via o pomo de Adão de Curley subindo e descendo. Curley estava massageando a perna freneticamente. E Garraty sentia o cheiro do pânico emanando de Curley em ondas, e era como o cheiro de um limão maduro recém--cortado.

Garraty começou a abrir distância dele e, no momento seguinte, Curley exclamou:

— Graças a Deus! Está passando!

Ninguém disse nada. Garraty sentiu uma decepção ressentida. Era cruel e contra o espírito esportivo, ele achava, mas queria ter certeza de que alguém receberia o bilhete antes dele. Quem quer cair fora primeiro?

Segundo o relógio de Garraty, eram onze e cinco da manhã. Ele achava que significava que tinham batido o recorde, calculando duas horas a seis quilômetros e meio por hora. Logo estariam em Limestone. Ele viu Olson flexionar primeiro um joelho, depois o outro de novo. Curioso, experimentou fazer o mesmo. As juntas estalaram alto, e ele ficou surpreso de ver o quanto de enrijecimento tinha se espalhado por eles. Ainda assim, seus pés não estavam doendo. Já era alguma coisa.

Eles passaram por um caminhão de leite estacionado na entrada de uma estradinha de terra. O leiteiro estava sentado no capô. Ele acenou com bom humor.

— Mandem ver, garotos!

Garraty sentiu uma raiva repentina. Teve vontade de gritar. *Por que você não levanta essa bunda gorda pra mandar ver com a gente?* Mas o leiteiro tinha mais de dezoito anos. Na verdade, parecia ter passado de trinta. Era velho.

— Bom, pessoal, podem descansar cinco minutos — disse Olson de repente e arrancou algumas gargalhadas.

O caminhão de leite ficou para trás. Havia mais estradas agora, mais policiais e pessoas buzinando e acenando. Alguém jogou confete. Garraty começou a se sentir importante. Afinal, ele era o "Garoto do Maine".

De repente, Curley gritou. Garraty olhou para trás. Curley estava curvado para a frente, segurando a perna e gritando. De alguma forma, incrivelmente, ainda estava andando, mas bem devagar. Devagar demais.

Depois disso, tudo aconteceu lentamente, como se para acompanhar o jeito como Curley estava andando. Os soldados na parte de trás da semilagarta ergueram as armas. A multidão fez um ruído de surpresa, como se não soubesse que era assim mesmo, e os competidores fizeram um ruído de surpresa, como se não soubessem, e Garraty fez um ruído de surpresa junto, mas claro que ele sabia, claro que todos sabiam, era bem simples, Curley ia receber o bilhete dele.

As travas das armas estalaram. Os garotos saíram de perto de Curley, espalhando-se como aves assustadas. Ele ficou sozinho de repente na estrada banhada pelo sol.

— Não é justo! — gritou ele. — Não é nada *justo*!

Os garotos competidores entraram em uma área com sombras de um bosque, alguns olhando para trás, outros olhando para a frente, com medo de ver. Garraty estava olhando. Precisava olhar. Os poucos espectadores que acenavam ficaram em silêncio, como se alguém os tivesse desligado da tomada.

— Não é...

Quatro carabinas dispararam. O som foi bem alto. O ruído se propagou como bolas de boliche, bateu nas colinas e voltou.

A cabeça angulosa e cheia de acne de Curley se desfez em uma maçaroca de sangue e massa encefálica e fragmentos de crânio voando. O resto dele caiu para a frente na linha branca como um saco de cartas.

Noventa e nove, Garraty pensou, enjoado. Noventa e nove garrafas de cerveja na parede e, se uma das garrafas por acaso caísse... Ah, Jesus... Ah, Jesus...

Stebbins passou por cima do corpo. O pé escorregou um pouco no sangue, e o passo seguinte dele com aquele pé deixou uma pegada ensanguentada, como uma fotografia em uma revista *Official Detective*. Stebbins não olhou para baixo, para o que restava de Curley. Seu rosto não mudou de expressão. Stebbins, seu filho da mãe, pensou Garraty, você devia ter recebido seu bilhete primeiro, não sabia? Garraty afastou o olhar. Ele não queria passar mal. Não queria vomitar.

Uma mulher ao lado de um ônibus Volkswagen escondeu o rosto nas mãos. Fez barulhos estranhos com a garganta, e Garraty percebeu que conseguia ver a calcinha dela através do vestido. A calcinha azul. Inexplicavelmente, ficou excitado de novo. Um homem gordo e careca estava olhando para Curley, esfregando sem parar uma verruga ao lado da orelha. Ele umedeceu os lábios grandes e grossos e continuou olhando e esfregando a verruga. Ainda estava olhando quando Garraty passou por ele.

Eles continuaram andando. Garraty se viu ao lado de Olson, Baker e McVries de novo. Estavam reunidos de forma quase protetora. Todos olhavam para a frente, os rostos cuidadosamente desprovidos de expressão. O eco dos tiros de carabina parecia ainda pairar no ar. Garraty ficou pensando na pegada ensanguentada que o tênis de Stebbins tinha deixado. Ele se perguntou se ainda estava deixando marcas vermelhas, quase virou a cabeça para olhar, mas disse a si mesmo para não ser tolo. Mas não dava para não se perguntar. Ele se perguntava se tinha doído. Ele se perguntava se Curley tinha sentido as balas com pontas de gás o atingindo ou se estava vivo em um segundo e morto no seguinte.

Mas claro que tinha doído. Tinha doído antes, do pior jeito, o da ruptura, ao saber que não haveria mais você, mas o universo continuaria igual, ileso e desimpedido.

Os rumores que se espalharam diziam que tinham chegado a quase catorze quilômetros e meio quando Curley ganhou o bilhete. Diziam que o major estava feliz da vida. Garraty se perguntou como alguém podia saber onde o major estava.

Ele olhou para trás de repente, querendo saber o que estariam fazendo com o corpo de Curley, mas já tinham feito outra curva. Curley ficara para trás.

— O que você tem nessa mochila? — Baker perguntou subitamente a McVries.

O garoto estava se esforçando para manter um tom casual, mas sua voz saiu aguda e esganiçada, quase falhando.

— Uma camisa limpa — disse McVries. — E hambúrguer cru.

— Hambúrguer cru… — Olson fez cara de enjoo.

— Hambúrguer cru dá uma energia boa e rápida — falou McVries.

— Você pirou. Vai acabar vomitando tudo.

McVries só sorriu.

Garraty desejava ter levado hambúrguer cru. Ele não sabia nada sobre energia rápida, mas gostava de carne de hambúrguer crua. Era melhor do que barras de chocolate e energéticos. De repente, pensou nos biscoitos, mas, depois de Curley, não estava com muita fome. Depois de Curley, como poderia pensar em comer hambúrguer cru?

A notícia de que um dos competidores tinha recebido o bilhete de saída se espalhou pelos espectadores, e, por algum motivo, eles começaram a gritar mais alto. Aplausos fracos começaram a estalar como pipoca. Garraty se perguntou se era constrangedor levar um tiro na frente das pessoas e achou que, quando se chegava naquele ponto, a pessoa não ligava mais se algo era ou não constrangedor. Curley não pareceu estar ligando, certamente. Mas ter de se aliviar na frente daquela gente, sim. Isso seria ruim. Garraty decidiu não pensar nisso.

Os ponteiros do relógio estavam apontando para o 12. Eles atravessaram uma ponte de ferro enferrujada sobre um desfiladeiro alto e seco. Do outro lado, uma placa informava: ENTRANDO NO LIMITE DA CIDADE DE LIMESTONE — BEM-VINDA, LONGA MARCHA!

Alguns garotos comemoraram, mas Garraty poupou o fôlego.

A estrada se alargou e os competidores se espalharam por ela confortavelmente, os grupos se afastando um pouco uns dos outros. Afinal, Curley tinha ficado cinco quilômetros para trás.

Garraty pegou os biscoitos e, por um momento, girou o pacote de alumínio nas mãos. Pensou na mãe com saudades, mas afastou o sentimento. Ele veria a mãe e Jan em Freeport. Era uma promessa. Comeu um biscoito e se sentiu melhor.

— Sabe de uma coisa? — disse McVries.

Garraty fez que não. Tomou um gole do cantil e acenou para um casal idoso sentado no acostamento com um cartaz de papelão que dizia GARRATY.

— Eu não tenho a menor ideia do que vou querer se ganhar — disse McVries. — Não tem nada de que eu precise de verdade. Eu não tenho uma mãe velha e doente em casa, nem um pai que faz hemodiálise, nem nada. Não tenho nem um irmãozinho morrendo corajosamente de leucemia. — Ele riu e abriu o cantil.

— Isso até que faz sentido — concordou Garraty.

— Você quer dizer que *não* faz sentido. Essa coisa toda não faz sentido algum.

— Você não está falando sério — disse Garraty com confiança. — Se tivesse que fazer tudo de novo...

— Sim, sim, eu faria, mas...

— Ei! — O garoto à frente deles, Pearson, apontou. — Calçadas!

Eles estavam finalmente chegando à área urbana. Casas bonitas afastadas da estrada pareciam olhar para eles do alto de gramados verdes inclinados. Os gramados estavam cheios de gente, acenando e gritando. A impressão de Garraty era a de que quase todo mundo estava sentado. Sentados no chão, em cadeiras dobráveis como os idosos no posto de gasolina, em mesas de piquenique. Até sentados em balanços e cadeiras de balanço. Ele sentiu uma pontada de raiva invejosa.

Podem acenar até cair o braço. Eu que não vou mais acenar de volta. Dica 13. Preserve energia sempre que possível.

Mas ele enfim decidiu que estava sendo bobo. As pessoas podiam acabar achando que ele era arrogante. Afinal, era o "Garoto do Maine". Decidiu que acenaria para todas as pessoas com cartazes dizendo GARRATY. E para todas as garotas bonitas.

As ruas menores e transversais foram ficando para trás. A rua Sycamore e a avenida Clark, a rua Exchange e a via Juniper. Eles passaram por um mercado de esquina com uma placa da cerveja Narragansett na janela e por uma loja de produtos usados cheia de fotos do major.

As calçadas estavam cheias de gente, mas não lotadas. De um modo geral, Garraty ficou decepcionado. Sabia que as multidões de verdade viriam depois, mesmo assim foi como acender fogos de artifício molhados. E o pobre Curley tinha perdido até aquilo.

O jipe do major apareceu de repente em uma transversal e começou a acompanhar o grupo principal. A vanguarda ainda estava uma boa distância à frente.

A multidão celebrou alto. O major assentiu e sorriu e acenou para as pessoas. Fez um movimento de esquerda volver e bateu continência para os garotos. Garraty sentiu uma emoção subir pela coluna. Os óculos do major cintilavam no sol do começo da tarde.

O major levou o megafone aos lábios.

— Sinto orgulho de vocês, garotos. Orgulho!

De algum lugar atrás de Garraty, uma voz falou em tom baixo, mas claro:

— Baboseira.

Garraty virou a cabeça, mas não tinha ninguém lá atrás além de quatro ou cinco garotos olhando para o major com atenção (um deles percebeu que estava batendo continência e abaixou a mão, envergonhado) e Stebbins. Stebbins nem parecia estar olhando para o major.

O jipe seguiu em frente. Um momento depois, o major tinha ido embora de novo.

Os competidores chegaram ao centro de Limestone por volta de meio-dia e meia. Garraty ficou decepcionado. Era basicamente uma cidade com um hidrante. Havia uma área comercial e três lojas de carros usados e um McDonald's e um Burger King e uma Pizza Hut e um parque industrial e pronto, acabou Limestone.

— Não é muito grande, né? — disse Baker.

Olson riu.

— Deve ser um lugar bom pra morar — disse Garraty na defensiva.

— Que Deus me poupe de lugares bons pra morar — retrucou McVries, mas estava sorrindo.

— Gosto é que nem cu — disse Garraty sem ânimo.

Por volta da uma da tarde, Limestone era só uma lembrança. Um garotinho todo cheio de pose vestindo macacão jeans remendado andou com eles por quase um quilômetro e meio, depois se sentou e os viu passar.

O terreno foi ficando mais acidentado. Pela primeira vez no dia, Garraty sentiu que suava de verdade. A camisa estava grudada nas costas. À direita, nuvens pretas se formavam, mas ainda distantes. Havia uma brisa leve circulando, o que ajudava um pouco.

— Qual é a próxima cidade grande, Garraty? — perguntou McVries.

— Caribou, eu acho. — Ele estava se perguntando se Stebbins já tinha comido o último sanduíche. Stebbins havia grudado na cabeça dele como um trecho de música pop que fica se repetindo até você achar que vai enlouquecer. Era uma e meia da tarde. A Longa Marcha tinha percorrido vinte e nove quilômetros.

— Qual é a distância até lá?

Garraty se perguntou qual era o recorde de quilômetros caminhados só com um competidor fora da jogada. Vinte e nove quilômetros parecia uma marca muito boa para ele. Vinte e nove quilômetros era um número do qual um homem podia sentir orgulho. Eu andei vinte e nove quilômetros. Vinte e nove.

— Eu perguntei… — começou McVries pacientemente.

— Talvez uns cinquenta quilômetros daqui.

— Cinquenta — disse Pearson. — Meu Deus.

— É uma cidade maior que Limestone — falou Garraty.

Ele ainda estava se sentindo na defensiva, só Deus sabia por quê. Talvez porque vários daqueles garotos fossem morrer ali, talvez todos. Provavelmente todos. Só seis competidores da Longa Marcha tinham terminado depois da divisa estadual de New Hampshire, e só um chegara a Massachusetts, e os especialistas diziam que era como se Hank Aaron tivesse feito setecentos e trinta *home runs*, ou o que quer que fosse… um recorde que jamais seria igualado. Talvez ele também fosse morrer lá. Talvez. Mas era diferente. Solo nativo. Ele achava que o major gostaria daquilo. "Ele morreu em solo nativo."

O garoto virou o cantil e viu que estava vazio.

— Cantil! — gritou ele. — Número 47 pedindo cantil!

Um dos soldados pulou da semilagarta e levou um cantil novo para ele. Quando se virou, Garraty tocou na carabina pendurada nas costas do soldado. Foi furtivo. Mas McVries viu.

— Por que você fez isso?

Garraty sorriu e se sentiu confuso.

— Não sei. Foi tipo bater na madeira, eu acho.

— Você é um garoto fofo, Ray — disse McVries.

Depois aumentou a velocidade e alcançou Olson, deixando Garraty sozinho, mais confuso do que antes.

O número 93, cujo nome Garraty não sabia, passou à direita. Ele estava olhando para os próprios pés, e os lábios se moviam sem som, com ele contando os passos. Estava cambaleando de leve.

— Oi — disse Garraty.

O 93 se encolheu. Havia um vazio nos olhos dele, o mesmo vazio que havia nos olhos de Curley enquanto estava perdendo a luta contra a cãibra. Ele está cansado, pensou Garraty. Ele sabe disso e está com medo. Garraty de repente sentiu o estômago se revirar e se acomodar de novo, devagar.

As sombras dos meninos caminhavam ao lado deles. Eram quinze para as duas. As nove da manhã, frescas, na grama e na sombra, pareciam ter sido um mês antes.

Pouco antes das duas, boatos se espalharam de novo. Garraty estava tendo uma aula prática de psicologia da fofoca. Alguém descobria alguma coisa e de repente todo mundo sabia. Boatos eram criados por respiração boca a boca. Está com cara de chuva. Há uma boa chance de que chova. Vai chover daqui a pouco. O cara do rádio disse que vai chover canivete daqui a pouco. Mas era engraçado como a rede de fofocas costumava acertar. E quando diziam que alguém estava indo mais devagar, que alguém estava encrencado, a fofoca estava sempre certa.

Dessa vez, disseram que o número 9, Ewing, estava com bolhas nos pés e tinha levado duas advertências. Muitos garotos haviam recebido advertências, mas era normal. Diziam que as coisas estavam feias para Ewing.

Garraty passou a notícia para Baker, e Baker pareceu surpreso.

— O cara negro? — perguntou Baker. — Tão negro que parece meio azul?

Garraty disse que não sabia se Ewing era negro ou branco.

— É, ele é negro — disse Pearson.

Apontou para Ewing. Garraty viu as bolinhas de perspiração cintilando na pele de Ewing. Com certo horror, Garraty viu que Ewing estava de tênis de passeio.

Dica 3: Nunca, veja bem, *nunca* use tênis de passeio. Nada vai provocar bolhas mais rápido do que tênis de passeio em uma Longa Marcha.

— Ele veio com a gente — disse Baker. — É do Texas.

Baker acelerou o passo até estar andando ao lado de Ewing. Falou com Ewing por um tempo. Em seguida, recuou lentamente para não receber uma advertência. O rosto dele estava sombrio.

— Ele começou a ter bolhas três quilômetros atrás. Começaram a estourar em Limestone. Ele está andando com o pé cheio de pus.

Todos ouviram em silêncio. Garraty pensou em Stebbins de novo. Stebbins estava de tênis esportivos. Talvez estivesse enfrentando o mesmo problema.

— Advertência! Advertência, número 9! É sua terceira advertência, número 9!

Os soldados passaram a observar Ewing com atenção. Os competidores também. Ewing estava sob os holofotes. As costas da camiseta dele, intensamente branca em contraste com a pele negra, estavam manchadas de suor, cinza até o meio. Garraty via os músculos grandes das costas se moverem conforme ele andava. Músculos para durar dias, e Baker disse que ele estava andando com pus nos pés. Bolhas e cãibras. Garraty tremeu. Morte súbita. Tantos músculos, tantos treinos não podiam impedir bolhas e cãibras. O que em nome de Deus Ewing estava pensando quando colocou aqueles tênis P.F. Flyers?

Barkovitch se juntou a eles. Barkovitch também estava olhando para Ewing.

— Bolhas! — Ele falou como se a mãe de Ewing fosse prostituta. — O que se pode esperar de um preto burro? Essa é a minha pergunta.

— Sai daqui — disse Baker tranquilamente —, senão vou te cutucar.

— É contra as regras — disse Barkovitch com um sorrisinho debochado. — Não se esqueça disso, branco azedo. — Mas ele se afastou. Foi como se levasse uma nuvenzinha de veneno junto.

As duas da tarde viraram duas e meia. As sombras ficaram mais compridas. Eles subiram uma colina longa e, do alto, Garraty viu montanhas baixas, enevoadas e azuis, ao longe. As nuvens a oeste estavam mais escuras e a brisa soprava mais forte, deixando a pele dele toda arrepiada com o suor que secava.

Um grupo de homens reunido em torno de uma picape Ford com um trailer atrás gritou descontrolado para eles. Os sujeitos estavam todos muito bêbados. Todos os garotos acenaram para eles, até Ewing. Aqueles eram os primeiros espectadores desde o garotinho de macacão remendado.

Garraty abriu um tubo de energético concentrado sem ler o rótulo e colocou na boca. Tinha um leve gosto de carne de porco. Ele pensou no hambúrguer de McVries. Pensou em um bolo de chocolate com uma cereja em cima. Pensou em panquecas. Por algum motivo sem sentido, quis uma panqueca fria cheia de geleia de maçã. O almoço frio que a mãe sempre fazia quando ele e o pai saíam para caçar em novembro.

Ewing levou chumbo uns dez minutos depois.

Ele estava no meio de um grupo de garotos quando ficou abaixo da velocidade mínima pela última vez. Talvez achasse que os garotos o protegeriam. Os soldados fizeram bem seu trabalho. Eram especialistas. Empurraram os outros garotos para o lado. Puxaram Ewing para o acostamento. Ewing tentou lutar, mas não muito. Um dos soldados segurou os braços de Ewing nas costas enquanto o outro levava a carabina à cabeça de Ewing e dava um tiro. Uma das pernas do garoto tremeu num espasmo.

— Ele sangra da mesma cor que todo mundo — disse McVries de repente.

Soou muito alto no silêncio depois do único tiro. O pomo de adão dele subiu e desceu e alguma coisa clicou na garganta.

Menos dois agora. As chances se ajustaram infinitesimalmente a favor dos que restavam. Houve um pouco de conversa baixa, e Garraty se perguntou de novo o que faziam com os corpos.

Você se pergunta demais!, gritou para si mesmo de repente.

E se deu conta de que estava cansado.

2

SEGUINDO PELA ESTRADA

3

Você tem trinta segundos, e lembre que sua resposta precisa ser dada em forma de pergunta.

Art Fleming
Jeopardy

Eram três da tarde quando as primeiras gotas de chuva caíram na estrada, grandes e escuras e redondas. O céu estava irregular e preto, selvagem e fascinante. Trovões batiam palmas acima das nuvens. Um raio azul desceu para a terra em algum lugar à frente.

Garraty tinha vestido o casaco pouco depois de Ewing ganhar o bilhete; fechou o zíper e ergueu a gola. Harkness, o escritor em potencial, tinha guardado com cuidado o caderno em um saco plástico. Barkovitch tinha colocado um chapéu de chuva de plástico amarelo. Havia algo de incrível no efeito que deu no rosto dele, mas era difícil dizer o quê exatamente. Ele olhava por baixo da aba como um faroleiro truculento.

Houve um trovão estupendo.

— Lá vem! — gritou Olson.

A chuva caiu com tudo. Por alguns momentos, ficou tão forte que Garraty se viu totalmente isolado dentro de uma cortina de água ondulante. Ficou encharcado até os ossos na mesma hora. O cabelo começou a pingar. Ele virou o rosto para cima, sorrindo. Perguntou-se se os soldados conseguiam vê-los. Perguntou-se se era concebível que alguém pudesse…

Enquanto ele ainda estava se perguntando, a primeira pancada forte cedeu um pouco e ele voltou a enxergar. Olhou para trás, para Stebbins. Stebbins estava andando encurvado, as mãos unidas na frente da barriga. A princípio, Garraty achou que ele estivesse com dor de barriga. Por um momento, Garraty foi tomado por um pânico forte, nada parecido com o que ele sentiu quando Curley e Ewing ganharam o bilhete. Ele não queria mais que Stebbins parasse logo.

Mas então viu que Stebbins só estava protegendo a última metade do sanduíche de geleia e se virou para a frente de novo, aliviado. Concluiu que ele devia ter uma mãe meio burra para não embrulhar os malditos sanduíches com papel-alumínio caso chovesse.

Um trovão ribombou, estridente, um treino de artilharia no céu. Garraty se sentiu eufórico, e parte do cansaço dele pareceu ir embora com o suor do corpo. A chuva ficou forte e dolorida de novo e acabou cedendo e virando um chuvisco regular. Lá em cima, as nuvens começaram a se abrir.

Pearson estava andando ao lado dele. Ele puxou a calça para cima. Estava usando uma calça jeans grande demais e a ficava puxando com frequência. Usava óculos com armação de chifre e lentes que pareciam fundos de garrafas de Coca; tirou-os do rosto e começou a limpá-los com a barra da camisa. Ele olhou para Garraty daquele jeito míope e indefeso que as pessoas com visão ruim têm quando estão sem óculos.

— Gostou do banho, Garraty?

O garoto assentiu. À frente, McVries estava urinando. Continuou andando de costas enquanto fazia isso, molhando o acostamento a uma distância considerável dos outros.

Garraty olhou para os soldados. Eles também estavam molhados, claro, mas, se estavam incomodados, não demonstravam. Tinham a expressão pétrea. Me pergunto como é, pensou ele, simplesmente atirar em uma pessoa. Me pergunto se isso os faz se sentir poderosos. Ele se lembrou da garota com o cartaz, de beijá-la, de passar a mão na bunda dela. De sentir a calcinha embaixo da calça cápri. Aquilo o fizera se sentir poderoso.

— Aquele cara lá atrás não fala muito, né? — comentou Baker de repente.

Apontou para Stebbins com o polegar. A calça roxa de Stebbins estava quase preta agora, encharcada.

— Não. Não fala mesmo.

McVries ganhou uma advertência por ir devagar demais na hora de fechar o zíper. Eles o alcançaram, e Baker repetiu o que tinha dito sobre Stebbins.

— Ele é um cara solitário, e daí? — disse McVries, dando de ombros. — Eu acho…

— Ei — interrompeu Olson. Era a primeira coisa que ele dizia em um tempo, e sua voz soou estranha. — Estou com uma sensação esquisita nas pernas.

Garraty olhou para Olson com atenção e viu o pânico crescendo nos olhos dele. A expressão de coragem tinha sumido.

— Esquisita como? — perguntou ele.

— Como se os músculos estivessem ficando… frouxos.

— Relaxa — disse McVries. — Aconteceu comigo algumas horas atrás. Mas passa.

Os olhos de Olson foram tomados pelo alívio.

— Passa?

— Passa, claro que sim.

Olson não disse nada, mas seus lábios se moveram. Garraty achou por um momento que ele estivesse rezando, mas percebeu que só estava contando os passos.

Dois tiros soaram de repente. Houve um grito e um terceiro tiro.

Eles olharam para a frente e viram um garoto de suéter azul e calça cápri branca caído de cara em uma poça de água. Um dos sapatos dele tinha saído. Garraty viu que ele estava usando meias esportivas brancas. A Dica 12 recomendava isso mesmo.

Garraty passou por cima dele sem procurar muito os buracos de bala. Segundo os boatos, o garoto tinha morrido por ter andado devagar. Não por causa de bolhas nem de cãibras, ele só andou devagar uma vez a mais que o permitido e ganhou o bilhete.

Garraty não sabia o nome e o número dele. Achou que acabariam falando sobre isso, mas ninguém falou. Talvez ninguém soubesse. Talvez ele fosse bem mais solitário do que Stebbins.

Tinham percorrido quarenta quilômetros de Longa Marcha. O cenário se misturava em um mural contínuo de florestas e campos, interrompido por uma casa ocasional ou por um cruzamento onde havia gente acenando e gritando apesar do chuvisco. Havia uma senhora idosa paralisada embaixo de um guarda-chuva preto, sem acenar nem falar nem sorrir. Ela os viu passar com olhos atentos. Não tinha sinal de vida nem movimento nela além da barra do vestido preto sacudindo ao vento. No dedo do meio da mão direita ela usava um anel grande com uma pedra roxa. Havia um camafeu manchado no pescoço dela.

Eles atravessaram uma ferrovia que tinha sido abandonada muito tempo antes; os trilhos estavam enferrujados e havia mato crescendo nos vãos. Alguém tropeçou e caiu, recebeu uma advertência, levantou-se e seguiu andando com o joelho sangrando.

Faltavam só trinta quilômetros para Caribou, mas escureceria antes. Sem descanso para os ímpios, pensou Garraty, e achou isso engraçado. Ele riu.

McVries olhou para ele com atenção.

— Ficando cansado?

— Não — disse Garraty. — Eu já estou cansado há um tempo. — Olhou para McVries com certa animosidade. — Você quer dizer que não está?

— Continua dançando comigo assim pra sempre, Garraty, e nunca vou me cansar. Vamos pular de estrela em estrela e ficar pendurados de cabeça pra baixo na lua.

Ele jogou um beijo para Garraty e acelerou.

Garraty ficou olhando para ele. Não conseguia entender McVries.

Às quinze para as quatro, o céu já estava limpo e havia um arco-íris no oeste, onde o sol estava, embaixo de nuvens com contorno dourado. Raios inclinados do fim de tarde coloriam os campos recém-revirados pelos quais eles estavam passando, deixando os sulcos intensos e pretos por onde os meninos contornavam as colinas longas e íngremes.

O som da semilagarta que os acompanhava era baixo, quase calmante. Garraty deixou a cabeça pender para a frente e meio que cochilou andando. Em algum lugar adiante estava Freeport. Mas não chegariam naquela noite, nem no dia seguinte. Muitos passos. Um longo caminho a percorrer. Ele ainda tinha perguntas demais e bem poucas respostas. Toda a Marcha parecia não passar de um ponto de interrogação. Disse para si mesmo que uma coisa daquelas devia ter algum significado mais profundo. Só podia ter. Uma coisa daquelas devia oferecer resposta a todas as perguntas; era só uma questão de manter os pés em movimento. Se ele ao menos...

Enfiou o pé em uma poça d'água e ficou totalmente desperto. Pearson olhou para ele sem entender e empurrou os óculos no nariz.

— Sabe aquele cara que caiu e se cortou quando a gente estava atravessando os trilhos?

— Sei. Foi Zuck, não foi?

— Foi. Ouvi falar que ele ainda está sangrando.

— Quanto falta até Caribou, seu maníaco? — perguntaram.

Garraty olhou para trás. Era Barkovitch. Ele tinha enfiado o chapéu no bolso, onde ficou balançando de forma obscena.

— Como é que eu vou saber?

— Você mora aqui, né?

— Faltam uns vinte e sete quilômetros — disse McVries. — Agora vai enxugar gelo, moleque.

Barkovitch fez cara de insultado e se afastou.

— Ele é um mala — disse Garraty.

— Não deixa ele te irritar — respondeu McVries. — Só se concentra em andar mais do que ele.

— Tudo bem, treinador.

McVries deu um tapinha no ombro de Garraty.

— Você vai ganhar essa pro Gipper, meu rapaz.

— Parece que a gente está andando há uma eternidade, né?

— É.

Garraty lambeu os lábios, querendo se expressar e sem saber como.

— Você já ouviu aquela história da vida do afogado passando na frente dos olhos dele?

— Acho que li uma vez. Ou ouvi alguém falar em um filme.

—Você já pensou que isso pode acontecer com a gente? Na Marcha?

McVries fingiu tremer.

—Meu Deus, espero que não.

Garraty ficou em silêncio por um momento, depois falou:

—Você acha que... deixa pra lá. Dane-se.

—Não, continua. Se eu acho o quê?

—Você acha que a gente poderia viver o resto da vida nessa estrada? Era isso que eu queria dizer. A parte que teríamos tido nisso se não tivéssemos... você sabe.

McVries enfiou a mão no bolso e tirou um pacote de cigarros Mellow.

—Você fuma?

—Não.

—Nem eu — disse McVries e botou um cigarro na boca.

Ele pegou uma caixinha de fósforos com uma receita de molho de tomate. Acendeu o cigarro, inalou fumaça e tossiu. Garraty pensou na Dica 10: Poupe seu fôlego. Se você costuma fumar, tente não fumar na Longa Marcha.

—Pensei em aprender — disse McVries com desafio na voz.

—É horrível, né? — disse Garraty com tristeza.

McVries olhou para ele, surpreso, e jogou o cigarro fora.

—É — disse ele. — Acho que é.

O arco-íris sumiu às quatro. Davidson, número 8, ficou para trás ao lado deles. Era um garoto bonito, exceto pela acne na testa.

—O tal de Zuck está com muita dor — disse Davidson.

Estava com uma mochila na última vez que Garraty o vira, mas ele reparou que, em algum momento, Davidson a tinha jogado fora.

—Ainda sangrando? — perguntou McVries.

—Como um porco abatido. — Davidson balançou a cabeça. — É engraçado como as coisas acontecem, né? Se tivesse caído em qualquer outra ocasião, era capaz que só tivesse ralado o joelho. Ele precisa de uns pontos. — Ele apontou para a estrada. — Olha isso.

Garraty olhou e viu pontinhos escuros no cimento ainda úmido.

— Sangue?

— Melado é que não é — disse Davidson com seriedade.

— Ele está com medo? — perguntou Olson com voz seca.

— Ele diz que não está nem aí — respondeu Davidson. — Mas *eu* estou com medo. — Os olhos cinzentos dele estavam arregalados. — Estou com medo por todos nós.

Eles continuaram andando. Baker mostrou outro cartaz com o nome de Garraty.

— Puta merda — disse Garraty sem olhar.

Estava seguindo o rastro do sangue de Zuck, como Daniel Boone rastreando um indígena ferido. A trilha de gotinhas ondulava de um lado para o outro da linha branca.

— McVries — disse Olson.

A voz dele tinha ficado mais baixa nas duas últimas horas. Garraty tinha concluído que gostava de Olson apesar da fachada valentona. E não gostava de ver Olson sentir medo, mas não havia dúvida de que ele estava sentindo.

— O quê? — disse McVries.

— Não está passando. A sensação frouxa de que falei. Não está passando.

McVries não disse nada. A cicatriz no rosto dele estava bem branca na luz do sol poente.

— Parece que as minhas pernas vão ceder. Como se a base estivesse ruim. Isso não vai acontecer, vai? Vai? — A voz de Olson tinha ficado meio estridente. McVries não disse nada. — Você pode me dar um cigarro? — continuou Olson. A voz dele soou baixa de novo.

— Claro. Pode ficar com o maço.

Olson acendeu um dos cigarros Mellow com a facilidade de quem tem prática, curvando a mão em volta do fósforo, e levou o polegar ao nariz em uma careta para um dos soldados observando da semilagarta.

— Eles estão me olhando torto há uma hora. Devem ter um sexto sentido. — Ele ergueu a voz de novo. — Vocês gostam, não gostam, caras? Gostam, né? É bem isso, né?

Vários competidores olharam para ele e logo afastaram o olhar. Garraty também queria afastar o olhar. Havia histeria na voz de Olson. Os soldados fitaram Olson, impassíveis. Garraty se perguntou se começariam a falar de Olson e não conseguiu segurar um tremor.

Às quatro e meia, tinham percorrido quarenta e oito quilômetros. O sol estava parcialmente escondido e tinha ficado vermelho-sangue no horizonte. As nuvens de tempestade tinham ido para o leste; o céu estava azul, escurecendo. Garraty pensou no afogado hipotético de novo. Não havia nada de tão hipotético nisso. A noite que estava chegando era como água que logo os cobriria.

Uma sensação de pânico subiu pela garganta dele. Teve uma certeza súbita e terrível de que via a luz do dia pela última vez na vida. Queria prolongar o momento. Queria que durasse. Queria que o crepúsculo durasse horas.

— Advertência! Advertência, número 100! Sua terceira advertência, número 100!

Zuck olhou em volta. Ele tinha uma expressão atordoada e incompreensível no olhar. A perna direita da calça estava coberta de sangue seco. E aí, de repente, ele disparou. Ziguezagueou no meio dos competidores como um jogador de futebol americano com a bola. Correu com a mesma expressão atordoada no rosto.

A semilagarta ganhou velocidade. Zuck a ouviu chegando e correu mais rápido. Era uma corrida estranha, bamba, manca. A ferida no joelho dele se abriu de novo e, quando ele saiu na frente do grupo principal, Garraty pôde ver gotas de sangue fresco pingando e voando da barra da calça. Zuck correu até o aclive seguinte e, por um momento, ficou delineado contra o céu vermelho, uma forma preta galvânica, paralisada por um instante no meio da passada como um espantalho em fuga. Ele sumiu e a semilagarta foi atrás. Os dois soldados que tinham descido foram andando junto dos garotos, os rostos vazios.

Ninguém disse nada. Só prestaram atenção. Não houve som nenhum por muito tempo. Um tempo incrivelmente longo. Só um pássaro, alguns poucos grilos precoces de maio e, em algum lugar atrás deles, o zumbido de um avião.

E aí, houve um único tiro seco, uma pausa, depois um segundo estampido.

— Só pra garantir — disse alguém em tom doentio.

Quando chegaram no topo da subida, viram a semilagarta parada no acostamento a uns oitocentos metros. Fumaça azul saía do escapamento duplo. De Zuck não havia sinal. Sinal algum.

— Onde o major está? — alguém gritou. Pela voz, parecia à beira do pânico. Era um garoto de cabeça pontuda chamado Gribble, número 48. — Eu quero ver o major, caramba! Cadê ele?

Os soldados que andavam na beira da estrada não responderam. Ninguém respondeu.

— Ele está fazendo outro discurso? — gritou Gribble. — É isso que ele está fazendo? Bom, ele é um *assassino*! É isso que ele é, um *assassino!* Eu... eu vou falar pra ele! Vocês acham que não vou? Vou falar na cara dele! Vou falar *bem na cara dele*! — Na empolgação, o ritmo dele tinha diminuído, quase parado, e os soldados se interessaram pela primeira vez.

— Advertência! Advertência, número 48!

Gribble cambaleou até parar, depois as pernas pegaram velocidade. Ficou olhando para os pés enquanto andava. Em pouco tempo, os garotos alcançaram a semilagarta. O veículo começou a andar ao lado deles de novo.

Às quinze para as cinco, Garraty jantou: um tubo de atum processado, alguns biscoitos salgados com pasta de queijo e muita água. Ele precisou se obrigar a parar. Cantis estavam disponíveis a qualquer momento, mas não haveria novos concentrados até as nove horas da manhã seguinte... e ele talvez quisesse fazer um lanchinho à noite. Ora, talvez *precisasse* de um lanchinho à noite.

— Pode ser questão de vida e morte — disse Baker —, mas não está afetando em nada seu apetite.

— Não posso permitir que afete — respondeu Garraty. — Não gosto da ideia de desmaiar às duas da madrugada.

Era um pensamento bem desagradável. Ele não saberia de nada, provavelmente. Não sentiria nada. Só acordaria na eternidade.

— Faz pensar, né? — disse Baker baixinho.

Garraty olhou para ele. Na luz fraca do fim do dia, o rosto de Baker estava suave e jovem e bonito.

— Faz. Ando pensando sobre um monte de coisas.

— Tipo o quê?

— Ele, por exemplo — disse Garraty, e moveu a cabeça na direção de Stebbins, que ainda estava andando no mesmo ritmo de quando tinham começado.

A calça dele estava secando. O rosto estava nas sombras. Ele ainda estava guardando a última metade do sanduíche.

— O que tem ele?

— Eu me pergunto por que ele está aqui, por que não diz nada. E se vai viver ou morrer.

— Garraty, todos nós vamos morrer.

— Mas espero que não esta noite — disse Garraty.

Ele manteve a voz leve, mas um tremor o percorreu de repente. Não sabia se Baker tinha visto ou não. Seus rins se contraíram. Ele se virou, abriu o zíper e começou a andar de costas.

— O que você acha do Prêmio? — perguntou Baker.

— Não vejo muito sentido em pensar nele — disse Garraty, e começou a urinar.

Terminou, fechou o zíper e se virou, um tanto satisfeito de ter concluído a operação sem ganhar uma advertência.

— Eu penso — disse Baker em tom sonhador. — Não muito no Prêmio em si, mas no dinheiro. Tanto dinheiro...

— Os ricos não entram no Reino dos Céus — disse Garraty.

Ficou olhando para os pés, as únicas coisas que o impediam de descobrir se existia mesmo um Reino dos Céus ou não.

— Aleluia — disse Olson. — Teremos comes e bebes depois do culto.

— Você é religioso? — Baker perguntou a Garraty.

— Não, não especificamente. Mas não sou fã de dinheiro.

— Você talvez fosse se tivesse crescido à base de sopa de batata e couve — disse Baker. — Mistura só quando seu pai tinha grana pra munição.

— Talvez fizesse diferença — concordou Garraty e fez uma pausa, perguntando-se se devia dizer mais. — Mas nunca é o que realmente importa. — Ele viu Baker olhando para ele, sem entender e com certo escárnio.

— Não dá pra levar a grana junto depois da morte, essa é sua próxima fala — disse McVries.

Garraty olhou para ele. McVries estava com aquele sorrisinho torto irritante de novo.

— É verdade, não é? — disse ele. — A gente não traz nada pro mundo e não leva nada dele.

— É, mas é mais agradável passar o período entre esses dois eventos com conforto, você não acha? — perguntou McVries.

— Ah, conforto de merda — disse Garraty. — Se um daqueles valentões naquele tanque de brinquedo gigante ali atirasse em você, não haveria médico no mundo que pudesse te reavivar com uma transfusão de notas de vinte ou de cinquenta.

— Eu não estou morto — disse Baker suavemente.

— É, mas poderia. — De repente, era bem importante para Garraty transmitir isso. — E se você vencesse? E se você passasse as próximas seis semanas planejando o que ia fazer com o dinheiro, sem se importar com o Prêmio, só com o dinheiro… e aí, na próxima vez que você saísse pra comprar alguma coisa, fosse atropelado por um táxi?

Harkness tinha se aproximado e estava andando ao lado de Olson.

— Eu não, cara — disse ele. — A primeira coisa que eu faria seria comprar uma frota de cadeiras de rodas. Se eu ganhar isso aqui, talvez nunca mais volte a andar.

— Vocês não entendem — disse Garraty, mais exasperado do que nunca. — Sopa de batata ou filé mignon, uma mansão ou um barraco, quando você morre, acabou, você vai pra uma geladeira da mesma forma que Zuck e Ewing e pronto. É melhor viver um dia de cada vez, só estou dizendo isso. Se as pessoas vivessem um dia de cada vez, elas seriam bem mais felizes.

— Ah, quanta baboseira — disse McVries.

— É mesmo? — gritou Garraty. — O quanto você está planejando?

— Bom, agora eu meio que ajustei meus horizontes, é verdade...

— Pode apostar que é — disse Garraty, sombrio. — A única diferença é que estamos envolvidos em morrer agora.

Um silêncio total sucedeu isso. Harkness tirou os óculos e começou a polir as lentes. Olson parecia um tom mais pálido. Garraty desejou não ter falado; tinha ido longe demais.

Alguém atrás disse claramente:

— Isso aí!

Garraty olhou para trás, seguro de que era Stebbins, apesar de nunca ter ouvido a voz do garoto. Mas Stebbins não reagiu. Estava olhando para baixo, para a estrada.

— Acho que eu me empolguei — murmurou Garraty, apesar de não ter sido ele quem se empolgara. Tinha sido Zuck. — Alguém quer biscoito?

Ele distribuiu os biscoitos; deviam ser cinco da tarde. O sol parecia suspenso metade para cima do horizonte. A terra podia ter parado de girar. Os três ou quatro ansiosos que ainda estavam à frente do grupo tinham reduzido até estarem apenas cinquenta metros à frente do grupo principal.

Garraty tinha a impressão de que a estrada havia se tornado uma combinação enganosa de melhorias sem pioras correspondentes. Estava pensando que, se isso fosse verdade, eles acabariam respirando por máscaras de oxigênio em pouco tempo quando pisou em um cinto de concentrados alimentares abandonado. Surpreso, ele olhou adiante. Era de Olson. Ele estava com as mãos trêmulas na cintura. Havia uma expressão de surpresa intrigada no rosto dele.

— Eu deixei cair — disse ele. — Queria comer alguma coisa e deixei cair. — Então riu, como se quisesse mostrar que tinha sido uma coisa idiota. A risada parou abruptamente. — Estou com fome.

Ninguém respondeu. Àquela altura, todo mundo já tinha passado, e não dava mais para pegar. Garraty olhou para trás e viu o cinto de alimentos de Olson caído na linha branca intervalada.

— Estou com fome — repetiu Olson, paciente.

O *major disse que gostava de ver gente cheia de disposição pra vencer*, não foi isso que Olson disse depois que pegou o número? Olson não parecia mais tão cheio de disposição para vencer. Garraty olhou para os bolsos do próprio cinto. Ainda tinha três tubos de concentrado, os biscoitos salgados e o queijo. Mas o queijo estava meio úmido.

— Aqui — disse ele, e deu o queijo a Olson.

Olson não respondeu, mas comeu o queijo.

— Mosqueteiro — disse McVries com o mesmo sorriso torto.

Às cinco e meia, o ar estava escurecido pelo crepúsculo. Alguns vagalumes precoces voavam aleatoriamente. Havia uma neblina baixa e leitosa rente ao chão, nas valas e nos sulcos dos campos. À frente, alguém perguntou o que aconteceria se a névoa ficasse densa a ponto de alguém sair da estrada sem querer.

A voz inconfundível de Barkovitch respondeu de imediato, cruel:

— O que você acha, pateta?

Menos quatro, pensou Garraty. Oito horas e meia na estrada e só quatro a menos. Teve uma sensação pequena de aperto no estômago. Eu nunca vou durar mais do que eles, pensou. Não mais do que *todos*. Mas, por outro lado, por que não? Alguém tinha de durar.

As conversas tinham ficado menos frequentes conforme o dia escurecia. O silêncio que se espalhou foi opressivo. A escuridão crescente, a neblina no chão formando poças pequenas talhadas… Pela primeira vez, pareceu perfeitamente real e nem um pouco natural, e ele queria Jan ou a mãe, alguma mulher, e se perguntou o que estava fazendo e como podia ter se envolvido naquilo. Não conseguia nem enganar a si mesmo dizendo que não estava tudo claro desde o começo, porque estava, sim. E ele não tinha se metido naquilo sozinho. No momento, havia mais noventa e cinco tolos naquela marcha.

A bola de muco surgiu na garganta dele de novo, dificultando engolir. Ele se deu conta de que alguém à frente estava soluçando baixo. Ele não tinha ouvido começar, e ninguém chamara a atenção dele para o som; era como se estivesse lá o tempo todo.

Dezesseis quilômetros até Caribou agora, e pelo menos haveria luz. A ideia animou Garraty um pouco. Estava tudo bem, no fim das contas, não estava? Ele estava vivo e não adiantava pensar no futuro, um em que ele talvez não existisse mais. Como McVries tinha dito, era tudo uma questão de ajustar seus horizontes.

Às quinze para as seis, começaram a falar de um garoto chamado Travin, um dos primeiros líderes, que agora ficava para trás e se aproximava devagar do grupo principal. Travin estava com diarreia. Garraty ouviu e não acreditou que fosse verdade; quando viu Travin, porém, soube que era. O garoto estava andando e segurando a calça ao mesmo tempo. Cada vez que se agachava, ganhava uma advertência, e Garraty se perguntou de um jeito meio doentio por que Travin não deixava simplesmente escorrer pelas pernas. Era melhor estar sujo do que morto.

Travin estava curvado, andando como Stebbins com o sanduíche, e cada vez que tremia, Garraty sabia que era outra cólica chegando. Garraty sentiu repulsa. Não havia fascinação naquilo, não havia mistério. Era um garoto com dor de barriga, só isso, e era impossível sentir qualquer coisa além de repulsa e uma espécie de terror animal. Seu estômago se embrulhou, enjoado.

Os soldados estavam observando Travin com atenção. Observando e esperando. Finalmente, Travin meio se agachou e meio caiu, e os soldados atiraram nele com a calça arriada. Travin rolou e fez uma careta para o céu, uma expressão feia e digna de pena. Alguém vomitou ruidosamente e recebeu uma advertência. Para Garraty, parecia que o garoto estava botando as entranhas para fora.

— Ele vai ser o próximo — disse Harkness de um jeito profissional.

— Cala a boca — disse Garraty com voz rouca e engasgada. — Será que você não pode calar essa boca?

Ninguém respondeu. Harkness pareceu envergonhado e começou a polir as lentes dos óculos. O garoto que vomitara não levou um tiro.

Eles passaram por um grupo de adolescentes, que torciam por eles sentados em um cobertor e tomando Coca. Reconheceram Garraty e o aplaudiram de pé. Aquilo o deixou incomodado. Uma das garotas tinha seios muito grandes. O namorado dela os ficou olhando balançar enquanto ela pulava. Garraty concluiu que estava virando um maníaco sexual.

— Olha aquelas peitolas — disse Pearson. — Minha nossa.

Garraty se perguntou se ela era virgem, como ele.

Eles passaram por um laguinho parado, um círculo quase perfeito, coberto por uma leve neblina. Parecia um espelho meio enevoado e, no emaranhado misterioso de plantas aquáticas crescendo na margem, um sapo coaxou em tom rouco. Garraty pensou que o laguinho era uma das coisas mais bonitas que já tinha visto.

— Este estado é grande pra cacete — disse Barkovitch em algum lugar à frente.

— Aquele cara me irrita de um jeito... — disse McVries, solene. — Neste momento, meu único objetivo de vida é durar mais do que ele.

Olson estava rezando uma Ave-Maria.

Garraty olhou para ele, alarmado.

— Quantas advertências ele tem? — perguntou Pearson.

— Nenhuma, que eu saiba — disse Baker.

— É, mas ele não está com uma cara muito boa.

— A essa altura, nenhum de nós está — disse McVries.

O silêncio voltou. Garraty notou pela primeira vez que seus pés estavam doendo. Não só as pernas, que o estavam incomodando havia um tempo, mas os pés. Ele reparou que estava andando com a parte externa das solas sem nem perceber, mas de vez em quando botava o pé inteiro no chão e fazia uma careta de dor. Ele fechou a jaqueta toda e levantou a gola no pescoço. O ar ainda estava úmido e frio.

— Ei! Ali! — disse McVries com alegria.

Garraty e os outros olharam para a esquerda. Eles estavam passando por um cemitério situado no topo de um morrinho gramado. Havia um muro rústico de pedra em volta, e a neblina estava contornando lentamente as lápides inclinadas. Um anjo de asa quebrada olhava para eles com olhos vazios. Um carrapito empoleirado sobre um mastro enferrujado e descascando, abandonado em algum feriado patriota, olhava para eles com curiosidade.

— Nosso primeiro cemitério — disse McVries. — Está do seu lado. Ray, você perde todos os seus pontos. Se lembra dessa brincadeira?

— Você fala demais — disse Olson de repente.

— Qual é o problema dos cemitérios, Henry, amigão? Um lugar tranquilo e particular, como diz o poeta. Um belo caixão lacrado...

— Cala essa boca!

— Ah, porra — disse McVries. A cicatriz dele brilhava muito branca na luz do finzinho do dia. — Você não se incomoda de verdade com a ideia de morrer, né, Olson? Como o poeta também disse, não é a morte, é ficar deitado tanto tempo no túmulo. É isso que está te incomodando, bobinho? — McVries começou a imitar um trompete. — Bem, se anime, Charlie! Tem um dia melhor cheg...

— Deixa ele em paz — disse Baker baixinho.

— Por que eu deveria? Ele está ocupado convencendo a si mesmo que pode pular fora na hora que tiver vontade. Que, se ele se deitar e morrer, não vai ser tão ruim quanto todo mundo acha. Bem, eu não vou deixar que ele se safe.

— Se ele não morrer, você vai morrer — disse Garraty.

— É, estou sabendo — disse McVries, e deu para Garraty o sorriso apertado e torto... Só que, desta vez, não havia humor nenhum nele. De repente, McVries pareceu furioso, e Garraty quase teve medo dele. — É ele que parece não saber. Esse otário aqui.

— Eu não quero mais continuar — disse Olson com voz apática. — Estou cansado.

— Cheio de disposição pra vencer — disse McVries, virando-se para ele. — Não foi isso que você disse? Que se foda, então. Por que você não se deita e morre?

— Deixa ele em paz — disse Garraty.

— Escuta, Ray...

— Não, escuta você. Um Barkovitch é suficiente. Deixa ele fazer as coisas do jeito dele. Nada de mosqueteiros, lembra?

McVries sorriu de novo.

— Tudo bem, Garraty. Você venceu.

Olson não disse nada. Só continuou levantando e baixando um pé depois do outro.

A escuridão total chegou às seis e meia da tarde. Caribou, a apenas nove quilômetros e meio, podia ser vista no horizonte como um brilho suave. Havia menos gente na estrada para ver a chegada deles na cidade. As pessoas pareciam ter ido para casa jantar. A neblina estava gelada nos pés de Ray Garraty. Pendia pelas colinas em bandeiras fantasmagóricas e inertes. As estrelas estavam brilhando mais forte no céu, Vênus cintilava intensamente, o Grande Carro no lugar de sempre. Ele conhecia bem as constelações. Mostrou Cassiopeia para Pearson, que só grunhiu.

Pensou em Jan, sua namorada, e sentiu uma pontada de culpa pela garota que tinha beijado mais cedo. Não lembrava mais como a garota era, mas ela o tinha excitado. Colocar a mão na bunda dela daquele jeito o tinha excitado; o que teria acontecido se ele tivesse tentado colocar a mão entre as pernas dela? Sentiu uma pressão na virilha que o levou a fazer uma careta enquanto andava.

Jan tinha cabelo comprido, quase até a cintura. Tinha dezesseis anos. Seus seios não eram tão grandes quanto os da garota que o beijara. Ele tinha brincado muito com os peitos dela. Deixavam-no louco. Ela não topara fazer amor, e ele não sabia como convencê-la. Ela queria, mas não deixava. Garraty sabia que alguns garotos conseguiam fazer isso, conseguiam fazer uma garota cooperar, mas ele não parecia ter personalidade suficiente, ou talvez *vontade* suficiente, para convencê-la. Ele se perguntou quantos dos outros eram virgens. Gribble tinha chamado o major de assassino. Ele se perguntou se Gribble era virgem. E concluiu que provavelmente sim.

Eles passaram pelo limite da cidade de Caribou. Havia uma multidão ali, assim como uma van de noticiário de um canal. Um amontoado de luzes banhava a estrada com um brilho branco e quente. Foi como entrar em uma lagoa repentina de luz do sol, atravessá-la e sair de novo do outro lado.

Um jornalista gordo de terno de três peças andou ao lado deles, esticando o microfone comprido para competidores diferentes. Atrás dele, dois técnicos desenrolavam um rolo de cabo elétrico.

— Como você está se sentindo?

— Bem. Acho que estou me sentindo bem.

— Cansado?

— Ah, bem, você sabe. Sim. Mas ainda estou bem.

— Quais você acha que são as suas chances agora?

— Sei lá… boas, eu acho. Ainda me sinto forte.

Ele perguntou a um sujeito grandão, Scramm, o que ele achava da Longa Marcha. Scramm sorriu, disse que achava a coisa mais escrota que ele já tinha visto, e o repórter fez sinal de corte com os dedos para os dois técnicos. Um deles assentiu, cansado.

Pouco tempo depois, ele ficou sem cabo e começou a voltar para a unidade móvel, tentando evitar os emaranhados de fio. A multidão, atraída tanto pela equipe de televisão quanto pelos competidores da Longa Marcha, gritou com entusiasmo. Pôsteres do major foram erguidos e baixados ritmicamente, presos em gravetos tão verdes e novos que ainda soltavam seiva. Quando as câmeras se viravam para as pessoas, elas gritavam com mais animação do que nunca e acenavam para a tia Betty e para o tio Fred.

Eles fizeram uma curva e passaram por uma lojinha em que o dono, um homenzinho usando um uniforme branco manchado, tinha colocado na porta um cooler de refrigerantes com uma placa em cima que dizia: POR CONTA DA CASA PARA OS COMPETIDORES DA LONGA MARCHA!! CORTESIA DO MERCADO DO "EV"! Havia uma viatura da polícia parada ali perto, e dois policiais estavam explicando pacientemente para Ev, como deviam fazer todos os anos, que era contra as regras os espectadores oferecerem qualquer tipo de ajuda ou assistência, inclusive bebidas, para os competidores.

Eles passaram pela Fábrica de Papéis de Caribou, uma construção enorme enegrecida de fuligem à beira de um rio sujo. Os funcionários se reuniram nos alambrados, gritando com bom humor e acenando. Um apito soou quando o último competidor, Stebbins, passou, e Garraty, ao olhar para trás, viu os empregados entrando na fábrica novamente.

— Ele te perguntou? — uma voz estridente questionou Garraty.

Tomado por uma grande exaustão, Garraty olhou para Gary Barkovitch.

— Quem me perguntou o quê?

— O repórter, seu burro. Ele te perguntou como você estava se sentindo?

— Não, ele não chegou até mim. — Ele queria que Barkovitch sumisse. Queria que a dor latejante nas solas dos pés sumisse.

— Me perguntaram — disse Barkovitch. — Sabe o que eu disse?

— Hm-hm.

— Eu disse que estava me sentindo ótimo — disse Barkovitch agressivamente. O chapéu de chuva ainda estava balançando meio para fora do bolso de trás. — Falei que estava me sentindo forte. Que estava me sentindo preparado pra continuar pra sempre. Sabe o que mais eu falei?

— Ah, cala a boca — disse Pearson.

— Quem te perguntou, seu magrelo, feio e alto? — disse Barkovitch.

— Sai daqui — disse McVries. — Você me dá dor de cabeça.

Novamente insultado, Barkovitch seguiu para a frente e segurou o braço de Collie Parker.

— Ele te perguntou o que…

— Sai daqui antes que eu arranque a porra do seu nariz e te faça comer — rosnou Collie Parker.

Barkovitch avançou a passos rápidos. Os boatos sobre Collie Parker eram que ele era um filho da puta cruel.

— Aquele cara me deixa louco — disse Pearson.

— Ele adoraria saber — disse McVries. — Ele gosta. Também disse para o repórter que planejava dançar em cima de muitos túmulos. E está falando sério. É isso que o faz seguir em frente.

— Na próxima vez que ele aparecer, acho que vou fazer ele tropeçar — disse Olson. A voz dele soou apática e exausta.

— Tsc, tsc — disse McVries. — Regra 8, nada de interferir no avanço dos seus companheiros de Longa Marcha.

— Você sabe o que pode fazer com a Regra 8 — disse Olson com um sorriso pálido.

— Cuidado — disse McVries, sorrindo. — Você parece estar começando a recuperar a disposição.

Às nove da noite, o ritmo, que estava chegando bem perto do limite mínimo, começou a aumentar um pouco. Estava fresco, e andar mais rápido ajudava os garotos a se manterem aquecidos. Eles passaram embaixo de um viaduto de via expressa e várias pessoas gritaram para eles com a boca cheia de Dunkin' Donuts comprados na loja de paredes de vidro situada na base da rampa de saída.

— Nós vamos entrar na via expressa em algum ponto, não vamos? — perguntou Baker.

— Em Oldtown — disse Garraty. — Aproximadamente cento e noventa quilômetros.

Harkness assobiou entre os dentes.

Não muito tempo depois disso, eles entraram no centro de Caribou. Estavam a setenta quilômetros da largada.

4

O game show extremo seria um em que o competidor que perdesse fosse morto.

Chuck Barris, criador de *game shows*
MC de *The Gong Show*

Todo mundo ficou decepcionado com Caribou.

Foi igual a Limestone.

As multidões eram maiores, mas, fora isso, era só mais uma cidade industrial e de serviços com algumas lojas e postos de gasolinas, um shopping que estava fazendo, de acordo com as placas presentes em toda parte, NOSSA GRANDE LIQUIDAÇÃO ANUAL!, e um parque com um memorial de guerra. Uma banda de ensino médio pequena e que tocava horrivelmente mal puxou o hino nacional, um medley de marchas de Sousa e, depois, com um mau gosto tão grande que era quase medonho, *Marching to Pretoria*.

A mesma mulher que tinha feito a maior confusão no cruzamento bem lá atrás apareceu de novo. Ainda estava procurando Percy. Dessa vez, conseguiu passar pelo isolamento da polícia e invadiu a estrada. Andou no meio dos garotos e, sem querer, fez um deles tropeçar. Ela estava gritando para o Percy dela ir para casa agora. Os soldados pegaram as armas, e, por um momento, pareceu muito que a mãe do Percy ia ganhar um bilhete por interferência. Mas um policial a pegou com uma chave de braço e a arrastou para longe. Um garotinho estava sentado em um barril que dizia MANTENHA O MAINE LIMPO, comendo um cachorro-quente e vendo a polícia colocar a mãe do Percy em uma viatura da polícia. A mãe do Percy foi o ponto alto da passagem por Caribou.

— O que vem depois de Oldtown, Ray? — perguntou McVries.

— Eu não sou um mapa rodoviário ambulante — disse Garraty, irritado. — Bangor, eu acho. Depois, Augusta. E Kittery e a divisa estadual, a uns quinhentos e trinta quilômetros daqui. Mais ou menos. Está bem? Isso é tudo que eu sei.

Alguém assobiou.

— Quinhentos e trinta quilômetros.

— É inacreditável — disse Harkness sombriamente.

— A coisa toda é inacreditável — disse McVries. — Onde será que o major está?

— Com alguma mulher em Augusta — disse Olson.

Todos sorriram, e Garraty refletiu sobre como era estranha aquela coisa do major, que tinha passado de Deus ao Diabo em apenas dez horas.

Restavam noventa e cinco garotos. Mas isso nem era mais o pior. O pior era tentar visualizar McVries levando o bilhete, ou Baker. Ou Harkness, com a ideia idiota de livro. A mente dele se afastou do pensamento.

Quando Caribou ficou para trás, a estrada ficou deserta. Eles passaram por um cruzamento típico de cidades do interior, com um único poste de luz bem alto que os iluminou e criou sombras pretas quando eles passaram sob o clarão. Ao longe, um apito de trem soou. A lua lançava uma luz hesitante na neblina rente ao chão, deixando-a perolada e opalescente nos campos.

Garraty tomou um gole de água.

— Advertência! Advertência, número 12! É sua última advertência, número 12!

O número 12 era um garoto chamado Fenter, que estava usando uma camiseta de suvenir que dizia EU ANDEI NO TRENZINHO DO MONTE WASHINGTON! Fenter estava lambendo os lábios. Diziam que o pé dele estava enrijecido. Quando ele levou o tiro, dez minutos depois, Garraty não sentiu muita coisa. Estava cansado demais. Ele contornou Fenter. Ao olhar para baixo, viu uma coisa cintilando na mão do garoto. Uma medalhinha de São Cristóvão.

— Se eu sair disso — disse McVries abruptamente —, sabe o que eu vou fazer?

— O quê? — perguntou Baker.

— Trepar até meu pau ficar azul. Eu nunca senti tanto tesão na vida como neste minuto, às quinze pras oito do dia 1º de maio.

— Sério? — perguntou Garraty.

— Sério — garantiu McVries. — Eu poderia até ficar com tesão por você, Ray, se você não estivesse precisando se barbear.

Garraty riu.

— O Príncipe Encantado, é isso que eu sou — disse McVries. Levou a mão à cicatriz na bochecha e tocou nela. — Agora, só preciso de uma Bela Adormecida. Eu poderia acordá-la com um beijo babado, e nós dois iríamos cavalgar até o pôr do sol. Pelo menos até o próximo Holiday Inn.

— Andar — disse Olson sem entonação.

— Hã?

— Andar até o pôr do sol.

— Andar até o pôr do sol, tudo bem — disse McVries. — Amor verdadeiro de qualquer modo. Você acredita em amor verdadeiro, Hank, querido?

— Eu acredito em uma boa trepada — disse Olson, e Art Baker caiu na gargalhada.

— Eu acredito em amor verdadeiro — disse Garraty, mas se arrependeu de ter falado. Pareceu ingenuidade.

— Quer saber por que eu não acredito? — disse Olson. Ele olhou para Garraty e abriu um sorriso assustador e furtivo. — Pergunta para o Fenter. Pergunta para o Zuck. Eles sabem.

— Que pensamento horrível — disse Pearson. Ele tinha saído de algum lugar na escuridão e estava andando com eles de novo. Pearson estava mancando, não muito, mas de forma bem óbvia.

— Não é, não — disse McVries, e, depois de um momento, acrescentou, enigmático: — Ninguém ama um morto.

— Edgar Allan Poe amava — disse Baker. — Eu fiz um trabalho sobre ele na escola e dizia que ele tinha tendências à ne... necro...

— Necrofilia — disse Garraty.

— É, isso aí.

— O que é isso? — perguntou Pearson.

— É quando a pessoa tem vontade de dormir com uma mulher morta — disse Baker. — Ou homem morto, se você for mulher.

— Ou se for fruta — observou McVries.

— Como foi que a gente veio parar nisso? — resmungou Olson. — Como foi que a gente veio parar no assunto de trepar com gente morta? É repugnante pra caralho.

— Por que não? — perguntou uma voz grave e sombria. Era Abraham, o número 2. Ele era alto e parecia desconjuntado; andava sempre bamboleando. — Acho que todo mundo devia tirar um momentinho pra parar e pensar sobre o tipo de vida sexual que deve existir no além.

— Eu fico com a Marilyn Monroe — disse McVries. — Pode ficar com a Eleanor Roosevelt, Abe, amigão.

Abraham mostrou o dedo do meio para ele. À frente, um dos soldados gritou uma advertência.

— Só um segundo. Esperem só uma porra de segundo. — Olson falou devagar, como se estivesse lutando com um problema tremendo para se expressar. — Vocês todos desviaram do assunto. Todos.

— A Qualidade Transcendental do Amor, uma palestra do renomado filósofo e comedor Henry Olson — disse McVries. — Autor de *Um pêssego não é pêssego se não tiver caroço* e outros trabalhos de...

— Espera aí! — gritou Olson. A voz dele soou estridente como vidro quebrando. — Espera uma porra de segundo aí! O amor é uma invenção! É um nada! É um zero gordo! Entenderam?

Ninguém respondeu. Garraty olhou para a frente, onde as colinas escuras como carvão se encontravam com a escuridão polvilhada por estrelas do céu. Ele se perguntou se não estava sentindo leves pontadas de cãibra no arco do pé esquerdo. Quero me sentar, pensou, irritado. Droga, eu quero me sentar.

— O amor é uma mentira! — Olson estava gritando. — Há três grandes verdades no mundo, e elas são: uma boa refeição, uma boa foda e uma boa cagada, *só isso*! E quando vocês acabarem como Fenter e Zuck...

— Cala a boca — disse uma voz entediada, e Garraty sabia que tinha sido Stebbins.

Quando olhou para trás, porém, Stebbins estava só olhando para a estrada e andando perto do lado esquerdo.

Um jato passou lá em cima, deixando o som do motor para trás e desenhando uma linha branca no céu da noite. Passou baixo o suficiente para que vissem as luzes, pulsando em amarelo e verde. Baker estava assobiando de novo. Garraty deixou as pálpebras se fecharem quase por completo. Seus pés se moviam sozinhos.

A mente quase cochilando começou a escapar. Pensamentos aleatórios começaram a se perseguir preguiçosamente no campo dela. Ele se lembrou da mãe cantando para ele uma cantiga irlandesa quando ele era bem pequeno... algo sobre berbigões e mexilhões vivos, vivos. E o rosto dela, tão grande e lindo, como o rosto de uma atriz em uma tela de cinema. Ele querendo beijá-la e amá-la para sempre. Quando crescesse, se casaria com ela.

O pensamento foi substituído pelo rosto polonês bem-humorado de Jan e o cabelo escuro que caía quase até a cintura. Ela estava usando um biquini por baixo de uma saída de praia porque estavam indo à praia Reid. Garraty estava usando um short jeans cortado e chinelos.

Jan sumiu. O rosto dela virou o de Jimmy Owens, o garoto do mesmo quarteirão. Ele tinha cinco anos e Jimmy tinha cinco anos e a mãe dele os pegou brincando de médico na caixa de areia atrás da casa do Jimmy. Os dois estavam duros. Era assim que eles chamavam, duros. A mãe do Jimmy ligou para a mãe dele e a mãe dele foi buscá-lo e se sentou com ele no quarto e perguntou se ele ia gostar se ela o obrigasse a sair e andar pela rua sem roupa. Seu corpo sonolento se contraiu com o constrangimento horrível, com a vergonha. Ele chorou e implorou para ela não o obrigar a andar pela rua sem roupa... e para ela não contar para o pai dele.

Sete anos agora. Ele e Jimmy Owens espiando pela janela suja do escritório da Materiais de Construção Burr para ver os calendários de mulher pelada, sabendo o que estavam vendo, mas sem saber direito, sentindo uma pontada vibrante e vergonhosa e excitante de alguma coisa. Alguma coisa. Tinha uma moça loura com um pedaço de seda azul enrolado nos quadris e eles ficaram olhando para ela por muito, muito tempo. Discutiram sobre o que podia haver embaixo do pano. Jimmy disse que já tinha visto a mãe nua. Jimmy disse que sabia. Jimmy disse que era uma coisa peluda e partida ao meio. Ele tinha se recusado a acreditar no Jimmy porque o que Jimmy disse era nojento.

Mesmo assim, ele tinha certeza de que as moças deviam ser diferentes dos homens lá embaixo, e eles passaram um longo crepúsculo roxo de verão discutindo, espantando mosquitos e vendo um jogo de beisebol improvisado no pátio da empresa de mudanças em frente ao Burr. Ele sentiu, realmente *sentiu* no sonho meio acordado a sensação do meio-fio duro embaixo da bunda.

No ano seguinte, ele tinha batido na boca do Jimmy Owens com a coronha do rifle de ar Daisy enquanto brincavam de arminha, e Jimmy precisou levar quatro pontos no lábio superior. Um ano depois disso, haviam se mudado. Ele não tinha batido na boca do Jimmy de propósito. Fora um acidente. Disso ele tinha certeza, embora, àquela altura, ele soubesse que Jimmy estava certo, porque tinha visto a mãe nua (ele não pretendera vê-la nua, tinha sido sem querer). Elas eram peludas lá embaixo. Peludas e com uma coisa partida ao meio.

Shh, não é um tigre, amor, só seu urso de pelúcia, viu?... Berbigões e mexilhões, vivos, vivos... A mamãe ama o filhinho... Shhh... Dorme...

— Advertência! Advertência, número 47!

Um cotovelo o cutucou cruelmente nas costelas.

— É você, garoto. Bom dia. — McVries estava sorrindo para ele.

— Que horas são? — perguntou Garraty com voz rouca.

— Oito e trinta e cinco.

— Mas eu estou...

— Cochilando há horas — disse McVries. — Sei qual é a sensação.

— Bom, foi a impressão.

— É a sua cabeça — disse McVries — usando a velha rota de fuga. Você não queria que seus pés pudessem fazer isso?

— Eu uso sabonete — disse Pearson, fazendo cara de idiota. — Você não queria que todo mundo usasse?

Garraty pensou que lembranças eram como uma linha desenhada em areia. Quanto mais você voltava, mais fraca e difícil de ver a linha que ficava. Até que finalmente não havia nada além de areia lisa e o buraco negro do nada de onde você veio. As lembranças eram parecidas com a estrada, de certa forma. Ali, tudo era real e duro e tangível. Mas aquela estrada lá atrás, a das nove da manhã, estava muito distante e sem sentido.

Eles tinham percorrido quase oitenta quilômetros da Marcha. Segundo os boatos, o major estaria no jipe para vê-los e fazer um curto discurso quando eles chegassem ao marco de oitenta quilômetros — cinquenta milhas. Garraty achou que havia uma boa chance de ser baboseira.

Subiram por um aclive longo e íngreme e Garraty ficou tentado a tirar a jaqueta de novo. Mas não tirou. Só a abriu e andou de costas por um minuto. As luzes de Caribou cintilaram para ele, e ele pensou na mulher de Ló, que tinha olhado para trás e virado um pilar de sal.

— Advertência! Advertência, número 47! Segunda advertência, número 47!

Garraty levou um momento para perceber que era ele. Sua segunda advertência em dez minutos. Ele começou a sentir medo de novo. Pensou no garoto sem nome que havia morrido porque tinha ido devagar uma vez além do permitido. Era isso que ele estava fazendo?

Ele olhou ao redor. McVries, Harkness, Baker e Olson estavam olhando para ele. Olson, em especial, estava dando uma boa olhada. Garraty conseguia ver a expressão atenta no rosto de Olson até no escuro. Olson tinha durado mais do que seis garotos. Queria fazer de Garraty o número 7 da sorte. Queria que Garraty morresse.

— Perdeu alguma coisa aqui? — perguntou Garraty com irritação.

— Não — disse Olson, afastando o olhar. — Claro que não.

Garraty passou a andar com determinação, balançando os braços de um jeito agressivo. Eram oito e quarenta. Às dez e quarenta, depois de mais treze quilômetros, ele estaria livre novamente. Sentia uma vontade histérica de declarar que era capaz, que não precisavam começar a falar dele, que não o veriam receber o bilhete... ainda não, ao menos.

A neblina no chão se espalhava pela estrada em fitas finas, como fumaça. As silhuetas dos garotos se moviam como ilhas negras vagando. Aos oitenta quilômetros de Marcha, eles passaram por um posto pequeno fechado com uma bomba de gasolina enferrujada na frente. Não passava de um vulto sinistro e inclinado na neblina. A luz fluorescente límpida de uma cabine telefônica oferecia a única iluminação. O major não apareceu. Ninguém apareceu.

A estrada se inclinava gentilmente para baixo em uma curva, e havia uma placa amarela à frente. Começaram a espalhar o que estava escrito, mas, antes de chegar a Garraty, ele conseguiu ler:

ACLIVE ÍNGREME CAMINHÕES USEM MARCHA BAIXA

Gemidos e resmungos. Em algum lugar à frente, Barkovitch gritou com alegria:

— Vamos nessa, irmãos! Quem quer apostar corrida até o topo?

— Cala essa porra dessa boca, animal — alguém disse baixinho.

— Me obriga, cretino! — berrou Barkovitch. — Vem aqui me obrigar!

— Ele está surtando — disse Baker.

— Não — respondeu McVries. — Só está forçando a barra. Caras como ele tem barra à beça pra forçar.

A voz de Olson saiu bem baixa.

— Acho que não consigo subir essa colina. Não a seis quilômetros e meio por hora.

A colina se prolongava acima deles. Estavam quase lá. Com a neblina, era impossível ver o cume. Até onde sabemos, pode continuar para sempre, pensou Garraty.

Eles começaram a subir.

Não era ruim, Garraty descobriu, se ficasse olhando para os pés enquanto andava e se inclinasse um pouco para a frente. Daquele jeito ele via só o pedacinho de asfalto entre os pés, e isso dava a impressão de estar andando em terreno plano. Claro que não dava para enganar a si mesmo de que os pulmões e o ar na garganta não estavam esquentando, pois estavam.

De alguma forma, os boatos voltaram; as pessoas ainda tinham fôlego sobrando, ao que parecia. Diziam que a colina tinha quatrocentos metros. Diziam que tinha mais de três quilômetros. Diziam que nenhum competidor tinha levado bilhete naquela colina. Diziam que três garotos tinham levado bilhete ali só no ano anterior. E, depois disso, pararam de falar.

— Eu não consigo — Olson repetia sem parar. — Eu não consigo mais.

A respiração dele estava saindo em ofegos de cachorro. Mas ele continuou andando e todos continuaram andando. Pequenos grunhidos e respirações baixas e explosivas ficaram audíveis. Os únicos outros sons eram a frase repetida de Olson, o movimento de muitos pés e o som arrastado do motor da semilagarta seguindo ao lado deles.

Garraty sentiu o medo perplexo no estômago crescer. Ele podia morrer ali. Não seria nada difícil. Tinha feito besteira e ganhado duas advertências, já. Não devia estar muito acima do limite. Bastava vacilar um pouco em um passo e receberia a número três, a advertência final. E aí…

— Advertência! Advertência, número 70!

— Estão tocando a sua música, Olson — disse McVries, ofegante. — Levanta os pés. Quero ver você dançar colina acima como Fred Astaire.

— Por que você se dá ao trabalho? — perguntou Olson, irritado.

McVries não respondeu. Olson encontrou um pouco mais de energia e conseguiu acelerar. Garraty se perguntou morbidamente se o pouco mais que Olson tinha encontrado era o esforço final. Também se perguntou sobre Stebbins, na retaguarda do grupo. Como você está, Stebbins? Ficando cansado?

À frente, um garoto chamado Larson, o número 60, de repente se sentou na estrada. Ele recebeu uma advertência. Os outros garotos se separaram e passaram em volta dele, como o Mar Vermelho em volta dos Filhos de Israel.

— Vou só descansar um pouco, tá? — disse Larson com um sorriso confiante e chocado. — Eu não consigo mais andar agora, tá?

O sorriso dele ficou mais largo, e ele o voltou para o soldado que tinha descido da semilagarta com a arma fora do ombro e o cronômetro de aço na mão.

— Advertência, número 60 — disse o soldado. — Segunda advertência.

— Escuta, eu vou alcançar o grupo — Larson se apressou em garantir. — Eu só estou descansando. Não dá pra andar o tempo todo. Não o tempo *todo*. Dá, pessoal?

Olson soltou um gemidinho quando passou por Larson e se afastou quando o garoto tentou tocar na barra da calça dele.

Garraty sentiu a pulsação quente nas têmporas. Larson recebeu a terceira advertência… Agora ele vai entender, pensou Garraty, agora ele vai se levantar e começar a correr.

E, no final, Larson pareceu mesmo se dar conta. A realidade caiu com tudo.

— Ei! — disse Larson atrás deles. A voz estava aguda e alarmada. — Ei, só um segundo, não faz isso, eu vou me levantar. Ei, não! N…

O tiro. Eles continuaram subindo a colina.

— Noventa e três garrafas de cerveja na prateleira — disse McVries baixinho.

Garraty não respondeu. Olhou para os pés e andou e colocou toda a concentração em chegar no alto sem a terceira advertência. Não poderia continuar por muito tempo, aquela colina monstruosa. Não era possível.

À frente, alguém deu um grito alto e gorgolejante e os rifles soaram ao mesmo tempo.

— Barkovitch — disse Baker com voz rouca. — Foi o Barkovitch, tenho certeza.

— Errado, caipira! — gritou Barkovitch no escuro. — Cem por cento errado!

Eles nem chegaram a ver o garoto que tinha levado o tiro depois de Larson. Ele estava na vanguarda e foi arrastado da estrada antes que chegassem lá. Garraty arriscou uma olhada para a frente e se arrependeu na mesma hora. Dava para ver o alto da colina... por pouco. Eles ainda tinham a distância de um campo de futebol americano para percorrer. Pareciam cento e sessenta quilômetros. Ninguém disse mais nada. Cada um tinha se recolhido em seu mundinho particular de dor e esforço. Segundos pareceram se transformar em horas.

Perto do alto da colina, uma estrada de terra irregular saía da principal, e havia um fazendeiro com a família lá. Eles viram os competidores passarem, um velho com testa enrugada, uma mulher de rosto desagradável com um casaco volumoso, três filhos adolescentes que pareciam todos meio burros.

— Ele só precisa... de um forcado — disse McVries para Garraty, sem fôlego. Havia suor descendo pelo rosto dele. — E... Grant Wood... para pintá-lo.

Alguém gritou:

— Oi, pai!

O fazendeiro e a mulher do fazendeiro e os filhos do fazendeiro não disseram nada. O queijo fica sozinho, pensou Garraty como louco. Ei, derivados do leite, o queijo fica sozinho. O fazendeiro e a família não sorriram. Não franziram a testa. Não ergueram placas. Não acenaram. Eles assistiram. Garraty pensou nos filmes de faroeste que tinha visto em tantas tardes de sábado quando era mais novo, em que o herói era abandonado para morrer no deserto e os abutres chegavam e voavam lá em cima. Eles ficaram para trás e Garraty ficou feliz. Achava que o fazendeiro e a esposa e os três filhos meio burros estariam lá por volta das nove da noite do dia 1º de maio do ano seguinte... e do seguinte... e do seguinte. Quantos garotos tinham visto levar um tiro? Dez? Dois? Garraty não gostou de pensar naquilo. Tomou um gole do cantil, bochechou a água, tentando soltar a saliva seca. Cuspiu tudo.

A colina continuava. À frente, Toland desmaiou e levou um tiro depois que o soldado que ficou ao lado dele advertiu o corpo inconsciente três vezes. Parecia a Garraty que eles estavam subindo a colina havia pelo menos um mês agora. Sim, devia ser pelo menos um mês, e era uma estimativa conservadora porque estavam andando havia mais de três anos. Ele riu um pouco, encheu a boca de água de novo, bochechou e engoliu. Nada de cãibra. Uma cãibra acabaria com ele agora. Mas poderia acontecer. Poderia acontecer porque alguém tinha mergulhado os sapatos dele em chumbo líquido quando ele não estava olhando.

Menos nove, e um terço das baixas havia acontecido ali na colina. O major tinha dito para Olson dar um trabalho infernal, e se aquilo não era o inferno, era uma aproximação das boas. Das boas...

Ah, cara...

Garraty percebeu de repente que estava tonto, como se fosse desmaiar. Levantou uma das mãos e deu dois tapas na própria cara, com a palma e as costas da mão, com força.

— Você está bem? — perguntou McVries.

— Acho que vou desmaiar.

— Derrama... — respiração rápida, assobiando — ... o cantil na cabeça.

Garraty fez isso. Eu te batizo Raymond Davis Garraty, *pax vobiscum*. A água estava bem gelada. Ele parou de sentir que ia desmaiar. Um pouco da água entrou pela camisa em fios gelados.

— Cantil! Para o 47! — gritou. O esforço do grito o deixou exausto de novo. Ele desejou ter esperado um pouco.

Um dos soldados deu uma corridinha até ele e entregou um cantil novo. Garraty sentiu os olhos gelados e sem expressão do soldado o avaliando.

— Vai embora — disse o garoto rudemente, pegando o cantil. — Você é pago pra atirar em mim, não pra me olhar.

O soldado foi embora sem mudar de expressão. Garraty se obrigou a andar um pouco mais rápido.

Eles continuaram subindo e mais ninguém ganhou o bilhete e eles chegaram no topo. Eram nove da noite. Eles estavam na estrada havia doze horas. Não significava nada. A única coisa que importava era a brisa fresca que soprava no alto da colina. E o som de um pássaro. E a sensação da camisa úmida na pele. E as lembranças na mente. Essas coisas importavam, e Garraty se agarrou a elas com consciência desesperada. Eram dele, e ele ainda as tinha.

— Pete?

— O quê?

— Cara, eu estou feliz de estar vivo.

McVries não respondeu. Eles estavam descendo agora. Andar era fácil.

— Vou me esforçar muito pra ficar vivo — disse Garraty, quase como quem pede desculpas.

A estrada fazia uma curva suave para baixo. Eles ainda estavam a cento e oitenta e cinco quilômetros de Oldtown e do piso comparativamente plano da via expressa.

— Essa é a ideia, né? — perguntou McVries, enfim. Sua voz soou rachada e arrastada, como se tivesse saído de um porão empoeirado.

Nenhum dos dois disse nada por um tempo. Ninguém estava falando. Baker seguiu em frente com firmeza (ele ainda não tinha recebido advertência alguma) e as mãos nos bolsos, a cabeça balançando de leve com o ritmo da caminhada. Olson tinha voltado à Ave-Maria, cheia de graça. O rosto era uma mancha branca no escuro. Harkness estava comendo.

— Garraty — disse McVries.

— Estou aqui.

— Você já viu o fim de uma Longa Marcha?

— Não, e você?

— Porra, não. Só pensei que como você está perto e tal...

— Meu pai odiava. Ele me levou a uma pra servir de, como é que se diz, lição. Mas foi a única vez.

— Eu vi.

Garraty deu um pulo com o som daquela voz. Era Stebbins. Ele estava quase junto deles, a cabeça ainda inclinada para a frente, o cabelo louro balançando em volta das orelhas como uma aura doentia.

— Como foi? — perguntou McVries. A voz dele soou mais jovem, de alguma forma.

— Você não quer saber — disse Stebbins.

— Eu perguntei, não foi?

Stebbins não respondeu, e a curiosidade de Garraty sobre ele estava mais forte do que nunca. Stebbins não tinha desistido. Não mostrava sinais de desistir. Continuava sem reclamar e não tinha recebido advertência alguma desde a largada.

— Sim, como é? — Garraty se ouviu perguntar.

— Eu vi o fim quatro anos atrás — disse Stebbins. — Eu tinha treze anos. Acabou uns vinte e cinco quilômetros depois da fronteira de New Hampshire. A Guarda Nacional estava lá, e os Dezesseis Pelotões Federais para incrementar a Polícia Estadual. Tiveram que fazer isso. As pessoas tinham se aglomerado dos dois lados da estrada, ao longo de oitenta quilômetros. Mais de vinte pessoas morreram pisoteadas antes de tudo acabar. Aconteceu porque as pessoas estavam tentando seguir com os competidores, tentando ver o final. Eu tinha um lugar bem na frente. Meu pai conseguiu.

— O que o seu pai faz? — perguntou Garraty.

— Ele é dos Pelotões. E calculou direitinho. Eu nem precisei me mexer. A Marcha terminou praticamente na minha frente.

— O que aconteceu? — perguntou Olson baixinho.

— Eu os ouvi chegando antes de ver. Todo mundo ouviu. Era uma onda sonora enorme, chegando cada vez mais perto. E demorou uma hora para eles se aproximarem a ponto de eu conseguir ver. Eles não estavam olhando para as pessoas, nenhum dos dois que restavam. Era como se nem soubessem que havia plateia. Eles estavam olhando para a estrada. Estavam mancando, os dois. Como se tivessem sido crucificados e tirados da cruz e obrigados a andar com os pregos ainda nos pés.

Todos estavam ouvindo Stebbins agora. Um silêncio horrorizado tinha se espalhado como uma manta isolante.

— A plateia estava gritando para eles, quase como se eles ainda pudessem ouvir. Algumas pessoas estavam gritando o nome de um cara, algumas o nome do outro, mas a única coisa que se ouvia era um canto de *Vai... Vai... Vai...* Eu estava sendo empurrado como um boneco. O cara do meu lado se mijou ou gozou na calça, não dava pra saber qual das duas coisas.

"Eles passaram por mim. Um era um louro grande com a camisa aberta. Uma das solas do sapato dele tinha descolado ou descosturado e estava batendo. O outro cara nem estava mais de sapato. Estava de meias. As meias acabavam no tornozelo. O resto... ora, ele gastou de tanto andar, né? Os pés dele estavam roxos. Dava para ver os vasos sanguíneos arrebentados nos pés. Acho que ele não estava sentindo mais nada. Talvez tenham conseguido fazer alguma coisa com os pés dele depois, não sei. Talvez."

— Para. Pelo amor de Deus, para. — Era McVries. Ele parecia atordoado e enjoado.

— Você queria saber — disse Stebbins, quase jovialmente. — Você não disse isso?

Não houve resposta. A semilagarta chiou e estalou e bufou no acostamento, e alguém na frente recebeu uma advertência.

— Foi o louro grande que perdeu. Eu vi tudo. Eles tinham passado um pouco de mim. Ele levantou os dois braços como se fosse o Super-Homem. Mas, em vez de voar, caiu de cara no chão, e deram o bilhete dele depois de trinta segundos porque ele estava andando com três advertências. Os dois tinham três.

"A plateia começou a comemorar. As pessoas gritaram e gritaram e viram que o garoto que venceu estava tentando dizer alguma coisa. Todo mundo calou a boca. Ele tinha caído de joelhos, sabe, como se fosse rezar, só que só estava chorando. E aí, ele engatinhou até o outro garoto e botou o rosto na camisa do garoto louro grande. E começou a dizer o que tinha pra dizer, mas não deu pra ouvir. Ele estava falando com a camisa do garoto morto. Ele estava contando para o garoto morto. Os soldados foram até lá e disseram que ele tinha ganhado o Prêmio e perguntaram como ele queria começar."

— O que ele disse? — perguntou Garraty. Parecia a ele que, com a pergunta, tinha colocado a vida toda em jogo.

— Ele não disse nada pra eles, não naquela hora — disse Stebbins. — Ele estava falando com o garoto morto. Estava dizendo alguma coisa pro garoto morto, mas nós não conseguíamos ouvir.

— O que aconteceu depois? — perguntou Pearson.

— Não lembro — disse Stebbins, distante.

Ninguém disse mais nada. Garraty se sentiu em pânico e encurralado, como se alguém o tivesse enfiado em um cano subterrâneo que era pequeno demais para ele conseguir sair. À frente, uma terceira advertência foi dada e um garoto fez um som gemido de desespero, como o de um corvo morrendo. Por favor, Deus, não permita que atirem em ninguém agora, pensou Garraty. Vou ficar maluco se ouvir as armas agora. Por favor, Deus, por favor, Deus.

Alguns minutos depois, as armas emitiram o som de morte de aço na noite. Dessa vez, foi um garoto baixo de camisa de futebol americano vermelha e branca meio larga. Por um momento, Garraty pensou que a mãe de Percy não teria mais que se perguntar ou se preocupar, mas não tinha sido Percy. Tinha sido um garoto chamado Quincy ou Quentin ou algo do tipo.

Garraty não ficou louco. Ele se virou para dizer palavras raivosas para Stebbins, talvez para perguntar como era encher os últimos minutos de um garoto com um horror daqueles… mas Stebbins tinha voltado para a posição de sempre e Garraty estava sozinho de novo.

Eles continuaram andando, os noventa.

5

Você não falou a verdade e vai ter que pagar as consequências.

Bob Barker
Truth or Consequences

Às nove e quarenta da noite daquele 1º de maio infinito, Garraty se livrou de uma das duas advertências. Mais dois competidores tinham ganhado bilhetes depois do garoto de camisa de futebol americano. Garraty mal reparou. Estava fazendo um inventário cuidadoso de si mesmo.

Uma cabeça, meio confusa e doida, mas basicamente bem. Dois olhos, embaçados. Um pescoço, meio duro. Dois braços, sem problema algum. Um tronco, que estava bem exceto pela fome na barriga que os concentrados não conseguiam satisfazer. Duas pernas bem cansadas. Músculos doendo. Ele se perguntou a distância pela qual suas pernas o carregariam sozinhas, quanto tempo até seu cérebro as assumir e começar a puni-las, a fazê-las trabalhar além de qualquer limite são para impedir que uma bala entrasse em sua proteção de osso. Quanto tempo até as pernas começarem a se embolar e falhar, protestarem e finalmente entrarem em colapso e pararem.

Suas pernas estavam cansadas, mas, até onde ele conseguia identificar, estavam bem.

E dois pés. Doendo. Estavam sensíveis, não dava para negar. Ele era um garoto grande. Os pés estavam carregando mais de setenta quilos. As solas doíam. Havia pontadas estranhas ocasionais neles.

O dedão esquerdo tinha furado a meia (ele pensou na história de Stebbins e sentiu um horror crescente) e agora roçava de forma desconfortável no sapato. Mas os pés estavam funcionando, ainda não havia bolhas neles e Garraty sentia que ainda estavam bem, sim.

Garraty, pensou ele para motivar a si mesmo, você está em bom estado. Doze caras mortos, o dobro disso pode estar com muita dor agora, mas você está bem. Você está indo bem. Está ótimo. Está vivo.

As conversas, que tinham morrido violentamente no fim da história de Stebbins, recomeçaram. Falar era o que pessoas vivas faziam. Yannick, o número 98, estava discutindo a ancestralidade dos soldados na semilagarta em voz alta demais com Wyman, o 97. Ambos concordaram que era mista, colorida, hirsuta e bastarda.

Enquanto isso, Pearson perguntou subitamente a Garraty:

— Você já fez enema?

— Enema? — repetiu Garraty. Ele pensou. — Não. Acho que não.

— Algum de vocês já? — perguntou Pearson. — Falem a verdade.

— Eu já — disse Harkness e riu um pouco. — Minha mãe fez em mim depois do Halloween uma vez, quando eu era pequeno. Eu tinha comido um saco de mercado todinho de doces.

— Você gostou? — insistiu Pearson.

— Porra, não! Quem *no mundo* gostaria de meio litro de água com sabão enfiado no seu...

— Meu irmãozinho — disse Pearson, triste. — Eu perguntei ao nojentinho se ele lamentava que eu estava vindo e ele disse que não, porque a mamãe disse que ele podia fazer um enema se fosse bonzinho e não chorasse. Ele ama.

— Isso é doentio — disse Harkness alto.

A expressão de Pearson se fechou.

— Eu pensei a mesma coisa.

Depois de alguns minutos, Davidson se juntou ao grupo e contou a eles sobre quando ficou bêbado na Feira Estadual de Steubenville e entrou em uma barraca de dança sensual e levou uma porrada na cabeça de uma mulher grande e gorda usando só uma tanguinha. Quando disse para ela (foi o que ele contou) que estava bêbado e achou que tinha entrado na tenda de tatuagem, a mulher gorda gostosa deixou ele passar a mão nela um pouco (foi o que ele contou). Ele disse para ela que queria fazer uma tatuagem da bandeira dos confederados na barriga.

Art Baker contou sobre uma competição que faziam na cidade dele para ver quem conseguia botar fogo no maior peido, e um garoto de bunda peluda chamado Davey Popham tinha conseguido queimar quase todos os pelos da bunda e da lombar também. Ficou com cheiro de mato pegando fogo, disse Baker. Isso fez Harkness rir tanto que ele levou uma advertência.

Depois disso, a competição começou. Uma história absurda foi contada após a outra até que toda a estrutura frágil desmoronasse. Outra pessoa levou uma advertência e, não muito tempo depois, o outro Baker (James) ganhou o bilhete. O bom humor sumiu do grupo. Alguns começaram a falar das namoradas, e a conversa ficou hesitante e sentimental. Garraty não falou nada sobre Jan, mas, quando as dez horas cansadas chegaram, como um saco de carvão preto pontilhado de neblina leitosa, ele teve a sensação de que a garota era a melhor coisa que ele já tinha conhecido na vida.

Eles passaram sob uma curta série de postes de luz em uma cidade fechada e adormecida, todos amuados, falando em murmúrios baixos. Na frente do Shopwell perto do fim de uma área ampla na estrada, um casal jovem dormia em um banco de calçada com as cabeças encostadas uma na outra. Um cartaz que não dava para ler pendia entre eles. A garota era muito nova, parecia não ter mais de catorze anos, e o namorado estava usando uma camiseta esportiva que tinha sido lavada vezes demais para ainda parecer esportiva. As sombras unidas se projetavam em um ponto da rua por onde os competidores passaram em silêncio.

Garraty olhou para trás com a certeza de que o barulho da semilagarta os acordaria. Mas eles continuaram dormindo, sem perceber que o Evento tinha chegado e passado. Ele se perguntou se a garota ia levar uma bronca do pai. Parecia tão nova. Ele se perguntou se o cartaz deles era para Garraty, o "Garoto do Maine". Esperava que não. A ideia era meio repulsiva.

Comeu o que restava dos energéticos e se sentiu melhor. Não havia mais nada que Olson pudesse arrancar dele agora. Era engraçado, o Olson. Garraty teria apostado seis horas antes que Olson estava acabado. Mas ele ainda estava andando, e agora sem advertências. Garraty achava que uma pessoa podia fazer muitas coisas quando a vida estava em jogo. Eles já tinham percorrido oitenta e sete quilômetros.

O que ainda havia de conversa morreu com a cidade sem nome. Eles andaram em silêncio por uma hora, mais ou menos, e o frio começou a afetar Garraty de novo. Ele comeu o que restava dos biscoitos da mãe, fez uma bola com o papel alumínio e a jogou na vegetação na beira da estrada. Só mais um pouco de lixo na grande plantação de tomates da vida.

McVries tinha tirado uma escova de dentes da mochilinha e estava ocupado escovando os dentes. A vida segue, pensou Garraty, maravilhado. Você arrota e pede desculpas. Acena para as pessoas que acenam para você porque é a coisa educada a fazer. Ninguém discute muito com mais ninguém (exceto Barkovitch) porque também é a coisa educada a fazer. Tudo segue.

Mas será que seguia? Ele pensou em McVries pedindo para Stebbins calar a boca. Em Olson pegando o queijo com a humildade de um cachorro surrado. Tudo parecia ter uma intensidade aumentada agora, um contraste mais apurado de cores e luzes e sombras.

Às onze da noite, várias coisas aconteceram quase ao mesmo tempo. Espalharam os boatos de que uma ponte de tábuas à frente tinha sido levada por uma tempestade pesada à tarde. Sem a ponte, a Marcha teria que ser temporariamente interrompida. Uma comemoração fraca se espalhou pelos grupos maltrapilhos; Olson, com voz muito baixa, murmurou:

— Graças a Deus.

Um momento depois, Barkovitch começou a gritar um fluxo de profanidades para o garoto ao lado, um menino atarracado e feio com o infeliz nome de Rank. Rank tentou bater nele, o que é expressamente proibido pelas regras, e levou uma advertência. Barkovitch nem mudou o ritmo. Só abaixou a cabeça e passou embaixo do soco e seguiu gritando.

— Vem, seu filho da puta! Vou dançar no seu túmulo! Vem, imbecil, acelera! Não deixa fácil demais pra mim!

Rank deu outro soco. Barkovitch desviou agilmente, mas tropeçou no garoto andando do outro lado. Os dois receberam advertências dos soldados, que olhavam o desenrolar da cena com atenção, mas sem emoção — como homens vendo formigas brigarem por uma migalha de pão, Garraty pensou com amargura.

Rank começou a andar mais rápido, sem olhar para Barkovitch. O próprio Barkovitch, furioso por ter levado uma advertência (o garoto em quem ele tropeçou era Gribble, o que queria dizer ao major que ele era um assassino), gritou com ele:

— Sua mãe chupa pau na esquina, Rank!

Com isso, Rank se virou de repente e atacou Barkovitch.

Gritos de "Separa!" e "Parem com essa merda!" se espalharam pelo ar, mas Rank não deu atenção. Ele foi para cima de Barkovitch de cabeça baixa, berrando.

Barkovitch desviou dele. Rank saiu tropeçando e balançando os braços pelo acostamento, deslizou na areia e caiu sentado com as pernas abertas. Recebeu uma terceira advertência.

— Vem, imbecil! — instigou Barkovitch. — Levanta!

Rank se levantou, mas acabou escorregando e caiu de costas. Ele parecia atordoado e tonto.

A terceira coisa que aconteceu por volta das onze da noite foi a morte de Rank. Houve um momento de silêncio quando as carabinas miraram, e a voz de Baker soou alta e clara:

— Pronto, Barkovitch, você não é mais um chato. Agora você é um assassino.

As armas cantaram. O corpo de Rank foi jogado no ar pela força das balas. Em seguida, ficou imóvel, caído, um braço na estrada.

— Foi culpa dele mesmo! — gritou Barkovitch. — Vocês viram, ele bateu primeiro! Regra 8! Regra 8!

Ninguém disse nada.

— Vão se foder! Todos vocês!

— Volta lá e dança em cima dele, Barkovitch — disse McVries com tranquilidade. — Vai nos entreter. Rebola um pouco em cima dele, Barkovitch.

— Sua mãe também chupa pau na esquina, Scarface — disse Barkovitch com voz rouca.

— Mal posso esperar pra ver seu cérebro espalhado no asfalto — disse McVries baixinho. A mão tinha ido até a cicatriz e estava esfregando, esfregando, esfregando. — Vou ficar feliz quando acontecer, seu filho da mãe assassino.

Barkovitch murmurou mais alguma coisa baixinho. Os outros haviam se afastado como se ele tivesse alguma doença contagiosa, e ele estava andando sozinho.

Atingiram os noventa e seis quilômetros às onze e dez da noite, sem sinal de ponte alguma. Garraty estava começando a pensar que a rede de fofocas tinha se enganado daquela vez quando chegaram no alto de uma colina pequena e olharam para baixo, para uma poça de luz, onde um pequeno grupo de homens ocupados ia de um lado para o outro.

As luzes eram os faróis de vários caminhões, apontados para uma ponte de tábuas cobrindo um riacho veloz.

— Eu amo de verdade aquela ponte — disse Olson e pegou um dos cigarros de McVries. — De verdade.

Mas, quando chegaram mais perto, Olson soltou um som baixo e feio da garganta e jogou o cigarro no mato. Uma das sustentações da ponte e duas das tábuas pesadas tinham sido levadas, mas o Pelotão à frente estava trabalhando com diligência. Um poste telefônico serrado havia sido colocado no leito do riacho, ancorado no que parecia ser um plugue gigantesco de cimento. Eles não tinham tido a chance de substituir as tábuas, então haviam colocado uma porta traseira de caminhão no lugar. Improvisado, mas serviria.

— A ponte de San Loois Ray — disse Abraham. — Se os da frente baterem os pés um pouco, pode ser que caia de novo.

— A chance é pequena — disse Pearson, depois acrescentou com voz chorosa e falha: — Ah, *merda*.

A vanguarda, reduzida a três ou quatro garotos, estava chegando na ponte. Os pés fizeram um ruído seco quando eles atravessaram. E então eles já estavam do outro lado, andando sem olhar para trás. A semilagarta parou. Dois soldados pularam para fora e acompanharam os garotos. Do outro lado da ponte, mais dois foram seguir com a vanguarda. As tábuas faziam um barulho regular.

Dois homens de casaco de veludo estavam encostados em um caminhão grande sujo de asfalto com as palavras CONSERTO RODO-VIÁRIO. Estavam fumando. Usavam botas de borracha verdes. Olha-ram os competidores passarem. Quando Davidson, McVries, Olson, Pearson, Harkness, Baker e Garraty passaram em um grupo meio espalhado, um deles jogou a guimba do cigarro no riacho e disse:

— É aquele ali. É o Garraty.

— Continua, garoto! — gritou o outro. — Apostei dez pratas em você num doze pra um!

Garraty reparou em alguns postes telefônicos sujos de serragem na caçamba do caminhão. Eram eles que haviam garantido a conti-nuidade da Marcha, quer ele gostasse ou não. Ele acenou com uma das mãos e atravessou a ponte. A placa de metal que substituía as tábuas estalou debaixo dos sapatos dele e a ponte ficou para trás. A estrada continuava, e o único lembrete do descanso que quase tiveram era uma área de luz nas árvores na beira da estrada. Logo ela também ficou para trás.

— A Longa Marcha já foi parada por alguma coisa? — pergun-tou Harkness.

— Acho que não — disse Garraty. — Mais material para o livro?

— Não — disse Harkness. Ele parecia cansado. — Só informa-ções pessoais.

— Para todos os anos — disse Stebbins atrás deles. — Uma vez. Ninguém respondeu.

Cerca de meia hora depois, McVries se aproximou de Garraty e andou com ele em silêncio por um tempo. E aí, bem baixinho, falou:

— Você acha que vai ganhar, Ray?

Garraty pensou por muito, muito tempo.

— Não — disse ele por fim. — Não, eu... não.

A admissão simples o assustou. Ele pensou de novo em ganhar o bilhete, não, levar *bala*; pensou no suspenso meio segundo final de total consciência, em ver os buracos sem fundo das carabinas vol-tados para ele. Pernas congeladas. Entranhas fervilhando. Músculos, genitália, cérebro, tudo se encolhendo para longe do esquecimento a um batimento de distância.

Ele engoliu em seco.

— E você?

— Acho que não — disse McVries. — Eu parei de pensar que tinha alguma chance real por volta das nove desta noite. É que... — Ele limpou a garganta. — É difícil de falar, mas... eu entrei nisto com os olhos abertos, sabe? — Ele fez um gesto ao redor de si, na direção dos outros garotos. — Muitos desses caras não estavam cientes, sabe? Eu sabia as chances. Mas não pensei nas *pessoas*. E acho que nunca me dei conta da verdade real de como é. Acho que eu tinha uma noção de que, quando o primeiro cara chegasse ao ponto de não aguentar mais, apontariam as armas para ele e puxariam os gatilhos e pedacinhos de papel com a palavra BANG impressa iam... iam sair... e o major diria primeiro de abril e nós todos iríamos para casa. Entende o que eu estou dizendo?

Garraty pensou no seu próprio choque quando Curley caiu em um jorro de sangue e cérebro parecendo aveia, cérebro no asfalto e na linha branca.

— Entendo — disse ele. — Entendo o que você está dizendo.

— Eu demorei um tempo pra entender, mas foi mais rápido depois que superei esse bloqueio mental. Ande ou morra, essa é a moral da história. É simples assim. Não é a sobrevivência do mais apto fisicamente, foi nisso que errei quando me permiti entrar nisto. Se fosse, eu teria uma chance. Mas tem homens fracos que conseguem levantar carros se a esposa estiver presa embaixo. O cérebro, Garraty. — A voz de McVries tinha virado um sussurro rouco. — Não é homem nem Deus. É alguma coisa... no cérebro.

Um bacurau cantou no escuro. A neblina baixa estava se dispersando.

— Alguns desses caras vão continuar andando bem depois que as leis da bioquímica e da incapacitação tiverem passado do limite. Teve um cara ano passado que engatinhou por mais de três quilômetros a seis quilômetros e meio por hora depois de ter cãibra nos dois pés ao mesmo tempo. Você se lembra de ter lido sobre isso? Olha o

Olson, ele está esgotado, mas continua. Aquele maldito Barkovitch está funcionando na força do ódio e simplesmente continua e está fresco como uma flor. Acho que não consigo fazer isso. Eu não estou cansado, não de verdade, ainda. Mas vou ficar. — A cicatriz se destacou na lateral do rosto abatido quando ele olhou para a frente, para o escuro. — E acho que... quando eu ficar bem cansado... vou simplesmente me sentar.

Garraty continuou em silêncio, mas ficou alarmado. Muito alarmado.

— Mas eu vou durar mais do que Barkovitch — disse McVries, quase para si mesmo. — Eu consigo fazer isso, por Cristo.

Garraty olhou para o relógio e viu que eram onze e meia da noite. Eles passaram por um cruzamento deserto onde havia um policial com cara de sono na viatura. O possível trânsito que ele tinha sido enviado para controlar era inexistente. Passaram por ele e saíram do círculo de luz emitido pela única lâmpada. A escuridão caiu sobre eles como um saco de carvão de novo.

— A gente poderia entrar na floresta agora e nem nos veriam — disse Garraty, pensativo.

— Tenta — disse Olson. — Eles têm infravermelho e outros quarenta tipos de equipamento de monitoramento, inclusive microfones de alta intensidade. Eles ouvem tudo que a gente diz. Quase dá pra captar seus batimentos cardíacos. E eles te veem como se fosse dia, Ray.

Como se para enfatizar o que Olson dissera, um garoto atrás deles ganhou a segunda advertência.

— Vocês tiram toda a graça de viver — disse Baker baixinho. O sotaque arrastado do sul pareceu deslocado e estrangeiro aos ouvidos de Garraty.

McVries tinha se afastado. A escuridão parecia isolar cada um, e Garraty sentiu uma pontada de solidão intensa. Havia murmúrios e gritinhos baixos cada vez que havia algum barulho na floresta pela qual eles estavam passando, e Garraty se deu conta, achando certa graça, de que uma caminhada noturna pelos bosques do Maine não seria nada fácil para os garotos da cidade que estavam no grupo. Uma coruja fez um ruído misterioso em algum lugar à esquerda. Do outro lado, algo se mexeu, ficou parado, se mexeu de novo e ficou parado, depois saiu correndo para uma área menos habitada. Houve outro grito nervoso de "O que foi isso?".

Lá em cima, nuvens inconstantes de primavera começavam a deslizar pelo céu em uma variedade de formatos, prometendo mais chuva. Garraty ergueu a gola e ouviu o som dos próprios pés batendo no asfalto. Havia um truque naquilo, um sutil ajuste mental, como ter visão noturna melhor conforme se passa mais tempo no escuro. Naquela manhã, Garraty tinha perdido o som de seus passos. Tinha os perdido em meio ao barulho de outros noventa e nove pares, sem mencionar o ruído da semilagarta. Mas no momento, ele os ouvia com facilidade. Sua passada específica e a forma como seu pé esquerdo arrastava no asfalto de vez em quando. Parecia que o som das suas passadas tinha ficado alto a seus ouvidos como o som do próprio coração. Um som vital, de vida e morte.

Seus olhos pareciam embaçados, presos nas órbitas. As pálpebras estavam pesadas. Sua energia parecia estar escoando por um ralo no meio dele. Advertências eram dadas com regularidade monótona, mas ninguém levou tiro. Barkovitch tinha calado a boca. Stebbins era um fantasma de novo, nem mesmo visível atrás deles.

Os ponteiros do relógio de Garraty diziam onze e quarenta da noite.

Chegando na hora das bruxas, pensou ele. Quando os cemitérios de igreja bocejam e entregam os mortos mofados. Quando todos os garotinhos bons estão na cama. Quando esposas e amantes já deram por encerrado o embate carnal da noite. Quando os passageiros dormem inquietos no ônibus para Nova York. Quando Glenn Miller toca sem ser interrompido no rádio e os atendentes de bar pensam em colocar as cadeiras sobre as mesas e…

O rosto de Jan surgiu na mente dele de novo. Ele pensou em quando a beijara no Natal, quase meio ano antes, debaixo do visgo de plástico que sua mãe sempre pendurava no lustre grande da cozinha. Coisa boba de criança. Olha embaixo do que você está parada. Os lábios dela estavam surpreendentes e macios, sem resistir.

Tinha sido um beijo bom. Um beijo de sonhos. Seu primeiro beijo de verdade. Aconteceu de novo quando ele a levou para casa. Estavam na entrada da casa dela, parados em meio ao cinza silencioso da nevasca de Natal. Tinha sido mais do que um beijo bom. Os braços dele na cintura dela. Os braços dela no pescoço dele, presos lá, os olhos dela fechados (ele espiou), a sensação macia dos seios dela (amortecida pelo casaco, claro) junto a ele. Ele havia quase falado que a amava naquela ocasião, mas não... teria sido rápido demais.

Depois disso, eles ensinaram coisas um ao outro. Ela ensinou a ele que livros às vezes eram só para ser lidos e descartados, não estudados (ele deu certo trabalho, o que fez Jan achar graça, e ela achar graça primeiro o exasperou, mas depois ele também viu o lado engraçado daquilo). Ele a ensinou a tricotar. Isso foi engraçado. O pai dele, logo ele, o ensinara a tricotar... antes de os Pelotões o pegarem. Fora o pai dele ainda que ensinara ao pai de Garraty. Era uma tradição masculina no clã dos Garraty, ao que parecia. Jan ficou fascinada com o padrão de aumentos e diminuições, e o deixou para trás rapidamente, superando os elaborados cachecóis e luvas dele ao fazer suéteres, ponto trançado e finalmente crochê e até frivolité, que abandonou por considerar ridículo assim que a habilidade foi dominada.

Ele também a ensinara a dançar rumba e chacha, que tinha aprendido nas infinitas manhãs de sábado na Escola de Dança Moderna de Amelia Dorgen... que foi ideia da mãe dele, à qual ele havia se oposto arduamente. A mãe se mantivera firme, graças a Deus.

Pensou nos padrões de luz e sombra no oval quase perfeito do rosto dela, no jeito como ela andava, no subir e cair da voz, no rebolado tranquilo e desejável do quadril, e se perguntou apavorado o que estava fazendo ali, andando por aquela estrada escura. Ele a queria naquele momento. Queria fazer tudo de novo, mas de um jeito diferente. Naquele momento, quando pensava no rosto bronzeado do major, no bigode grisalho, nos óculos espelhados, ele sentia um horror tão profundo que suas pernas ficavam bambas e fracas. Por que estou aqui?, ele se perguntou com desespero, e não houve resposta, então ele fez a pergunta de novo: Por que estou...

As armas soaram no escuro, e houve um baque inconfundível de um corpo caindo no concreto. O medo surgiu nele de novo, o medo quente e sufocante que o fazia querer correr cegamente, mergulhar nos arbustos e só continuar correndo até encontrar Jan e um lugar seguro.

McVries tinha Barkovitch para mantê-lo seguindo em frente. Ele se concentraria na Jan. Ele andaria pela Jan. Havia um espaço reservado para parentes e pessoas queridas dos competidores da Longa Marcha nas fileiras da frente. Ele a veria.

Ele pensou no beijo que tinha dado naquela outra garota e sentiu vergonha.

Como você sabe que vai chegar lá? Uma dor de barriga… bolhas… um corte fundo ou um sangramento nasal que não passe… uma colina grande que seja grande demais e longa demais. Como você sabe que vai conseguir?

Eu vou conseguir, eu vou conseguir.

— Parabéns — disse McVries ao lado dele, fazendo-o se sobressaltar.

— Hã?

— É meia-noite. Nós vivemos pra lutar por mais um dia, Garraty.

— E por muitos outros — acrescentou Abraham. — Ao menos pra mim. Não que eu me ressinta de você, sabe.

— Cento e sessenta e nove quilômetros até Oldtown, se vocês quiserem saber — disse Olson com voz cansada.

— Quem liga pra Oldtown? — perguntou McVries. — Já esteve lá, Garraty?

— Não.

— E Augusta? Meu Deus, eu achava que ficava na Geórgia.

— Sim, eu já fui a Augusta. É a capital estadual…

— Regional — disse Abraham.

— E tem a mansão do Governador Corporativo e algumas rotatórias e uns cinemas…

— Tem isso no Maine? — perguntou McVries.

— Bom, é uma capital estadual pequena, né? — disse Garraty, sorrindo.

— Espera até a gente chegar em Boston — disse McVries.

Houve grunhidos.

Gritos, berros e assobios vieram de lá da frente. Garraty ficou alarmado ao ouvir alguém o chamando pelo nome. À frente, a cerca de oitocentos metros, havia uma fazenda decrépita, deserta e em ruínas. Mas um holofote tinha sido ligado em algum lugar e uma placa enorme na frente da casa, feita com galhos de pinheiro, dizia:

GARRATY É O CARA!!!
Associação de Pais do Condado de Aroostook

— Ei, Garraty, cadê os pais? — gritaram.

— Em casa, fazendo filhos — disse Garraty, constrangido.

Não havia dúvidas de que o Maine era a área de Garraty, mas ele achava as placas e os gritos e incentivos das pessoas meio vergonhosos. Nas últimas quinze horas, tinha descoberto (dentre outras coisas) que não gostava muito dos holofotes. A ideia de um milhão de pessoas em todo o estado torcendo por ele e fazendo apostas na vitória dele (a doze para um, o trabalhador da rodovia tinha dito... isso era bom ou ruim?) era meio assustador.

— Era de se pensar que deixariam alguns pais gorduchos e suculentos caídos por aí — disse Davidson.

— Trepada da associação de pais? — perguntou Abraham.

A brincadeira não foi muito animada, nem durou muito. A estrada matava rapidamente as piadas. Eles atravessaram outra ponte, dessa vez uma de cimento que passava por cima de um rio de bom tamanho. A água ondulava abaixo deles como seda negra. Alguns grilos cricrilavam com cautela, e, por volta de meia-noite e quinze, caiu uma pancada de chuva leve e fria.

À frente, alguém começou a tocar gaita. Não durou muito (Dica 13: Preserve energia sempre que possível), mas foi bonito pelo tempo que durou. Parece um pouco com *Old Black Joe*, pensou Garraty. *Down in de cornfiel', here dat mournful soun'. All de darkies am aweeping, Ewing's in de cole, cole groun.*

Não, não era *Old Black Joe*, era um outro clássico racista de Stephen Foster. O velho e bom Stephen Foster. Bebeu até morrer.

Poe também, pelo que diziam. Poe, o necrófilo, o que tinha se casado com a prima de catorze anos. Isso também o tornava pedófilo. Sujeitos totalmente depravados, ele e Stephen Foster. Se ao menos tivessem vivido para ver a Longa Marcha, pensou Garraty. Poderiam ter colaborado com o primeiro Musical Mórbido do mundo: *Os sinhozinhos na estrada gelada* ou *A passada delatora* ou...

À frente, alguém começou a gritar, e Garraty sentiu o sangue gelar. Era uma voz muito jovem. Não estava gritando palavras. Só gritando. Uma figura escura saiu do grupo de competidores, correu para o acostamento, na frente da semilagarta que os acompanhava (Garraty não conseguia nem lembrar quando a semilagarta se juntara à marcha deles depois da ponte consertada), e mergulhou no bosque. As armas rugiram. Houve um estrondo quando um peso morto caiu no meio dos zimbros e da vegetação rasteira. Um dos soldados pulou lá embaixo e arrastou a forma inerte pelas mãos. Garraty ficou olhando com apatia e pensou: até o horror diminui. Há uma saciedade até de morte.

O gaitista começou a tocar *Toque de silêncio* satiricamente, e alguém — Collie Parker, pelo som — mandou que ele parasse, irritado. Stebbins riu. Garraty sentiu uma fúria repentina por Stebbins e teve vontade de se virar para ele e perguntar se ele ia gostar de alguém rindo da morte dele. Era algo que se esperaria de Barkovitch. Barkovitch tinha dito que dançaria sobre muitos túmulos e já havia dezesseis nos quais ele podia dançar.

Duvido que sobre muito dos pés dele para ele dançar, pensou Garraty. Sentiu uma pontada de dor no arco do pé direito. O músculo se contraiu de um jeito assustador e depois relaxou. Garraty esperou com o coração na boca que acontecesse de novo. Viria com mais força. Transformaria seu pé em um bloco de madeira inútil. Mas não aconteceu.

— Não vou conseguir andar muito mais — gemeu Olson. O rosto dele era uma mancha branca na escuridão. Ninguém respondeu.

A escuridão. A maldita escuridão. A impressão de Garraty era que eles estavam enterrados vivos nela. Enclausurados nela. O alvorecer estava a um século de distância. Muitos deles não veriam o amanhecer. Nem o sol. Estavam enterrados a sete palmos na escuridão. Só faltava o cantarolar monótono do padre, a voz abafada, mas não totalmente obscurecida pela escuridão recém-compactada, acima da qual estavam as pessoas de luto. As pessoas de luto nem sabiam que eles estavam *ali*, que estavam *vivos*, que estavam gritando e arranhando e enfiando as unhas na escuridão da tampa do caixão, que o ar estava se exaurindo e se corroendo, o ar estava virando gás envenenado, a esperança sumindo até a própria esperança se tornar a escuridão, e acima de tudo a voz sonolenta do padre e os pés impacientes das pessoas de luto se movendo, ansiosas demais para estarem no sol de maio. E, acima disso, o coral suspirante e agitado de insetos e besouros se remexendo na terra, a caminho do banquete.

Eu poderia ficar louco, pensou Garraty. Eu poderia ficar com a cabeça fundida.

Uma brisa suave soprou pelos pinheiros.

Garraty se virou e urinou. Stebbins se aproximou um pouco e Harkness fez um som meio de tosse, meio de ronco. Estava andando semiadormecido.

Garraty ficou intensamente ciente de todos os pequenos sons da vida: alguém pigarreou e cuspiu, outra pessoa espirrou, alguém à frente e à esquerda estava mastigando algo ruidosamente. Alguém perguntou a outra pessoa como estava se sentindo. Houve uma resposta murmurada. Yannick estava cantando em um sussurro, baixo e bem desafinado.

Percepção. Era tudo uma função da percepção. Mas não durou para sempre.

— Por que fui me meter nisso? — perguntou Olson de repente, sem esperanças, ecoando os pensamentos de Garraty não muitos minutos antes. — Por que eu me permiti entrar nisso?

Ninguém respondeu. Ninguém o respondia havia muito tempo. Garraty pensou que era como se Olson já estivesse morto.

Outra chuva leve caiu. Eles passaram por outro cemitério antigo, uma igreja ao lado, uma lojinha, e logo estavam atravessando uma comunidade pequena da Nova Inglaterra com casinhas bonitinhas. A estrada cruzava uma área comercial em miniatura onde umas doze pessoas tinham se reunido para vê-los passar. Elas comemoraram, mas foi um som controlado, como se estivessem com medo de acordar os vizinhos. Ninguém era jovem, Garraty percebeu. A pessoa mais jovem era um homem de olhar intenso que devia ter uns trinta e cinco anos. Ele estava usando óculos sem aro e um casaco velho, bem fechado para protegê-lo do frio. O cabelo estava em pé atrás, e Garraty notou, achando graça, que ele estava com a braguilha meio aberta.

—Vai! Ótimo! Vai! Vai! Ah, ótimo! — cantarolava ele baixinho.

Acenava com uma mão gorducha sem parar, e seus olhos pareciam arder em cada garoto quando eles passavam.

Do outro lado do vilarejo, um policial com expressão de sono ficou segurando um caminhão até eles passarem. Havia mais quatro postes de luz, um prédio abandonado e em ruínas com EUREKA GRANGE Nº 81 escrito na porta dupla grande na frente e a cidade acabou. Por nenhum motivo que Garraty pudesse identificar, ele teve a sensação de ter passado por um conto de Shirley Jackson.

McVries o cutucou.

— Olha aquele cara — disse ele.

"Aquele cara" era um garoto alto com um sobretudo verde--musgo ridículo. Balançava em volta dos joelhos dele. Ele estava andando com os braços em volta da cabeça como se fosse um cataplasma gigante. Estava se balançando irregularmente para a frente e para trás. Garraty o observou com atenção, com uma espécie de interesse acadêmico. Não conseguia se lembrar de ter visto aquele competidor antes... Mas, claro, a escuridão mudava rostos.

O garoto tropeçou em um dos próprios pés e quase caiu. Mas continuou andando. Garraty e McVries o observaram em silêncio fascinado por uns dez minutos, perdendo as próprias dores e o próprio cansaço na luta do garoto de sobretudo. O garoto de sobretudo não emitiu som, nem grunhido nem gemido.

Finalmente, ele caiu e recebeu uma advertência. Garraty achava que o garoto não conseguiria se levantar, mas ele se levantou. Estava andando quase com Garraty e os garotos em torno dele. Era um garoto extremamente feio, com o número 45 colado no casaco.

Olson sussurrou:

— O que você tem?

Mas o garoto pareceu não ouvir. Eles ficavam assim, Garraty tinha reparado. Num recolhimento total, afastados de tudo e todos ao redor. Tudo, exceto a estrada. Olhavam para a estrada com uma espécie de fascinação horrorizada, como se fosse uma corda bamba na qual tinham que andar para atravessar um precipício infinito, sem fundo.

— Qual é seu nome? — perguntou ele ao garoto, mas não houve resposta. E ele se viu de repente cuspindo a pergunta em cima do menino sem parar, como uma litania idiota que o salvaria de qualquer destino que estivesse vindo atrás dele pela escuridão como um trem de carga preto. — Qual é seu nome, hein? Qual é seu nome, qual é seu nome, qual...

— Ray. — McVries estava puxando a manga dele.

— Ele não quer me dizer, Pete, faz ele me dizer, faz ele me dizer o nome dele...

— Não incomoda ele — disse McVries. — Ele está morrendo, não incomoda ele.

O garoto com o 45 no sobretudo caiu de novo, dessa vez de cara. Quando se levantou, havia arranhões em sua testa, vertendo sangue devagar. O grupo de Garraty o deixou para trás, mas eles ouviram quando ele recebeu a advertência final.

Eles passaram por uma área de escuridão ainda maior que era um viaduto ferroviário. A água da chuva pingava em algum lugar, o som oco e misterioso naquela garganta de pedra. Estava muito úmido. Eles saíram, e Garraty viu com gratidão que havia uma parte longa, reta e plana à frente.

O número 45 caiu de novo. Passos aceleraram enquanto os garotos se espalhavam. Não muito tempo depois, as armas rugiram. Garraty concluiu que o nome do garoto não devia ser importante mesmo.

6

E agora, nossos competidores estão nas cabines isoladas.

Jack Barry
Twenty-One

Três e meia da madrugada.

Para Ray Garraty, parecia o minuto mais longo da noite mais longa da vida dele. Era maré baixa, hora do sossego, quando o mar recua, deixando a areia molhada coberta de algas, latas de cerveja enferrujadas, camisinhas podres, garrafas quebradas, boias destruídas e esqueletos com musgo verde usando sungas em farrapos. Era a maré baixa.

Mais sete tinham recebido o bilhete depois do garoto de sobretudo. Em uma ocasião, por volta das duas da madrugada, três tinham partido quase juntos, como espigas de milho secas sopradas pelo primeiro vento forte do outono. Tinham percorrido cento e vinte quilômetros da Longa Marcha e estavam com vinte e quatro garotos a menos.

Mas nada daquilo importava. A única coisa que importava era a maré baixa. Três e meia e a maré baixa. Outra advertência foi dada e, pouco depois, as armas soaram novamente. Dessa vez, o rosto era familiar. Foi o número 8, Davidson, que alegava ter entrado uma vez na tenda de dança sensual na Feira Estadual de Steubenville.

Garraty olhou para o rosto branco sujo de sangue de Davidson só por um momento, depois olhou de volta para a estrada. Estava olhando muito para a estrada. Às vezes, a linha branca era contínua, às vezes seccionada, e às vezes era dupla, como um trilho de bonde. Ele se perguntou como as pessoas podiam passar por aquela estrada em todos os outros dias do ano e não ver o padrão de vida e morte naquela tinta branca. Ou será que viam, afinal?

O asfalto o fascinava. Como seria bom e fácil se sentar naquele asfalto. Seria só se agachar primeiro, e as juntas enrijecidas dos joelhos estalariam como pistolas de ar de brinquedo. Depois, apoiar as mãos na superfície fria e áspera e acomodar as nádegas, e daria para sentir a pressão gritante dos setenta e dois quilos sair dos pés... para em seguida se deitar, simplesmente cair para trás e ficar deitado, as pernas abertas, sentindo a coluna cansada se alongar... olhando para as árvores em volta e para a roda majestosa de estrelas... sem ouvir as advertências, só olhando para o céu e esperando... esperando...

É.

Ouvir os passos dos competidores saindo da linha de fogo, deixando-o só, como uma oferenda de sacrifício. Ouvir os sussurros. É Garraty, ei, o Garraty vai ganhar o bilhete! Talvez houvesse tempo de ouvir Barkovitch rir enquanto calçava os sapatos metafóricos de dança mais uma vez. O movimento das carabinas apontando e...

Ele se forçou a afastar o olhar da estrada e fitou sem foco as sombras em movimento ao redor, depois olhou para o horizonte, procurando um mero sinal da luz do amanhecer. Mas não havia nenhum, claro. A noite ainda estava escura.

Tinham passado por mais duas ou três cidadezinhas, todas escuras e fechadas. Desde a meia-noite, tinham passado por uns trinta espectadores sonolentos, do tipo durão que ficava acordado para ver o Ano Novo no dia 31 de dezembro todos os anos, chovesse ou fizesse sol. O resto das três horas e meia não passava de uma montagem de sonhos, um pesadelo meio acordado de uma pessoa com insônia.

Garraty olhou com mais atenção para os rostos ao redor, mas nenhum pareceu familiar. Um pânico irracional tomou conta dele. Ele bateu no ombro do competidor à sua frente.

— Pete? Pete, é você?

A pessoa se afastou dele com um grunhido irritado e não olhou para trás. Antes Olson estava à sua esquerda e Baker à direita, mas agora não havia ninguém do seu lado esquerdo, e o garoto à direita era bem mais gorducho que Art Baker.

De alguma forma, ele tinha vagado para fora da estrada e ido parar no meio de uma excursão noturna de um grupo de escoteiros. Deviam estar procurando por ele. Caçando-o. Armas e cachorros e Pelotões com radares e sensores de temperatura e...

Ele foi tomado pelo alívio. Era Abraham, à frente e à direita. Ele só precisou virar a cabeça um pouco. O corpo desengonçado era inconfundível.

— Abraham! — sussurrou ele, alto. — Abraham, está acordado?

Abraham murmurou alguma coisa.

— Eu perguntei se você está acordado.

— Estou, porra. Garraty, me deixa em paz.

Pelo menos, ele ainda estava com eles. A sensação de desorientação total passou.

Alguém à frente recebeu uma terceira advertência e Garraty pensou: eu não tenho nenhuma! Poderia me sentar por um minuto ou um minuto e meio. Poderia...

Mas ele nunca se levantaria.

Sim, eu me levantaria, respondeu a si mesmo. Claro que eu me levantaria. Eu só...

Só morreria. Ele se lembrou de prometer à mãe que a veria e que veria Jan em Freeport. Ele tinha feito a promessa casualmente, de forma quase descuidada. Às nove da manhã do dia anterior, a chegada dele em Freeport tinha sido uma conclusão precipitada. Mas não era mais um jogo, era uma realidade tridimensional, e a possibilidade de andar até Freeport só com um par de cotocos ensanguentados no lugar dos pés parecia uma possibilidade horrivelmente possível.

Outra pessoa levou um tiro... atrás dele desta vez. A mira foi ruim, e o infeliz ganhador do bilhete gritou com voz rouca pelo que pareceu ser tempo demais até outra bala interromper o som. Por nenhum motivo, Garraty pensou em bacon, e uma saliva pesada e azeda surgiu em sua boca e o deixou com ânsia de vômito. Garraty se perguntou se vinte e seis eliminados era um número incomumente alto ou baixo para cento e vinte quilômetros de Longa Marcha.

Ele deixou a cabeça pender de leve entre os ombros, e os pés se levaram em frente sozinhos. Pensou no funeral a que tinha ido quando criança. O funeral do Bizarro D'Allessio. Não que o nome real dele fosse Bizarro, o nome dele era George, mas todos os garotos do baixo o chamavam de Bizarro porque os olhos dele não se moviam em sincronia...

Ele se lembrava do Bizarro esperando para ser escolhido para jogos de beisebol e sendo sempre o último, os olhos desalinhados indo com esperança de um capitão de time para o outro como um espectador em uma partida de tênis. Ele sempre ficava no meio do campo, onde não havia muitas bolas arremessadas e ele não podia fazer um estrago muito grande; um dos olhos dele era quase cego, e ele não tinha percepção de profundidade suficiente para avaliar as bolas arremessadas em sua direção. Uma vez, tinha recebido uma e erguido a luva no nada enquanto a bola acertava a testa dele com um ruído alto, como quando se bate em um melão com um cabo de faca. A costura da bola deixou uma marca na testa dele por uma semana, como a de um ferro de marcar gado.

Bizarro morreu atropelado na U.S. 1 perto de Freeport. Um dos amigos de Garraty, Eddie Klipstein, viu acontecer. Ele manteve os garotos tensos por seis semanas, o Eddie Klipstein, contando como o carro acertou a bicicleta de Bizarro D'Allessio e Bizarro voou por cima do guidão, foi arrancado das botas vagabundas no impacto, as duas pernas se balançando atrás dele em um esplendor sinistro enquanto o corpo fazia o voo curto sem asas do selim da Schwinn até um muro de pedra, onde Bizarro bateu e quebrou a cabeça, os miolos espalhados nas pedras como uma bolota de cola úmida.

Garraty foi ao funeral do Bizarro e, antes de chegarem lá, quase devolveu o almoço se perguntando se veria a cabeça do Bizarro espalhada no caixão como uma bolota de cola Elmer, mas Bizarro estava todo ajeitado de paletó esporte e gravata e insígnia de frequência dos escoteiros, e parecia pronto para sair do caixão assim que alguém dissesse "beisebol". Os olhos desalinhados estavam fechados, e, de um modo geral, Garraty ficou bem aliviado.

Bizarro tinha sido a única pessoa morta que ele já tinha visto antes daquilo tudo, e tinha sido uma pessoa morta limpa e arrumada. Nada como Ewing ou o garoto de sobretudo verde-musgo ou Davidson com sangue no rosto lívido e cansado.

É doentio, pensou Garraty, consternado com a percepção. É simplesmente doentio.

Às quinze para as quatro, ele recebeu a primeira advertência e deu dois tapas fortes no próprio rosto para tentar se fazer acordar. Seu corpo estava todo gelado. Seus rins estavam incomodando, mas ao mesmo tempo ele sentia que ainda não precisava urinar. Talvez fosse imaginação, mas as estrelas a leste pareciam um pouco mais baças. Com espanto real, passou pela cabeça dele que na mesma hora no dia anterior ele estava dormindo no banco de trás do carro enquanto a mãe dirigia até o marco de pedra que assinalava a fronteira. Ele quase conseguia se ver deitado de costas, *espalhado* lá, sem nem se *mover*. Sentiu um desejo intenso de estar de volta ali. Só tragam a manhã anterior de volta.

Dez para as quatro.

Ele olhou ao redor e teve um tipo de gratificação superior e solitária ao ver que era um dos poucos totalmente despertos e cientes. Estava definitivamente mais claro, claro o suficiente para ser possível identificar partes de feições nas silhuetas dos competidores. Baker estava à frente, dava para ver que era ele pela larga camiseta vermelha listrada, e McVries estava atrás. Ele viu que Olson estava para a esquerda, acompanhando a velocidade da semilagarta, e ficou surpreso. Tinha certeza de que Olson tinha sido um dos que haviam recebido um bilhete durante a madrugada e ficou aliviado de não ter que ver o fim de Hank. Estava escuro demais ainda para ver como ele estava, mas a cabeça de Olson estava balançando para cima e para baixo no ritmo das passadas, como a cabeça de um boneco de pano.

Percy, cuja mãe ficava aparecendo, estava atrás com Stebbins. Percy estava andando de um jeito meio torto, como um marinheiro experiente no primeiro dia em terra firme. Ele também viu Gribble, Harkness, Wyman e Collie Parker. A maioria das pessoas que ele conhecia ainda estava na competição.

Às quatro da manhã, surgiu uma faixa mais clara no horizonte, e Garraty sentiu o ânimo melhorar. Ele olhou para trás, para o longo túnel da noite, com horror real, e se perguntou como podia ter conseguido passar por aquilo.

Ele acelerou um pouco o passo e se aproximou de McVries, que estava andando com o queixo apoiado no peito, os olhos entreabertos, mas vidrados e vazios, mais dormindo que acordado. Um fio fino e delicado de saliva pendia do canto da boca, captando o primeiro toque trêmulo do alvorecer com uma fidelidade perolada e linda. Garraty ficou olhando para o estranho fenômeno, fascinado. Ele não queria acordar McVries do cochilo. Naquele momento, bastava estar perto de alguém de quem ele gostava, de outra pessoa que tivesse sobrevivido à noite.

Eles passaram por uma campina rochosa e íngreme onde cinco vacas estavam paradas, sérias, diante de uma cerca de troncos descascada, olhando os competidores e ruminando, pensativas. Um cachorrinho saiu de uma fazenda e latiu para eles ruidosamente. Os soldados da semilagarta começaram a erguer as armas, preparados para atirar no animal se ele interferisse no progresso de algum dos garotos, mas o cachorro só ficou correndo de um lado para o outro no acostamento, corajosamente manifestando desafio e territorialidade de uma distância segura. Alguém gritou com voz rouca para ele calar a boca, porra.

Garraty ficou hipnotizado pelo amanhecer. Viu o céu e a terra clarearem aos poucos. Viu a faixa branca no horizonte passar para um rosa delicado, depois vermelho, depois dourado. As armas rugiram mais uma vez antes que a noite fosse enfim banida, mas Garraty nem ouviu direito. O primeiro arco vermelho de sol apareceu no horizonte, sumiu atrás de uma nuvem fofa e depois apareceu de novo em um ataque súbito. Parecia ser um dia perfeito, e Garraty o cumprimentou de forma apenas parcialmente coerente pensando: Graças a Deus vou poder morrer na luz do dia.

Um pássaro chilreou, sonolento. Eles passaram por outra fazenda, onde um homem barbudo acenou para eles depois de apoiar no chão um carrinho de mão cheio de enxadas, ancinhos e sementes.

Um corvo grasnou ruidosamente na floresta escura. O primeiro calor do dia tocou no rosto de Garraty com gentileza e ele ficou feliz. Sorriu e gritou alto, pedindo um cantil.

McVries girou a cabeça de um jeito estranho, como um cachorro interrompido em um sonho em que caçava um gato, e olhou em volta com olhos pesados.

— Meu Deus, luz do dia. Luz do dia, Garraty. Que horas são?

Garraty olhou para o relógio e ficou surpreso de ver que eram quinze para as cinco. Mostrou o relógio para McVries.

— Quantos quilômetros? Alguma ideia?

— Quase uns cento e trinta, acho. E vinte e sete garotos a menos. Percorremos um quarto do caminho, Pete.

— É. — McVries sorriu. — Isso mesmo, né?

— Isso mesmo. Está se sentindo melhor? — perguntou Garraty.

— Uns mil por cento.

— Eu também. Acho que é a luz do dia.

— Meu Deus, aposto que vamos ver gente hoje. Você leu aquele artigo na *World's Week* sobre a Longa Marcha?

— Passei os olhos — disse Garraty. — Mais pra ver meu nome impresso.

— Dizia que apostam mais de dois bilhões de dólares na Longa Marcha todos os anos. Dois *bilhões*!

Baker tinha despertado do cochilo e se juntado a eles.

— Nós fazíamos bolão na minha escola — disse ele. — Todo mundo contribuía com vinte e cinco centavos e cada um de nós sorteava um número de três dígitos. O cara com o número mais próximo da quilometragem final da Marcha levava o dinheiro.

— Olson! — gritou McVries com alegria. — Pensa em toda a grana apostada em você, garoto! Pensa nas pessoas com o pé-de-meia dependendo dessa sua bunda magra!

Com uma voz cansada e abatida, Olson disse a ele que as pessoas que apostavam o pé-de-meia na bunda magra dele podiam executar dois atos obscenos em si mesmas, o segundo resultando diretamente do primeiro. McVries, Baker e Garraty riram.

— Vai ter um monte de garotas bonitas na estrada hoje — disse Baker, olhando para Garraty com malícia.

— Essas coisas acabaram pra mim — disse Garraty. — Eu tenho uma namorada me esperando. Vou ser um bom garoto de agora em diante.

— Sem pecado em pensamento, nas palavras e nos atos — disse McVries sentenciosamente.

Garraty deu de ombros.

— Pode interpretar como quiser — disse ele.

— As chances são de cem contra um de você ter oportunidade de fazer mais do que acenar pra ela de novo — disse McVries secamente.

— Setenta e três contra um agora.

— Ainda é muito.

Mas o bom humor de Garraty estava imbatível.

— Estou com a sensação de que poderia andar pra sempre — disse ele suavemente. Alguns competidores em volta dele fizeram caretas.

Eles passaram por um posto de gasolina vinte e quatro horas e o funcionário se aproximou para acenar. Quase todo mundo acenou para ele. O funcionário gritou um encorajamento para Wayne, número 94, especificamente.

— Garraty — disse McVries baixinho.

— O quê?

— Eu não identifiquei todos os caras que ganharam o bilhete. Você identificou?

— Não.

— Barkovitch?

— Não. Está ali. Na frente do Scramm. Está vendo?

McVries olhou.

— Ah. É, acho que estou.

— Stebbins também ainda está lá atrás.

— Não estou surpreso. Sujeitinho engraçado, né?

— É.

Eles caíram no silêncio. McVries soltou um suspiro profundo, tirou a mochila do ombro e pegou uns biscoitos de coco de dentro. Ofereceu um a Garraty, que aceitou.

— Eu queria que isso acabasse — disse ele. — De uma forma ou de outra.

Comeram os biscoitos em silêncio.

— A gente deve estar na metade do caminho até Oldtown, né? — disse McVries. — Já foram cento e trinta e faltam cento e trinta?

— Acho que sim — disse Garraty.

— Só vamos chegar lá de noite, então.

A menção à noite deixou a pele de Garraty arrepiada.

— Só — disse ele. E abruptamente: — Como você conseguiu essa cicatriz, Pete?

McVries levou a mão involuntariamente à cicatriz.

— É uma longa história — disse ele brevemente.

Garraty olhou melhor para o garoto. O cabelo estava embaraçado e sujo de poeira e suor. As roupas estavam frouxas e amassadas. O rosto estava pálido, e os olhos se destacavam nos globos vermelhos.

— Você está com uma aparência de merda — disse ele, caindo na gargalhada de repente.

McVries sorriu.

— Você também não está muito com cara de garoto-propaganda de desodorante, Ray.

Os dois riram, por muito tempo, histericamente, segurando-se um no outro e tentando andar ao mesmo tempo. Foi uma forma boa de acabar com a noite de uma vez por todas. Continuou até Garraty e McVries ganharem advertências. Eles pararam de rir e falar e voltaram ao trabalho do dia.

Pensar, pensou Garraty. Esse é o trabalho do dia. Pensar. Pensar e se isolar, porque não importa se você passa o tempo do dia com alguém ou não; no fim das contas, você está sozinho. Ele parecia ter percorrido a mesma quantidade de quilômetros com a cabeça do que com os pés. Os pensamentos ficavam voltando e não havia como negá-los. Era o suficiente para fazer pensar no que Sócrates tinha pensado logo depois que tomara o coquetel de cicuta.

Um pouco depois das cinco da manhã, eles passaram pelo primeiro grupo de espectadores reais, quatro garotinhos sentados de pernas cruzadas na frente de uma barraca de camping em um campo cheio de orvalho. Um ainda estava enrolado no saco de dormir, solene como um esquimó. Eles balançavam as mãos como metrônomos. Ninguém sorriu.

Pouco depois, a estrada se ramificou em uma estrada maior. Era uma área lisa e larga de asfalto, com três pistas. Eles passaram por um restaurante de parada de caminhões e todos assobiaram e acenaram para as três jovens garçonetes sentadas nos degraus, só para mostrar que ainda estavam bem. O único que pareceu meio sério foi Collie Parker.

— Sexta à noite — gritou Collie alto. — Não esqueçam. Vocês e eu, sexta à noite.

Garraty pensou que todos estavam agindo com certa imaturidade, mas acenou educadamente, e as garçonetes não pareceram se importar. Os competidores se espalharam pela estrada mais larga conforme mais deles eram completamente despertados pelo sol matinal do dia 2 de maio. Garraty viu Barkovitch de novo e se perguntou se Barkovitch não era um dos espertos. Sem amigos, não há dor.

Alguns minutos depois, começaram a falar, e dessa vez era uma piada de toc-toc. Bruce Pastor, o garoto na frente de Garraty, virou-se e disse:

— Toc-toc, Garraty.

— Quem é?

— O major.

— Que major?

— O major que come a mãe antes do café da manhã — disse Bruce Pastor, e riu alto.

Garraty deu uma risadinha e passou a piada para McVries, que a passou para Olson. Quando a piada voltou, o major estava comendo a avó antes do café da manhã. Na terceira vez, estava comendo Sheila, o bedlington terrier que aparecia com ele em vários comunicados de imprensa.

Garraty ainda estava rindo disso quando reparou que as risadas de McVries tinham diminuído e desaparecido. Ele estava olhando com uma fixação estranha para os soldados de rosto imóvel em cima da semilagarta, que olhavam de volta, impassivos.

— Vocês acham isso *engraçado?* — gritou ele de repente.

O som do grito cortou as risadas e as silenciou. O rosto de McVries estava escuro com sangue acumulado. A cicatriz se destacava num contraste branco, como um ponto de exclamação cortado; por um momento, tomado de medo, Garraty achou que ele estivesse tendo um aneurisma.

— O major come *ele mesmo*, é isso que eu acho! — gritou McVries com voz rouca. — Vocês devem comer uns aos outros. Engraçado, né? Engraçado, seus filhos da mãe, né? É muito *ENGRA-ÇADO, não é verdade?*

Outros competidores olharam com inquietação para McVries e se afastaram.

McVries de repente correu até a semilagarta. Dois dos três soldados ergueram as armas, preparados, mas McVries parou, parou completamente e ergueu os punhos para eles, sacudindo-os acima da cabeça como um maestro louco.

— *Desçam aqui! Larguem essas armas e desçam aqui! Vou mostrar a vocês o que é engraçado!*

— Advertência — disse um deles com voz perfeitamente neutra. — Advertência, número 61. Segunda advertência.

Ah, meu Deus, pensou Garraty, atordoado. Ele vai ganhar e está tão perto… tão perto deles… que vai voar como Bizarro D'Allessio.

McVries saiu correndo, alcançou a semilagarta, parou e cuspiu nela. O cuspe desceu limpando a poeira na lateral do veículo.

— *Venham!* — gritou McVries. — *Desçam aqui! Um de cada vez ou todos de uma vez, estou cagando!*

— Advertência! Terceira advertência, número 61, advertência final.

— *Fodam-se as suas advertências!*

De repente, sem perceber o que estava fazendo, Garraty se virou e correu para trás, ganhando uma advertência também. Ele só a ouviu com uma parte da mente. Os soldados estavam descendo para se aproximar de McVries. Garraty segurou o braço de McVries.

— Vem.

— *Sai daqui, Ray, eu vou lutar com eles!*

Garraty esticou as mãos e deu um empurrão forte em McVries.

— Você vai levar um tiro, babaca.

Stebbins passou por eles.

McVries olhou para Garraty e pareceu reconhecê-lo pela primeira vez. Um segundo depois, Garraty levou a terceira advertência, e soube que McVries estava a segundos do bilhete.

— Vão pro inferno — disse McVries com voz morta e exausta. Voltou a andar.

Garraty andou com ele.

— Eu achei que você ia ganhar o bilhete, só isso — disse ele.

— Mas não ganhei, graças ao mosqueteiro — disse McVries com mau humor. Ele levou a mão à cicatriz. — Porra, nós todos vamos ganhar o bilhete.

— Alguém vai vencer. Pode ser um de nós.

— É mentira — disse McVries, a voz tremendo. — Não tem vencedor nem Prêmio. Eles levam o último cara pra trás de um celeiro e atiram nele também.

— Não seja burro! — gritou Garraty, furioso. — Você não tem a menor ideia do que está diz...

— Todo mundo perde — disse McVries.

Seus olhos se deslocaram na caverna escura das órbitas como animais sinistros. Eles estavam andando sozinhos. Os outros competidores estavam se mantendo afastados, ao menos naquele momento. McVries tinha demonstrado comportamento perigoso e Garraty também, de certa forma: tinha agido contra seu próprio interesse ao correr até McVries. Era bem provável que ele tivesse impedido que McVries fosse o vigésimo oitavo.

— Todo mundo perde — repetiu McVries. — Pode acreditar.

Eles passaram por uma ferrovia. Passaram debaixo de uma ponte de concreto. Do outro lado, passaram por um Dairy Queen fechado com tábuas, com uma placa que dizia: REABRIRÁ PARA O VERÃO DIA 5 DE JUNHO.

Olson ganhou uma advertência.

Garraty sentiu um tapinha no ombro e se virou. Era Stebbins. Ele não parecia nem melhor nem pior do que na noite anterior.

— Seu amigo ali está puto com o major — disse ele.

McVries não deu sinal de ter ouvido.

— Acho que sim, é — disse Garraty. — Eu já passei do ponto de querer convidá-lo pra tomar um chá.

— Olha pra trás de nós.

Garraty olhou. Uma segunda semilagarta se aproximava e, enquanto ele olhava, uma terceira apareceu atrás, saindo de uma estrada lateral.

— O major está vindo — disse Stebbins — e todos vão comemorar. — Ele sorriu, e o sorriso foi estranhamente parecido com o de um lagarto. — Ainda não o odeiam. Ainda não. Só acham que odeiam. Acham que passaram pelo inferno. Mas espera até esta noite. Espera até *amanhã*.

Garraty olhou para Stebbins com inquietação.

— E se chiarem e vaiarem e jogarem cantis nele, sei lá?

— Você vai chiar e vaiar e jogar seu cantil?

— Não.

— Nem mais ninguém. Você vai ver.

— Stebbins?

Stebbins ergueu as sobrancelhas.

— Você acha que vai vencer, né?

— Acho — disse Stebbins calmamente. — Eu tenho quase certeza. — E voltou para a posição de sempre.

Às cinco e vinte e cinco da manhã, Yannick ganhou o bilhete. E às cinco e meia, como Stebbins tinha previsto, o major chegou.

Um rugido longo e rouco foi ouvido enquanto o jipe dele seguia até o cume da colina atrás deles. Em seguida, passou em disparada pelo acostamento. O major estava de pé em posição de sentido. Como antes, estava batendo continência, rígido, virado para a direita. Um arrepio engraçado de orgulho surgiu no peito de Garraty.

Nem todos comemoraram. Collie Parker cuspiu no chão. Barkovitch encostou o polegar no nariz e fez uma careta. E McVries só olhou, os lábios se movendo sem som. Olson pareceu não notar quando o major passou; estava de novo olhando para os pés.

Garraty celebrou. O tal Percy Sei Lá de Quê e Harkness também, o que queria escrever um livro, e Wyman e Art Baker e Abraham e Sledge, que tinha acabado de ganhar a segunda advertência.

O major foi embora, deslocando-se rápido. Garraty sentiu um pouco de vergonha. Afinal, tinha desperdiçado energia.

Pouco tempo depois, a estrada os fez passar por uma loja de carros usados onde foram recebidos com o toque de vinte e uma cornetas. Uma voz amplificada saindo por cima de fileiras duplas de bandeirinhas de plástico disse aos competidores (e espectadores) que ninguém superava o McLaren's Dodge. Garraty achou tudo meio deprimente.

— Está se sentindo melhor? — perguntou a McVries, hesitante.

— Claro — disse McVries. — Estou ótimo. Vou só andar pela estrada e ver todo mundo cair ao meu redor. Que divertido. Acabei de fazer as divisões na minha cabeça, matemática era a minha matéria preferida na escola. E concluí que devemos conseguir chegar a pelo menos quinhentos e quinze quilômetros no ritmo que estamos. Não é nem uma distância recorde.

— Por que você não vai pra outro lugar se vai ficar falando assim, Pete? — disse Baker. Ele parecia tenso pela primeira vez.

— Desculpa, mãe — disse McVries, aborrecido, mas calou a boca.

O dia clareou. Garraty abriu o casaco. Pendurou-o no ombro. A estrada ali era plana. Tinha casas, pequenos negócios e fazendas ocasionais espalhadas. Os pinheiros que ladeavam a estrada na noite anterior tinham dado lugar a Dairy Queens e postos de gasolina e ranchos quadrados. Muitos estavam À VENDA. Em duas janelas, Garraty viu a placa familiar: MEU FILHO DEU A VIDA NOS PELOTÕES.

— Para onde fica o mar? — perguntou Collie Parker a Garraty.

— Parece que estou de volta no Illy-noy.

— Continua andando — disse Garraty. Ele estava pensando em Jan e Freeport de novo. Freeport era o mar. — Fica para lá. Uns cento e setenta e cinco quilômetros para o sul.

— Merda — disse Collie Parker. — Que estado de merda, esse.

Parker era um louro musculoso de camisa polo. Tinha uma expressão insolente no rosto que nem uma noite na estrada tinha conseguido arrancar.

— Só tem árvores pra todo lado! Tem uma cidade por aqui?

— A gente é engraçado aqui — disse Garraty. — A gente acha legal respirar ar de verdade em vez de poluição.

— Não tem poluição em Joliet, seu caipira do caralho — disse Collie Parker, furioso. — O que você está me dizendo?

— Não tem poluição, mas tem um monte de ar quente — disse Garraty. Ele estava com raiva.

— Se nós estivéssemos em casa, eu espremeria suas bolas por isso.

— Chega, garotos — disse McVries. Ele tinha se recuperado e voltado a ser sardônico. — Por que vocês não resolvem isso como cavalheiros? O primeiro cuja cabeça for arrancada paga a cerveja do outro.

— Eu odeio cerveja — disse Garraty, sem pensar.

Parker riu.

— Caipira do caralho — disse ele e saiu andando.

— Ele está de bode — disse McVries. — Todo mundo está de bode agora de manhã. Até eu. E o dia está lindo. Você não acha, Olson?

Olson não disse nada.

— Olson também está de bode — confidenciou McVries a Garraty. — Olson! Ei, Hank!

— Por que você não deixa ele em paz? — perguntou Baker.

— Ei, *Hank!* — gritou McVries, ignorando Baker. — Quer dar um passeio?

— Vai pro inferno — murmurou Olson.

— O quê? — gritou McVries com alegria, botando a mão em concha no ouvido. — O que você disse?

— Inferno! *Inferno*! — gritou Olson. — Vai pro inferno!

— Foi *isso* que você disse. — McVries assentiu com sabedoria.

Olson voltou a olhar para os pés e McVries se cansou de provocá-lo… se é que era isso que estava fazendo.

Garraty pensou no que Parker dissera. Parker era um filho da mãe. Parker era um malandro e um valentão de fim de semana. Parker era um herói de jaqueta de couro. O que ele sabia sobre o Maine? Garraty tinha morado no Maine a vida toda, em uma cidadezinha chamada Porterville, a oeste de Freeport. A população era de novecentas e setenta pessoas e não tinham nem um semáforo, e o que tem de tão especial em Joliet, Illy-noy?

O pai de Garraty dizia que Porterville era a única cidade no país com mais cemitérios do que pessoas. Mas era um lugar limpo. A taxa de desemprego era alta, os carros eram enferrujados e havia muita traição rolando, mas era um lugar limpo. A única emoção era o bingo de quarta-feira no salão da cidade (o último prêmio incluía um peru de nove quilos e uma cédula de vinte dólares), mas era limpa. E era tranquila. O que havia de errado nisso?

Ele olhou para Collie Parker com ressentimento. Você que perde, cara, só isso. Pode pegar Joliet e seu grupinho de amigos frequentadores de lojinha de balas e seus moinhos e enfiar no cu. Enfia na diagonal, se couber.

Ele pensou em Jan de novo. Precisava dela. Eu te amo, Jan, pensou ele. Não era burro e sabia que a garota tinha se tornado mais do que realmente era para ele. Tinha se tornado um símbolo de vida. Um escudo contra a morte súbita que vinha da semilagarta. Cada vez mais, ele a queria porque ela simbolizava a época em que ele podia ser dono de uma bunda. A dele.

Eram quinze para as seis da manhã. Ele olhou para um grupo de donas de casa reunidas torcendo perto de um cruzamento, o pequeno centro de uma cidade desconhecida. Uma delas estava usando uma calça justa e um suéter justo. O rosto era comum. Ela usava três pulseiras de ouro no pulso direito, que tilintaram quando ela acenou. Garraty ouviu o tilintar. Ele acenou de volta sem pensar direito. Estava pensando na Jan, que tinha vindo de Connecticut, que parecera tão tranquila e confiante com o cabelo louro comprido e os sapatos baixos. Ela sempre usava sapatos baixos porque era bem alta. Ele a conheceu na escola. Demorou, mas acabou dando o estalo. Deus, que estalo.

— Garraty?

— Hã?

Era Harkness. Ele parecia preocupado.

— Estou com cãibra no pé, cara. Não sei se vou conseguir andar assim. — Os olhos de Harkness pareciam suplicar para que Garraty fizesse alguma coisa.

Garraty não soube o que dizer. A voz de Jan, a risada dela, o suéter caramelo-escuro e a calça vermelho-cranberry, a vez em que eles tinham pegado o trenó do irmãozinho dela e acabaram dando um amasso num banco de neve (antes de ela enfiar neve pela gola do casaco dele)... essas coisas eram vida. Harkness era morte. Garraty já conseguia sentir o cheiro.

— Eu não posso te ajudar — disse Garraty. — Você precisa se virar sozinho.

Harkness olhou para ele com consternação e pânico, seu rosto ficou sombrio e ele assentiu. Ele parou, ajoelhou-se e mexeu no sapato.

— Advertência! Advertência, número 49!

Ele começou a massagear o pé. Garraty tinha se virado e estava andando de costas para olhar para ele. Dois garotinhos de camiseta da liga infantil com as luvas de beisebol penduradas no guidão da bicicleta também estavam olhando da lateral da estrada, as bocas abertas.

— Advertência! Segunda advertência, número 49!

Harkness se levantou e começou a mancar, só de meia no pé, a perna boa já ameaçando se dobrar com o peso adicional que estava sustentando. Ele derrubou o sapato, tentou pegar, conseguiu enfiar dois dedos dentro e o perdeu. Parou para pegá-lo e ganhou a terceira advertência.

O rosto normalmente corado de Harkness agora estava vermelho, cor de carro de bombeiro. A boca estava aberta em um O úmido e babado. Garraty se viu torcendo por Harkness. Vamos lá, ele pensou, vamos, alcança. Você consegue, Harkness.

Harkness mancou mais rápido. Os garotos com camiseta da liga infantil começaram a pedalar junto, de olho nele. Garraty se virou para a frente, sem querer continuar olhando para Harkness. Ele ficou olhando para a frente, tentando lembrar como tinha sido beijar Jan, tocar nos seios redondos.

Um posto Shell apareceu lentamente à direita. Havia uma picape suja e amassada parada lá com dois homens de camisa xadrez vermelha e preta sentados na caçamba, tomando cerveja. Havia uma caixa de correspondência no fim de uma entrada de carros de terra irregular, a tampa aberta como uma boca. Um cachorro estava latindo, rouco e sem parar, em algum lugar que não dava para ver.

As carabinas desceram lentamente e miraram em Harkness. Houve um momento longo e terrível de silêncio e elas voltaram a apontar para o céu, tudo de acordo com as regras, de acordo com o livro. Elas voltaram a descer. Garraty ouvia a respiração apressada e úmida de Harkness.

As armas subiram, desceram e subiram lentamente até apontarem para o céu de novo.

Os dois garotos da liga infantil continuaram acompanhando.

— Saiam daqui! — disse Baker subitamente, a voz rouca. — Vocês não querem ver isso. Se mandem!

Eles olharam com pura curiosidade para Baker e continuaram andando. Estavam olhando para Baker como se ele fosse um tipo de peixe. Um deles, um garoto pequeno com cabeça pontuda, corte de cabelo raspado nas laterais e olhos enormes, apertou a buzina presa na bicicleta e sorriu. Ele usava aparelho, e o sol produziu um brilho metálico selvagem em sua boca.

As armas desceram. Era como uma espécie de movimento de dança, como um ritual. Harkness estava no limite. Leu algum livro bom nos últimos tempos?, pensou Garraty insanamente. Desta vez, vão atirar em você. Só um passo lento demais...

Eternidade.

Tudo paralisado.

As armas voltaram a apontar para o céu.

Garraty olhou para o relógio. O ponteiro dos segundos deu uma volta, duas, três. Harkness o alcançou, passou por ele. Estava com o rosto firme e rígido. Os olhos apontados para a frente. As pupilas contraídas em pontinhos pequenos. Os lábios tinham um tom azulado, e a pele vermelha tinha voltado à cor de creme, exceto pelos dois pontos vistosos de cor, um em cada bochecha. Mas ele não estava mais poupando o pé ruim. A cãibra tinha passado. O pé calçado só com a meia batia ritmado na estrada. Quanto tempo dá para andar sem sapatos?, perguntou-se Garraty.

Ele sentiu um afrouxamento no peito mesmo assim e ouviu Baker soltar o ar. Era idiotice sentir aquilo. Quanto antes Harkness parasse de andar, mais rápido ele poderia parar de andar. Essa era a verdade simples. Era a lógica. Mas algo ia mais fundo, uma lógica mais verdadeira e mais assustadora. Harkness era parte do grupo do qual Garraty fazia parte, um segmento do subclã dele. Parte de um círculo mágico ao qual Garraty pertencia. E se uma parte daquele círculo pudesse ser quebrada, qualquer parte podia ser quebrada.

Os garotos da liga infantil pedalaram junto deles por mais três quilômetros antes de perder o interesse e voltar. Melhor assim, pensou Garraty. Não importava se eles tinham olhado para Baker como se ele fosse um bicho de zoológico. Era melhor que fossem poupados da morte. Ele os viu sumir.

À frente, Harkness tinha formado uma nova vanguarda de um homem só, andando rapidamente, quase correndo. Não olhava para a direita nem para a esquerda. Garraty tentou imaginar o que ele estava pensando.

7

Gosto de pensar que sou um cara envolvente, de verdade. As pessoas que conheço me acham esquizofrênico só porque sou completamente diferente longe das câmeras de como sou na frente delas...

Nicholas Parsons
Sale of the Century
(versão britânica)

Scramm, número 85, não fascinava Garraty por causa da inteligência brilhante, porque Scramm nem era tão inteligente. Ele não fascinava Garraty por causa da cara redonda, do corte de cabelo militar ou do porte, que parecia o de um alce. Ele fascinava Garraty porque era casado.

— Sério? — perguntou Garraty pela terceira vez. Ele ainda não estava convencido de que Scramm não estava de brincadeira. — Você é mesmo casado?

— Sou. — Scramm olhou para o sol da manhã com prazer real. — Eu larguei a escola com catorze anos. Não tinha sentido continuar, não pra mim. Eu não era arruaceiro, só não conseguia tirar notas boas. E nosso professor de história leu um artigo falando que as escolas estão lotadas. Então pensei: por que não deixar alguém que realmente consegue aprender ficar no meu lugar? Eu posso começar a trabalhar. Eu queria mesmo me casar com a Cathy.

— Quantos anos você tinha? — perguntou Garraty, mais fascinado do que nunca.

Eles estavam passando por outra cidadezinha; as calçadas estavam cheias de cartazes e espectadores, mas ele nem notou. A plateia já estava em outro mundo, sem relação nenhuma com ele. Era como se estivessem atrás de um escudo grosso de acrílico.

— Quinze — respondeu Scramm. Ele coçou o queixo, que estava cinzento por causa da barba por fazer.

— Ninguém tentou te convencer a não fazer isso?

—Tinha um orientador que me encheu o saco pra ficar na escola e não virar cavador de vala, mas ele tinha coisas mais importantes a fazer além de me segurar na escola. Acho que ele pegou leve comigo. Além do mais, alguém precisa cavar valas, né?

Ele acenou com entusiasmo para um grupo de garotinhas que estava fazendo uma coreografia espasmódica de líderes de torcida, as saias de prega e os joelhos ralados voando.

— Mas eu nunca cavei vala. Nunca cavei um buraco na minha carreira toda. Fui trabalhar em uma fábrica de lençóis em Phoenix ganhando três dólares por hora. Eu e Cathy somos felizes. — Scramm sorriu. — Às vezes, a gente está vendo televisão e Cath me abraça e diz: "Nós somos felizes, amor". Ela é uma graça.

— Vocês têm filhos? — perguntou Garraty, com uma sensação cada vez maior de que a discussão era insana.

— Bom, a Cathy está grávida agora. Ela disse que a gente devia esperar até ter dinheiro no banco pra pagar o parto. Quando juntamos setecentos dólares, ela disse "vamos" e nós fomos. Ela pegou barriga rapidinho. — Scramm olhou para Garraty com a expressão séria. — Meu filho vai fazer faculdade. Dizem que caras burros como eu nunca têm filhos inteligentes, mas Cathy é inteligente por nós dois. Cathy terminou o ensino médio. Eu fiz ela terminar. Quatro cursos noturnos e ela fez a prova para conseguir o diploma de equivalência. Meu filho vai pra faculdade que ele quiser.

Garraty não disse nada. Não conseguia pensar no que dizer. McVries estava de lado, conversando baixinho com Olson. Baker e Abraham estavam fazendo um jogo de palavras chamado Fantasma. Ele se perguntou onde Harkness estava. Estava longe, de qualquer jeito. Scramm também. Longe de tudo. Ei, Scramm, acho que você cometeu um erro feio. A sua esposa está *grávida*, Scramm, mas isso não faz você ganhar favores especiais aqui. Setecentas pratas no banco? Não dá para escrever *grávida* com apenas três dígitos, Scramm. E nenhuma seguradora no mundo tocaria em um participante da Longa Marcha.

Garraty ficou olhando um homem de jaqueta com estampa *pied-de-poule* balançando delirantemente um chapéu de palha com aba desfiada.

— Scramm, e se você levar o bilhete? — perguntou ele com cautela.

Scramm abriu um sorriso dócil.

— Eu não vou levar. Sinto que sou capaz de andar pra sempre. Eu quero participar da Longa Marcha desde que tinha idade pra querer alguma coisa. Andei cento e trinta quilômetros duas semanas atrás, sem estresse.

— Mas e se alguma coisa acontecer...

Mas Scramm só riu.

— Quantos anos a Cathy tem? — continuou Garraty.

— Ela é um ano mais velha do que eu. Tem quase dezoito. Os pais dela estão com ela agora, lá em Phoenix.

Pareceu a Garraty que os pais de Cathy Scramm sabiam de uma coisa que o próprio Scramm não sabia.

— Você deve amá-la muito — disse ele com certa melancolia.

Scramm sorriu, mostrando os últimos sobreviventes teimosos entre os dentes.

— Eu nunca olhei pra mais ninguém desde que me casei com ela. Cathy é uma graça.

— E você está participando disto.

Scramm riu.

— Não é divertido?

— Não pra Harkness — disse Garraty com azedume na voz. — Vai perguntar se ele acha divertido.

— Você não tem a menor noção das consequências — disse Pearson, entrando entre Garraty e Scramm. — Você *pode* perder. Você tem que admitir que *pode* perder.

— Eu era o favorito segundo as estatísticas de Vegas logo antes de a Marcha começar — disse Scramm. — O favorito.

— Claro — disse Pearson com mau humor. — E você está em forma, qualquer um consegue ver isso. — Pearson estava pálido e cansado depois da longa noite na estrada. Olhou sem interesse para a multidão reunida em um estacionamento de supermercado pelo qual eles estavam passando. — Todo mundo que não estava em forma já está morto agora, ou quase morto. Mas ainda restam setenta e dois de nós.

— É, mas...

Rugas de reflexão surgiram no círculo amplo do rosto de Scramm. Garraty quase ouvia as engrenagens lá dentro trabalhando: lentas, ponderadas, mas, no fim, tão certas quanto a morte e tão inescapáveis quanto os impostos. Foi meio incrível.

— Eu não quero deixar vocês com raiva — disse Scramm. — Vocês são caras legais. Mas não entraram nisso pensando em ganhar e receber o Prêmio. A maioria de vocês nem sabe por que entrou. Olha aquele Barkovitch. Ele não está nisso pra ganhar o Prêmio. Só está na Marcha pra ver os outros morrerem. Ele vive por isso. Quando alguém ganha o bilhete, ele ganha um pouco mais de motivação. Não é suficiente. Ele vai secar como uma folha de árvore.

— E eu? — perguntou Garraty.

Scramm pareceu perturbado.

— Ah, droga...

— Não, fala.

— Bom, pelo que eu vejo, você também não sabe por que está na Marcha. É a mesma coisa. Você está seguindo em frente agora porque está com medo, mas... isso não é suficiente. Isso passa. — Scramm olhou para a estrada e esfregou as mãos. — E quando passar, acho que você vai ganhar um bilhete, como todo o resto, Ray.

Garraty pensou em McVries dizendo: *Quando eu ficar cansado... bem cansado... vou simplesmente me sentar.*

— Você vai ter que andar muito tempo pra me superar — disse Garraty, mas a avaliação simples de Scramm da situação o tinha assustado muito.

— Eu estou preparado pra andar muito tempo — disse Scramm.

Os pés deles subiam e desciam no asfalto, carregando-os para a frente, por uma curva, por uma descida e por cima de um trilho de ferrovia que eram sulcos de metal na estrada. Eles passaram por uma barraca de caranguejo fechada. E voltaram para o campo.

— Eu entendo o que é morrer, acho — disse Pearson abruptamente. — Agora eu entendo, ao menos. Não a morte em si, isso eu ainda não consigo compreender. Mas morrer. Se eu parar de andar, meu fim vai chegar. — Ele engoliu em seco, e a garganta estalou. — Igual a um disco depois da última música. — Ele olhou para Scramm com seriedade. — Talvez seja como você diz. Talvez não seja suficiente. Mas... eu não quero morrer.

Scramm olhou para ele quase com escárnio.

— Você acha que saber sobre a morte vai te impedir de morrer?

Pearson abriu um sorriso engraçado e doentio, como um empresário em um barco balançante tentando segurar o jantar no estômago.

— Agora, é a única coisa que me faz seguir em frente. — E Garraty sentiu uma gratidão imensa, porque suas defesas não tinham sido reduzidas àquilo. Ainda não, ao menos.

À frente, de repente e como se para ilustrar o assunto que estavam discutindo, um garoto de suéter preto de gola alta teve uma convulsão súbita. Ele caiu na estrada e começou a se contorcer e tremer e se sacudir horrivelmente. Os membros balançavam e se debatiam. Um ruído gorgolejante engraçado saía da garganta dele, *aaa-aaa-aaa*, um som de ovelha totalmente inconsciente. Quando Garraty passou apressado, uma das mãos do competidor bateu no sapato dele e ele sentiu uma onda de repulsa frenética. Os olhos do garoto estavam revirados até a parte branca. Havia espuma nos lábios e no queixo. Ele recebeu a segunda advertência, mas claro que não tinha como ouvir, e quando os dois minutos passaram, ele levou um tiro como se fosse um cachorro.

Não muito tempo depois, eles chegaram ao alto de um aclive suave e olharam para o campo verde vazio abaixo. Garraty ficou grato pela brisa fresca da manhã que passou pelo corpo suado.

— Que vista — disse Scramm.

Dava para ver uns vinte quilômetros da estrada à frente. Ela seguia em um longo declive, fazia zigue-zagues no bosque, um traço preto como carvão em um pedaço de papel crepom verde. À distância, começava a subir de novo e sumia na névoa rosada da luz da manhã.

— Talvez seja o que chamam de bosque de Hainesville — disse Garraty, sem muita certeza. — O cemitério dos caminhoneiros. Um inferno no inverno.

— Eu nunca vi nada assim — disse Scramm com reverência. — Não tem muito verde no estado do Arizona.

— Aprecie enquanto pode — disse Baker, se juntando ao grupo. — Hoje o dia vai ser quente. Já está quente e são só seis e meia da manhã.

— Achei que você estaria acostumado, considerando de onde é — disse Pearson, quase com ressentimento.

— Não dá pra se acostumar — disse Baker, pendurando a jaqueta leve no braço. — A gente só aprende a viver com o calor.

— Eu gostaria de construir uma casa aqui — disse Scramm. Deu um espirro alto, dois, parecendo um touro no cio. — Construir bem aqui com as minhas próprias mãos e olhar essa vista todas as manhãs. Eu e a Cathy. Talvez eu faça isso um dia, quando tudo isso acabar.

Ninguém disse nada.

Às quinze para as sete, o cume ficou para trás, a brisa praticamente sumiu e o calor já estava entre eles. Garraty tirou o casaco, enrolou-o e o amarrou bem na cintura. A estrada pela floresta não estava mais deserta. Aqui e ali, madrugadores tinham estacionado o carro fora da estrada e estavam reunidos de pé ou sentados em grupos, torcendo, acenando e segurando cartazes.

Havia duas garotas ao lado de um MG velho no pé de uma descida. Estavam usando shorts apertados de verão, blusas com gola marinheiro e sandálias. Elas gritavam e assobiavam. Estavam com o rosto quente, corado e excitado por algo antigo, sinuoso e, para Garraty, erótico quase ao ponto da insanidade. Ele sentiu uma luxúria animal crescendo, uma coisa agressivamente viva que fez seu corpo tremer com uma febre paralisada própria.

Foi Gribble, o radical entre eles, que de repente correu para cima delas, os pés espalhando terra no acostamento. Uma delas se encostou no capô do MG e abriu um pouco as pernas e inclinou os quadris na direção dele. Gribble colocou as mãos nos seios dela. Ela não fez nenhum esforço para impedir. Ele levou uma advertência, hesitou e se jogou sobre a garota, um vulto apertando e se esfregando nela, frustrado e furioso, de camiseta branca suada e calça de veludo. A garota enroscou os tornozelos ao redor das panturrilhas de Gribble e passou os braços de leve em torno do pescoço dele. Eles se beijaram.

Gribble levou uma segunda advertência e uma terceira, e só então, com uns quinze segundos restando, saiu cambaleando e começou a correr de um jeito frenético e desengonçado. Ele caiu, levantou-se, levou a mão à virilha e cambaleou de volta para a estrada. O rosto claro estava todo vermelho.

— Não consegui. — Ele estava chorando. — Não tinha tempo suficiente e ela queria e eu não consegui... Eu... — Ele estava chorando e cambaleando, as mãos apertando as partes baixas. As palavras dele não passavam de choramingos indistintos.

— E você deu a elas a emoção barata que elas queriam — disse Barkovitch. — Algo sobre o que falarem na escola amanhã.

— *Cala essa boca!* — gritou Gribble. Ele apertou a virilha ainda mais. — Está doendo, estou com uma cãibra...

— Dor nas bolas de tanto tesão — disse Pearson. — É isso que ele tem.

Gribble olhou para ele através da franja morena que tinha caído nos olhos. Parecia uma fuinha atordoada.

— Está doendo — murmurou ele de novo.

E caiu de joelhos lentamente, as mãos apertando as partes baixas, a cabeça pendendo, as costas curvadas. Ele estava tremendo e fungando, e Garraty via as gotas de suor no pescoço dele, algumas presas nos fios finos da nuca, o que o pai de Garraty sempre chamou de penugem.

Um momento depois, ele estava morto.

Garraty virou a cabeça para olhar para as garotas, mas elas tinham entrado no MG. Não passavam de sombras.

Ele fez um esforço determinado para tirá-las da cabeça, mas elas ficavam voltando. Como devia ter sido se esfregar naquele corpo quente e oferecido? As coxas dela tremeram, meu Deus, elas *tremeram* em uma espécie de espasmo, orgasmo, ah, Deus, aquela vontade incontrolável de apertar e acariciar... e, mais do que tudo, sentir aquele calor... *aquele calor.*

Ele sentiu acontecer. Aquela sensação quente e intensa o aquecendo. Molhando. Ah, Deus, aquilo molharia a calça e alguém notaria. Notaria e apontaria e perguntaria o que ele achava de andar pelo bairro sem roupas, andar pelado, andar... e andar... e andar...

Ah, Jan, eu te amo, eu te amo mesmo, ele pensou, mas foi confuso, misturado com outra coisa.

Ele amarrou de novo o casaco na cintura e continuou andando como antes, e a lembrança se distanciou e escureceu rapidamente, como uma fotografia Polaroid esquecida no sol.

O passo acelerou. Haviam chegado a uma descida íngreme, e era difícil andar devagar. Os músculos trabalhavam e impulsionavam e se espremiam uns contra os outros. O suor rolava livre. Por mais incrível que parecesse, Garraty se viu desejando a noite de novo. Ele olhou para Olson com curiosidade, perguntando-se como ele estava aguentando.

Olson estava olhando para os pés de novo. Estava com os tendões do pescoço esticados e duros. Os lábios estavam repuxados em um sorriso congelado.

— Ele está quase lá agora — disse McVries ao lado dele, sobressaltando-o. — Quando eles começam a meio que torcer pra que alguém atire neles pra que possam descansar os pés, eles não estão longe.

— É mesmo? — perguntou Garraty, irritado. — Como é que todo mundo aqui sabe tão mais sobre isso do que eu?

— Porque você é um amor — disse McVries com carinho e em seguida acelerou, deixando as pernas seguirem o aclive e passando por Garraty.

Stebbins. Ele não pensava em Stebbins havia muito tempo. Virou a cabeça para procurar Stebbins. Stebbins estava lá. O grupo tinha se espalhado pelo longo declive na colina, e Stebbins estava uns quatrocentos metros atrás, mas não dava para confundir aquela calça roxa e a camisa de cambraia. Stebbins ainda estava na retaguarda como um abutre magro, esperando que todos caíssem...

Garraty sentiu uma onda de fúria. Teve uma vontade repentina de voltar e socar Stebbins. Não havia motivo lógico para isso, mas ele precisou lutar com a compulsão para controlá-la.

Quando chegaram ao pé da ladeira, as pernas de Garraty pareciam de borracha, meio bambas. O estado de cansaço entorpecido no qual sua carne tinha mais ou menos se acomodado foi rompido por inesperadas pontadas de dor, como agulhas enfiadas nos pés e nas pernas, ameaçando fazer seus músculos se contraírem e terem cãibra. E, Jesus, pensou ele, por que não? Eles estavam na estrada havia vinte e duas horas. Vinte e duas horas andando sem parar, era inacreditável.

— Como você está se sentindo agora? — perguntou ele para Scramm, como se tivesse perguntado pela última vez doze horas antes.

— Disposto e bem — disse Scramm. Ele passou as costas da mão no nariz, fungou e cuspiu. — Tão disposto e bem quanto dá pra estar.

— Parece que você está ficando resfriado.

— Que nada, é o pólen. Sempre acontece na primavera. Rinite alérgica. Eu tenho até no Arizona. Mas nunca fico resfriado.

Garraty abriu a boca para responder quando um som oco de *boom-boom* ecoou vindo da frente. Eram tiros de rifle. As notícias se espalharam. Harkness já era.

Garraty teve uma sensação estranha quando ele passou a notícia para trás, tipo um frio na barriga ao descer rápido pelo elevador. O círculo mágico tinha se rompido. Harkness não escreveria o livro sobre a Longa Marcha. Harkness estava sendo arrastado da estrada em algum ponto à frente como um saco de grãos, ou estava sendo jogado em um caminhão, embrulhado em um saco de corpo de lona. Para Harkness, a Longa Marcha tinha acabado.

— Harkness — disse McVries. — O velho Harkness comprou um bilhete pra ver a fazenda.

— Por que você não escreve um poema? — gritou Barkovitch.

— Cala a boca, assassino — respondeu McVries, sem dar muita atenção. Balançou a cabeça. — O velho Harkness, filho da puta.

— Eu não sou assassino! — gritou Barkovitch. — Vou dançar no seu túmulo, Scarface! Vou...

Um coral de gritos irritados o silenciou. Resmungando, Barkovitch olhou para McVries de cara feia. E começou a andar um pouco mais rápido, sem olhar em volta.

— Sabe o que o meu tio fazia? — disse Baker de repente.

Estavam passando por um túnel de sombra de árvores, e Garraty estava tentando esquecer Harkness e Gribble e pensar apenas no frescor.

— O quê? — perguntou Abraham.

— Ele era agente funerário — disse Baker.

— Legal — disse Abraham sem interesse.

— Quando eu era criança, eu sempre pensava nisso — disse Baker vagamente. Ele pareceu perder o rumo dos pensamentos, olhou para Garraty e sorriu. Foi um sorriso peculiar. — Em quem o embalsamaria, digo. Tipo quando a gente se pergunta quem corta o cabelo do barbeiro ou quem opera as pedras na vesícula do médico. Entende?

— Precisa ser duro como pedra pra ser médico — disse McVries solenemente.

— Você entendeu o que eu quis dizer.

— E aí, quem foi chamado quando chegou a hora? — perguntou Abraham.

— É — acrescentou Scramm. — Quem foi?

Baker olhou para os pesados galhos entrelaçados debaixo dos quais eles estavam passando e Garraty notou novamente que Baker parecia exausto. Não que não estivessem todos assim, acrescentou para si mesmo.

— Anda — disse McVries. — Não deixa a gente curioso. Quem o enterrou?

— É a piada mais velha do mundo — disse Abraham. — Baker vai falar: quem disse que ele morreu?

— Mas ele morreu — disse Baker. — Foi câncer de pulmão. Seis anos atrás.

— Ele fumava? — perguntou Abraham, acenando para uma família de quatro pessoas e um gato. O gato estava de guia. Era um persa. Parecia mau e furioso.

— Não, nem cachimbo — disse Baker. — Ele tinha medo de que desse câncer.

— Ah, pelo amor de Deus — disse McVries —, quem o *enterrou*? Conta pra gente poder discutir problemas mundiais, beisebol, controle de natalidade, qualquer coisa.

— Eu acho que controle de natalidade *é* um problema mundial — disse Garraty com seriedade. — Minha namorada é católica e…

— *Anda*! — berrou McVries. — Quem enterrou seu avô, Baker?

— Meu tio. Era meu tio. Meu avô era advogado em Shreveport. Ele…

— Eu estou cagando — disse McVries. — Estou cagando se o coroa tinha três paus, só quero saber quem o enterrou pra gente poder seguir *em frente*.

— Na verdade, ninguém o enterrou. Ele quis ser cremado.

— Ai, minhas bolas doídas — disse Abraham, e riu um pouco.

— Minha tia guarda as cinzas dele em um vaso de cerâmica. Na casa dela em Baton Rouge. Ela tentou manter o negócio funcionando, a funerária, mas parece que ninguém aceitava uma mulher agente funerária.

— Duvido que tenha sido isso — disse McVries.

— Duvida?

— Sim. Acho que o seu tio a amaldiçoou.

— Amaldiçoou? Como assim? — Baker ficou interessado.

— Bom, você tem que admitir que não foi uma propaganda muito boa pro negócio.

— O quê? Morrer?

— Não — disse McVries. — Ser cremado.

Scramm riu com o nariz entupido.

— Ele te pegou, amigão.

— Parece que sim — disse Baker. Ele e McVries sorriram um para o outro.

— Seu tio — disse Abraham com voz pesada — me faz morrer de tédio. E também devo acrescentar que ele...

Naquele momento, Olson começou a suplicar para um dos guardas o deixar descansar.

Ele não parou de andar, nem foi devagar a ponto de receber advertência, mas a voz dele subia e descia em um tom de súplica covarde que fez Garraty morrer de constrangimento por ele. As conversas foram interrompidas. Os espectadores olhavam Olson com fascinação horrorizada. Garraty desejou que Olson calasse a boca antes que sobrasse para todo mundo. Ele também não queria morrer, mas, se tivesse que morrer, queria ir sem que as pessoas o achassem um covarde. Os soldados olhavam por cima de Olson, através dele, pelos lados, o rosto imóvel, surdos e mudos. Mas deram uma advertência ocasional, então Garraty achava que de burros não dava para chamá-los.

Chegaram as quinze para as oito da manhã, e o boato que se espalhou foi de que estavam a apenas dez quilômetros de completar cento e sessenta quilômetros, o marco de cem milhas. Garraty conseguia se lembrar de ter lido que o maior número de garotos a completar as primeiras cem milhas de uma Longa Marcha era sessenta e três. Parecia que era seguro apostar que quebrariam aquele recorde; ainda havia sessenta e nove garotos no grupo. Não que importasse, no fim das contas.

As súplicas de Olson foram ficando mais altas em uma litania constante e trêmula à esquerda de Garraty, parecendo deixar o dia mais quente e mais desconfortável do que estava. Vários garotos tinham gritado com Olson, mas ele não parecia ouvir ou se importar.

Passaram por uma ponte coberta de madeira, as tábuas fazendo barulho e balançando sob os pés. Garraty ouvia as batidas de asas das andorinhas-de-bando que tinham feito ninho nas vigas. Estava deliciosamente fresco, e o sol pareceu ficar ainda mais quente quando eles chegaram do outro lado. Espere até mais tarde se acha que está quente agora, disse para si mesmo. Espere até estar em campo aberto. Caramba.

Ele gritou pedindo um cantil e um soldado se aproximou com um. Entregou-o a Garraty sem falar nada e voltou correndo. O estômago de Garraty também estava roncando por comida. Às nove da manhã, pensou ele. Tenho que continuar andando até lá. Eu que não vou morrer de estômago vazio.

Baker passou por ele de repente, procurando espectadores, baixou a calça e se agachou. Levou uma advertência. Garraty passou por ele, mas ouviu o soldado o advertir novamente. Uns vinte segundos depois, ele alcançou Garraty e McVries de novo, sem fôlego. Estava fechando a calça.

— Foi a cagada mais rápida da minha *vida*! — disse ele, sem ar.

— Você devia ter trazido uma revista — disse McVries.

— Eu nunca consegui ficar muito tempo sem cagar — disse Baker. — Tem gente que caga só uma vez por semana. Eu sou do tipo que caga uma vez por dia. Quando não cago todos os dias, tomo um laxante.

— Esses laxantes vão detonar seu intestino — disse Pearson.

— Ah, merda — disse Baker com deboche.

McVries jogou a cabeça para trás e riu.

Abraham girou a cabeça para participar da conversa.

— Meu avô nunca usou um laxante na vida e viveu até os…

— Você guardou os registros, suponho — disse Pearson.

— Você não duvidaria da palavra do meu avô, não é?

— Deus que me perdoe. — Pearson revirou os olhos.

— Tudo bem. Meu avô…

— Olhem — disse Garraty baixinho.

Sem estar interessado em nenhum dos dois lados da discussão do laxante, ele tinha ficado observando Percy Sei Lá de Quê, distraído. Agora, estava observando o garoto atentamente, sem nem acreditar direito no que seus olhos estavam vendo. Percy estava chegando cada vez mais perto da lateral da estrada. Já estava andando no acostamento de areia. De vez em quando, lançava um olhar tenso e assustado para os soldados em cima da semilagarta, depois para a direita, para as árvores densas a menos de dois metros de distância.

— Acho que ele vai tentar correr — disse Garraty.

— Vão atirar nele, sem dúvida — disse Baker. A voz dele tinha caído para um sussurro.

— Não parece ter alguém olhando — respondeu Pearson.

— Então, pelo amor de Deus, não vai dedurar! — disse McVries com irritação. — Seu bando de burros! Meu Deus!

Nos dez minutos seguintes, ninguém disse nada de sensato. Eles ficaram conversando besteira e olhando Percy olhar os soldados, olhando e avaliando mentalmente a distância curta até o bosque.

— Ele não tem coragem — murmurou Pearson por fim.

E, antes que qualquer um deles pudesse responder, Percy começou a andar lentamente, sem pressa, na direção do bosque. Dois passos, três. Mais um, dois no máximo, e ele estaria lá. As pernas vestidas de jeans se moviam sem pressa. O cabelo louro desbotado pelo sol balançava um pouco na brisa leve. Ele podia ser um escoteiro explorador indo observar pássaros.

Não houve advertência. Percy abriu mão do direito a elas quando o pé direito passou pelo limite do acostamento. Percy tinha saído da estrada, e os soldados sabiam o tempo todo. O velho Percy Sei Lá de Quê não estava enganando ninguém. Houve um estampido seco e claro, e Garraty desviou o olhar de Percy para o soldado parado na parte de trás da semilagarta. O soldado era uma escultura de linhas limpas e angulares, o rifle apoiado no ombro, a cabeça meio inclinada atrás do cano.

Garraty se virou para Percy de novo. Percy era o verdadeiro show, não era? Percy estava parado com os dois pés no limite de mato da floresta. Estava tão paralisado e esculpido quanto o homem que tinha atirado nele. Os dois juntos seriam modelos para Michelangelo, pensou Garraty. Percy ficou completamente imóvel debaixo de um céu azul de primavera. Apertava o peito com uma das mãos, como um poeta prestes a falar. Os olhos estavam arregalados e meio em êxtase.

Um filete de sangue escorria por entre os dedos dele, brilhando no sol. O velho Percy Sei Lá de Quê. Ei, Percy, sua mãe está chamando. Ei, Percy, sua mãe sabe que você saiu? Ei, Percy, que nome besta é esse, Percy, Percy, como você é fofo. Percy transformado em um Adônis reluzente e iluminado pelo sol com a contraposição do caçador selvagem de cor castanha. E uma, duas, três gotas de sangue caíram nos sapatos pretos sujos de poeira da viagem, e tudo aconteceu em um espaço de apenas três segundos. Garraty não deu nem dois passos inteiros e não recebeu advertência, e, ah, Percy, o que a sua mãe vai *dizer*? Você, me diz, você *tem coragem* de morrer?

Percy teve. Ele caiu para a frente, bateu em uma muda de árvore torta, rolou parcialmente e parou de cara para o céu. A graça, a simetria paralisada, tudo tinha sumido. Percy só estava morto.

— Que esse solo seja coberto de sal — disse McVries de repente, muito rápido. — Para que nenhum broto de milho nem broto de trigo cresça. Amaldiçoados sejam os filhos deste solo e amaldiçoadas sejam as entranhas deles. Também sejam amaldiçoados seus presuntos e pernis. Ave Maria, cheia de graça, vamos explodir este lugar maldito.

McVries começou a rir.

— Cala a boca — disse Abraham com voz rouca. — Para de falar assim.

— O mundo inteiro é Deus — disse McVries, depois riu histericamente. — Nós estamos *andando* no Senhor, e lá atrás as moscas estão *andando* no Senhor, na verdade, as moscas também são o Senhor, então abençoado seja o fruto do vosso ventre, Percy. Amém, aleluia, creme de amendoim com pedaços. Pai nosso, que estás em papel-alumínio, santificado seja o vosso nome.

— Vou bater em você! — avisou Abraham. O rosto dele estava muito pálido. — Eu vou, Pete!

— Um homem de *oraçãããooo*! — zombou McVries e riu de novo. — Ah, minha espuma e meu corpo! Ah, meu santo *chapéu*!

— Vou te bater se você não calar a boca! — berrou Abraham.

— Não — disse Garraty, com medo. — Por favor, não briguem. Vamos… ser legais.

— Quer um brinde de festa? — perguntou Baker loucamente.

— Quem te perguntou, seu caipira do caralho?

— Ele era jovem demais pra estar nessa marcha — disse Baker com tristeza. — Que eu beije um porco sem reclamar se ele tinha catorze anos.

— A mãe o mimou — disse Abraham com voz trêmula. — Dava pra perceber. — Ele olhou para Garraty e Pearson com expressão de súplica. — Dava pra perceber, não dava?

— Ela não vai mais mimá-lo — disse McVries.

De repente, Olson começou a falar de novo com os soldados. O que tinha atirado em Percy agora estava sentado comendo um sanduíche. Continuaram andando e as oito da manhã chegaram. Passaram por um posto de gasolina banhado pelo sol onde um mecânico de macacão sujo de graxa estava lavando o chão com uma mangueira.

— Queria que ele jogasse um pouco na gente — disse Scramm. — Estou quente como ferro em brasa.

— Nós todos estamos com calor — disse Garraty.

— Eu achava que nunca ficava quente no Maine — disse Pearson. Parecia mais cansado do que nunca. — Achava que era frio no Maine.

— Bom, agora você sabe que não é — disse Garraty secamente.

— Você é tão divertido, Garraty — disse Pearson. — Sabia? Você é muito divertido. Nossa, estou tão feliz que te conheci.

McVries riu.

— Quer saber? — respondeu Garraty.

— O quê?

— Sua cueca está com marcas de freada — disse Garraty. Foi a coisa mais espirituosa em que conseguiu pensar em tão pouco tempo.

Eles passaram por outra parada de caminhão. Dois ou três dos grandes estavam parados lá, tirados da rodovia, sem dúvida para dar passagem para a Longa Marcha. Um dos motoristas estava ansioso, parado ao lado do caminhão, um refrigerado enorme, com a mão na lateral. Sentindo o frio que se esvaía no sol matinal. Várias garçonetes comemoraram quando os competidores passaram, e o caminhoneiro que estava com a mão na lateral do caminhão se virou e mostrou o dedo do meio. Era um homem enorme com pescoço vermelho saindo de uma camiseta suja.

— Por que ele fez isso? — gritou Scramm. — Um filho da mãe!

McVries riu.

— Aquele foi o primeiro cidadão honesto que vimos desde que essa festinha começou, Scramm. Cara, eu amei aquele sujeito!

— Ele deve estar carregado de perecíveis a caminho de Montreal — disse Garraty. — Vindo de Boston. Nós o obrigamos a sair da estrada. Ele deve estar com medo de perder o emprego... ou o caminhão, se for caminhoneiro independente.

— Mas custava? — berrou Collie Parker. — Por acaso custava se programar? Estão avisando qual seria a rota há só dois meses, ou mais. É só mais um caipira maldito, só isso!

— Você parece saber muito sobre isso — Abraham disse para Garraty.

— Um pouco — disse Garraty, olhando para Parker. — Meu pai dirigia um caminhão antes de ser... antes de ir embora. É difícil se sustentar com esse tipo de trabalho. Aquele cara ali deve ter achado que tinha tempo de passar antes. Não teria vindo por aqui se houvesse um caminho mais curto.

— Ele não precisava mostrar o dedo do meio pra gente — insistiu Scramm. — Não precisava ter feito isso. Por Deus, os tomates podres dele não são coisa de vida e morte como isto.

— Seu pai largou a sua mãe? — perguntou McVries a Garraty.

— Meu pai foi levado pelos Pelotões — disse Garraty brevemente. Em silêncio, desafiou Parker (ou qualquer outro) a abrir a boca, mas ninguém disse nada.

Stebbins ainda estava andando no fim da fila. Ele mal tinha passado pela parada, e o caminhoneiro corpulento estava subindo na boleia. À frente, as armas disseram sua única palavra. Um corpo girou, virou e caiu imóvel. Dois soldados o arrastaram para o acostamento. Um terceiro, na semilagarta, jogou um saco para eles.

— Eu tive um tio levado pelos Pelotões — disse Wyman com hesitação. Garraty reparou que a lingueta do sapato esquerdo de Wyman tinha saído de dentro do cadarço e estava balançando de forma obscena.

— Só gente idiota é levada pelos Pelotões — disse Collie Parker, em voz alta e clara.

Garraty olhou para ele e quis sentir raiva, mas baixou a cabeça e olhou para a estrada. O pai dele era um idiota mesmo. Um bêbado que não conseguia ficar no mesmo lugar por muito tempo, o que quer que tentasse, um homem sem bom senso de guardar as opiniões políticas só para si. Garraty se sentiu velho e enjoado.

— Cala essa boca de privada — disse McVries friamente.

— Quer vir tentar...

— Não, eu não quero tentar te obrigar. Só cala a boca, seu filho da puta.

Collie Parker andou mais devagar para ficar entre Garraty e McVries. Pearson e Abraham se afastaram um pouco. Até os soldados se empertigaram, preparados para problemas. Parker observou Garraty por um longo momento. O rosto dele era largo e estava coberto de suor, os olhos ainda arrogantes. Ele bateu de leve no braço de Garraty.

— Minha boca fica meio frouxa às vezes. Eu falei sem pensar. Está bem? — Garraty assentiu com cansaço, e Parker desviou o olhar para McVries. — Vá se ferrar, Jack — disse, e avançou na direção da vanguarda de novo.

— Que filho da mãe absurdo — disse McVries com mau humor.

— Não é pior que o Barkovitch — disse Abraham. — Talvez até um pouco melhor.

— Além do mais — acrescentou Pearson —, o que é ser levado pelos Pelotões? É bem pior do que ser morto, não é?

— Como você saberia? — perguntou Garraty. — Como qualquer um de nós saberia?

O pai dele tinha sido um gigante de cabelo claro, voz alta e risada estrondosa que, aos ouvidos pequenos de Garraty, parecia com o som de montanhas rachando ao meio. Depois que perdeu o caminhão, passara a ganhar a vida dirigindo caminhões do governo saindo de Brunswick. Teria sido uma boa vida se Jim Garraty conseguisse guardar as opiniões políticas para si. Mas, quando se trabalha para o governo, o governo está duplamente ciente de que você está vivo, duplamente preparado para chamar um Pelotão se as coisas parecerem meio estranhas. E Jim Garraty não era muito fã da Longa Marcha. Um dia, recebeu um telegrama, e no dia seguinte dois soldados apareceram na porta e Jim Garraty foi com eles, alterado, e a esposa fechou a porta e as bochechas dela estavam pálidas como leite e quando Garraty perguntou à mãe para onde o papai estava indo com os homens soldados, ela bateu na cara dele com tanta força que fez seu lábio sangrar e falou para ele calar a boca, calar a boca. Garraty nunca mais viu o pai. Fazia onze anos. Havia sido uma remoção rápida. Sem cheiro, estéril, pasteurizada, sanforizada e sem caspa.

— Eu tinha um irmão que teve problemas com a lei — disse Baker. — Não com o governo, só com a lei. Ele roubou um carro e dirigiu da nossa cidade até Hattiesburg, no Mississippi. Pegou dois anos de condicional. Está morto agora.

— Morto? — A voz saiu como um sussurro seco, parecendo de um espectro. Olson tinha se juntado a eles. O rosto abatido parecia estar um quilômetro acima do corpo.

— Teve um ataque cardíaco — disse Baker. — Ele era só três anos mais velho do que eu. Minha mãe dizia que ele era a cruz dela, mas ele só se meteu em confusão uma vez. Eu fiz pior. Eu fui cavaleiro noturno por três anos.

Garraty olhou para ele. Havia vergonha no rosto cansado de Baker, mas também dignidade, delineada por um raio de sol poeirento passando entre as árvores.

— É um crime para os Pelotões, mas eu não estava nem aí. Tinha doze anos quando me meti nisso. Não passa de uns garotos que saem por aí à noite, sabe. Gente mais velha é mais sábia. Eles nos diziam pra ir em frente e davam tapinhas nas nossas cabeças, mas não saíam pra correr risco de serem levados pelos Pelotões, não eles. Eu saí dessa vida depois que queimamos uma cruz no jardim de um cara negro. Fiquei morrendo de medo. E com vergonha também. Por que alguém quer queimar uma cruz no jardim de um homem negro? Meu Deus, isso é passado, não é? Claro que é. — Baker balançou a cabeça vagamente. — Não foi certo.

Naquele momento, os rifles soaram de novo.

— Lá se vai mais um — disse Scramm. A voz dele soou rouca e anasalada, e ele limpou o nariz com as costas da mão.

— Trinta e quatro — disse Pearson. Tirou uma moeda de um bolso e botou no outro. — Eu trouxe noventa e nove moedas. Cada vez que alguém ganha o bilhete, eu coloco uma no outro bolso. E quando...

— Que horror! — disse Olson. Os olhos assombrados observaram Pearson com uma expressão sinistra. — Cadê seu relógio da morte? Seus bonecos de vodu?

Pearson não disse nada. Só observou com um constrangimento ansioso o campo por onde estavam passando. Finalmente, murmurou:

— Eu não pretendia falar sobre isso. Era pra dar sorte, só isso.

— É sujo — grunhiu Olson. — É *imundo*. É...

— Ah, chega — disse Abraham. — Chega de me dar nos nervos.

Garraty olhou para o relógio. Eram oito e vinte. Quarenta minutos até a hora de comer. Ele pensou em como seria bom entrar em uma lanchonetezinha de beira de estrada, dessas que existiam aos montes, acomodar a bunda em um banco acolchoado diante do balcão, botar os pés no apoio de ferro (ah, Deus, o alívio só de fazer isso!) e pedir um bife acebolado, uma guarnição de batata frita e uma taça enorme de sorvete de creme com calda de morango de sobremesa. Ou talvez um pratão de espaguete com almôndega, com pão italiano e ervilha nadando na manteiga de acompanhamento. E leite. Uma jarra inteira de leite. Que se danassem os energéticos e os cantis de água destilada. Leite e comida sólida e um lugar onde sentar e comer. Não seria ótimo?

Logo à frente, uma família de cinco — mãe, pai, menino, menina e uma avó de cabelo branco — estava sentada embaixo de um olmo grande, fazendo um piquenique de café da manhã composto de sanduíches e o que parecia ser chocolate quente. Eles acenaram com alegria para os competidores.

— Monstros — murmurou Garraty.

— O que você disse? — perguntou McVries.

— Eu falei que quero me sentar e comer alguma coisa. Olha aquelas pessoas. Bando de porcos do caralho.

— Você estaria fazendo a mesma coisa — disse McVries.

Ele acenou e sorriu, guardando o maior e mais largo sorriso para a avó, que estava acenando e mordendo (praticamente com as gengivas, essa era a verdade) o que parecia ser um sanduíche de ovo.

— Porra nenhuma. Sentar ali e comer enquanto um bando de famintos...

— Nada de famintos, Ray. É só a sensação.

— *Com fome*, então...

— Mente sobre o corpo — recitou McVries. — Mente sobre o corpo, meu jovem amigo. — A frase tinha se tornado uma imitação distorcida de W. C. Fields.

— Vai para o inferno. Você só não quer admitir. Aquelas pessoas são uns animais. Elas querem ver o cérebro de alguém no asfalto, é por isso que vêm até aqui. Adorariam ver o seu.

— Essa não é a questão — disse McVries calmamente. — Você não disse que foi ver a Longa Marcha quando era mais novo?

— Fui, quando eu não sabia!

— E isso faz não ter problema, não é? — McVries soltou uma risada curta e feia. — Claro que eles são uns animais. Você acha que descobriu um novo princípio? Às vezes, eu me pergunto o quanto você é ingênuo. Os lordes e damas franceses trepavam depois de gente ter sido guilhotinada. Os antigos romanos metiam uns nos outros durante lutas de gladiadores. É entretenimento, Garraty. Não é nada de novo. — Ele riu de novo. Garraty olhou para ele, fascinado.

— Vai — disse alguém. — Você está na segunda base, McVries. Quer tentar chegar na terceira?

Garraty não precisou se virar. Era Stebbins, claro. Stebbins, o buda magro. Os pés dele o carregavam automaticamente, mas ele estava ciente de que estavam inchados e escorregadios, como se estivessem se enchendo de pus.

— A morte é ótima para abrir o apetite — disse McVries. — E aquelas duas garotas e Gribble? Elas queriam ver como era trepar com um homem morto. Agora, uma coisa completamente nova e diferente. Não sei se Gribble aproveitou muito, mas elas, sim. É igual com todo mundo. Não importa se as pessoas estão comendo ou bebendo ou sentadas na privada. Elas gostam mais, as sensações e o gosto são melhores porque estão vendo um homem morto.

"Mas nem é esse o ponto real desta pequena expedição, Garraty. O ponto é que elas são as pessoas inteligentes. *Elas* não estão sendo jogadas aos leões. *Elas* não estão cambaleando por aí e torcendo para que não precisem cagar com duas advertências nas costas. Você é burro, Garraty. Você e eu e Pearson e Barkovitch e Stebbins, nós somos todos burros. Scramm é burro porque acha que entende, mas não entende. Olson é burro porque entende demais, tarde demais. Elas são uns animais, sim. Mas por que você tem tanta certeza de que isso nos torna seres humanos?"

Ele fez uma pausa, sem fôlego.

— Pronto — disse ele. — Você falou e me fez falar. Sermão número trezentos e quarenta e dois em uma série de seis mil e lá vai pedrada. Deve ter reduzido minha expectativa de vida em umas cinco horas ou mais.

— Então, por que você está aqui? — perguntou Garraty. — Se você sabe tanto e se tem tanta certeza, por que está aqui?

— Pelo mesmo motivo que estamos todos aqui — disse Stebbins. Ele abriu um sorriso gentil, quase amoroso. Os lábios estavam ressecados por causa do sol; fora isso, o rosto ainda estava sem marcas e parecia invencível. — Nós queremos morrer, é por isso que estamos aqui. Por que outro motivo seria, Garraty? Por que outro motivo?

8

Três seis nove, o ganso bebeu vinho
O macaco mascou tabaco no bondinho
O bondinho está quebrado
O macaco foi atropelado
E todos foram pro céu em um
barquinho...

Rima infantil

Ray Garraty apertou o cinto com alimentos concentrados na cintura e disse para si mesmo que não comeria nada até pelo menos nove e meia. Ele sabia que seria uma resolução difícil de manter. Seu estômago se contraía e roncava. Em volta dele, os competidores estavam comemorando compulsivamente o fim das primeiras vinte e quatro horas na estrada.

Scramm sorriu para Garraty com a boca cheia de pasta de queijo e disse alguma coisa agradável, mas intraduzível. Baker estava segurando seu frasco de azeitonas, azeitonas de verdade, colocando-as na boca com a regularidade dos tiros de uma metralhadora. Pearson estava enfiando na boca biscoitos salgados com um monte de pasta de atum em cima, e McVries estava comendo a pasta de frango devagar. Estava de olhos entrefechados, e talvez estivesse sentindo uma dor extrema ou no auge do prazer.

Mais dois tinham encontrado o fim entre oito e meia e nove da manhã; um deles havia sido Wayne, por quem o cara do posto estava torcendo lá atrás. Mas tinham chegado a cento e cinquenta e nove quilômetros só com trinta e seis a menos. Não é maravilhoso? pensou

Garraty, sentindo a saliva se formar na boca quando McVries pegou o finzinho do concentrado de frango no tubo e jogou a embalagem fora. Que ótimo. Espero que todos caiam mortos agora.

Um adolescente de calça jeans competiu com uma dona de casa de meia-idade para pegar o tubo vazio de McVries, que tinha deixado de ser algo útil e entrado na nova carreira de suvenir. A dona de casa estava mais perto, mas o adolescente era mais veloz e chegou meia passada antes dela.

— Valeu! — gritou ele para McVries, segurando o tubo amassado e dobrado. Voltou para os amigos ainda balançando o objeto. A dona de casa olhou torto para ele.

— Não vai comer nada? — perguntou McVries.

— Estou me forçando a esperar.

— O quê?

— Dar nove e meia.

McVries olhou para ele, pensativo.

— Coisa de disciplina?

Garraty deu de ombros, preparado para ouvir algum comentário sarcástico, mas McVries só continuou olhando para ele.

— Quer saber de uma coisa? — disse McVries por fim.

— O quê?

— Se eu tivesse um dólar… *só* um dólar, veja bem… acho que apostaria em você, Garraty. Acho que você tem chance de vencer esta coisa.

Garraty riu com timidez.

— Está rogando praga para mim?

— O quê?

— Praga. Tipo dizer pro arremessador que ele não vai conseguir arremessar.

— Pode ser que esteja — disse McVries. Esticou as mãos na frente do corpo. Estavam tremendo de leve. McVries franziu a testa para elas com um tipo de concentração distraída. Foi um olhar meio lunático. — Espero que Barkovitch ganhe o bilhete dele logo.

— Pete?

— O quê?

— Se você tivesse que fazer tudo de novo... se você soubesse que era capaz de chegar até aqui e continuar andando... você faria?

McVries abaixou as mãos e olhou para Garraty.

— Você está brincando? Só pode estar.

— Não, estou falando sério.

— Ray, acho que eu não faria tudo de novo nem se o major apontasse a pistola dele pro meu rabo. Isso aqui é primo do suicídio, só que um suicídio comum é mais rápido.

— Verdade — disse Olson. — Muito verdade. — Ele abriu um sorriso vazio de campo de concentração que embrulhou o estômago de Garraty.

Dez minutos depois, eles passaram por uma faixa vermelha e branca enorme que declarava: 100 MILHAS! 160 QUILÔMETROS!! PARABÉNS DA CÂMARA DE COMÉRCIO DE JEFFERSON PLANTATION! PARABÉNS AOS COMPETIDORES DO "CLUBE DAS CEM MILHAS" DA LONGA MARCHA!!

— Eu sei onde eles podem enfiar o Clube das Cem Milhas deles — disse Collie Parker. — É longo e marrom, e o sol nunca brilha lá.

De repente, as áreas de pinheiro e abeto replantados que ladeavam a estrada em amontoados irregulares sumiram, escondidas pela primeira multidão real que viam. Uma gritaria começou, seguida por outra e outra. Eram como ondas batendo em pedras. Flashes estouraram e brilharam. A polícia estadual segurava as pessoas, e havia cordões laranja de isolamento nos acostamentos. Um policial tentava conter um garoto aos berros. O garoto estava com o rosto sujo e o nariz escorrendo. Balançava um planador de brinquedo em uma das mãos e um livro de autógrafos na outra.

— Caramba — gritou Baker. — Caramba, olha eles, olha essa gente toda!

Collie Parker estava acenando e sorrindo, e só quando Garraty se aproximou um pouco dele foi que o ouviu gritando com o sotaque do Meio-Oeste:

— Muito bom ver vocês, bando de idiotas! — Um sorriso e um aceno. — Como vai, mamãe McCree, velha mocreia? Sua cara e a minha bunda, que combinação perfeita. Como vai, como vai?

Garraty cobriu a boca com a mão e riu histericamente. Um homem na fila da frente, balançando um cartaz com o nome de Scramm escrito em letras nada caprichadas, tinha aberto o zíper. Uma fileira atrás, uma mulher gorda com um macaquinho amarelo ridículo estava sendo espremida entre três universitários que tomavam cerveja. Gorda espremida, pensou Garraty, e riu mais ainda.

Você vai ficar histérico, ah, meu Deus, não deixe que te afete, pense em Gribble... e não... não deixe... não...

Mas estava acontecendo. As risadas explodiram de dentro dele até o estômago ficar embrulhado e doendo e ele estar andando com as pernas dobradas e alguém estar gritando com ele, berrando em meio ao barulho da multidão. Era McVries.

— Ray! *Ray*! O que foi? Está tudo bem?

— Eles são engraçados! — Estava quase chorando de tanto rir agora. — Pete, Pete, eles são tão engraçados, é que... é que... eles são tão *engraçados*!

Uma garotinha de expressão dura e vestidinho sujo estava sentada no chão, emburrada e de testa franzida. Ela fez uma careta horrível quando eles passaram. Garraty quase desmoronou de tanto rir e ganhou uma advertência. Era estranho... Apesar de todo o barulho, ele ouvia as advertências com clareza.

Eu poderia morrer, pensou ele. Eu poderia morrer rindo, não seria hilariante?

Collie ainda estava sorrindo com alegria e acenando e xingando os espectadores e jornalistas, o que foi o mais engraçado. Garraty caiu de joelhos e ganhou outra advertência. Continuou rindo em explosões curtas que pareciam latidos, o máximo que seus pulmões esgotados permitiam.

— Ele vai vomitar! — gritaram em êxtase. — Fica olhando, Alice, ele vai vomitar!

— Garraty! Garraty, pelo amor de Deus! — gritou McVries. Ele passou um braço pelas costas de Garraty e por baixo da axila. De alguma forma, puxou o outro garoto para que ficasse de pé, e Garraty saiu cambaleando.

— Ah, Deus — disse Garraty, ofegante. — Ah, meu Jesus, estão me matando. Eu... Eu não consigo... — Ele começou a soltar risadas outra vez.

Seus joelhos se dobraram. McVries o puxou para ficar de pé mais uma vez. A gola de Garraty rasgou. Os dois foram advertidos. É minha última advertência, pensou Garraty vagamente. Estou a caminho de ver a famosa fazenda. Desculpa, Jan, eu...

— Anda, seu tapado, eu não consigo te arrastar! — sussurrou McVries.

— Eu não consigo — disse Garraty, ofegante. — Meu fôlego acabou, eu...

McVries deu dois tapas nele, a palma da mão na bochecha direita, as costas da mão na esquerda. Em seguida, afastou-se rapidamente, sem olhar para trás.

As risadas tinham desaparecido, mas agora sua barriga parecia geleia, os pulmões vazios e parecendo incapazes de voltar a encher. Cambaleou como um bêbado, oscilando, tentando recuperar o ar. Pontos pretos dançavam na frente de seus olhos, e uma parte dele entendeu como estava perto de desmaiar. Um pé bateu no outro, ele tropeçou, quase caiu e conseguiu manter o equilíbrio.

Se eu cair, eu morro. Nunca mais vou me levantar.

Estavam de olho nele. A multidão estava de olho nele. Os gritos tinham se transformado em um murmúrio baixo, quase sexual. Estavam esperando que ele caísse.

Ele continuou andando, concentrado apenas em colocar um pé na frente do outro. Uma vez, no oitavo ano, ele tinha lido uma história de um homem chamado Ray Bradbury, e a história era sobre as multidões que se reuniam em locais de acidentes fatais, sobre como essas multidões sempre tinham as mesmas caras, e como as pessoas pareciam saber se os feridos iam viver ou morrer. Eu vou viver um pouco mais, disse Garraty para eles. Eu vou viver. Eu vou viver um pouco mais.

Ele fez os pés subirem e descerem em uma cadência regular em sua cabeça. Bloqueou todo o resto, até Jan. Tirou da mente o líder, Collie Parker, Bizarro D'Allessio. Tirou da mente até a dor regular nos pés e a rigidez dos tendões atrás dos joelhos. O pensamento vibrava na cabeça dele como um grande instrumento de percussão. Como um batimento cardíaco. *Viver um pouco mais. Viver um pouco mais. Viver um pouco mais.* Até que as palavras perderam o sentido e passaram a não significar nada.

Foi o som dos tiros que o arrancou daquele estado.

No silêncio da multidão, o som foi chocantemente alto, e ele ouviu alguém gritar. Agora você sabe, pensou ele, você vive tempo suficiente para ouvir o som das armas, tempo suficiente para se ouvir gritando...

Mas um dos pés dele chutou uma pedrinha nessa hora e houve dor e não tinha sido ele quem havia ganhado o bilhete, tinha sido o número 64, um garoto agradável e sorridente chamado Frank Morgan. Estavam arrastando Frank Morgan para fora da estrada. Os óculos dele batiam no asfalto, ainda presos com teimosia em uma orelha. A lente esquerda tinha sido estilhaçada.

— Eu não estou morto — disse Garraty, atordoado. O choque o atingiu como uma onda azul e quente, ameaçando transformar suas pernas em água de novo.

— É, mas devia estar — disse McVries.

— Você o salvou — disse Olson, transformando as palavras em uma maldição. — Por que você fez isso? *Por que você fez isso?* — Os olhos dele estavam brilhando e inexpressivos como maçanetas. — Eu te mataria se pudesse. Eu te odeio. Você vai morrer, McVries. Espera só pra ver. Deus vai te matar pelo que você fez. Deus vai te matar, você vai ficar mortinho como bosta de cachorro. — A voz dele soou pálida e vazia.

Garraty quase sentia o cheiro da mortalha nele. Ele colocou as mãos sobre a boca e gemeu. A verdade era que o cheiro de mortalha estava em todos eles.

— Vai se ferrar — disse McVries, calmo. — Eu pago minhas dívidas, só isso. — Ele olhou para Garraty. — Estamos quites, cara. É o fim, né? — Ele saiu andando sem pressa, e logo era só mais uma camisa colorida uns vinte metros à frente.

O fôlego de Garraty voltou, mas lentamente, e por muito tempo ele sentiu uma dor desviada na lateral do corpo... mas ela enfim passou. McVries tinha salvado a vida dele. Ele tinha entrado em estado de histeria, tivera um ataque de riso, e McVries o salvara de morrer. Estamos quites, cara. É o fim, né? É.

— Deus vai puni-lo — estava gritando Hank Olson com uma segurança sobrenatural e absoluta. — Deus vai acabar com ele.

— Cala a boca senão eu mesmo acabo com você — disse Abraham.

O dia foi ficando mais quente, e pequenas discussões bobas foram surgindo como incêndio no mato. A multidão imensa foi diminuindo conforme eles saíam da área de câmeras de televisão e microfones, mas não desapareceu nem se transformou em grupinhos isolados de espectadores. A turba tinha acabado de chegar e estava ali para ficar. As pessoas que a formavam se mesclavam em uma Cara de Multidão anônima, um semblante insípido e ávido que se duplicava quilômetro a quilômetro. Ocupava portas, gramados, entradas de carros, áreas de piquenique, postos de gasolina (onde donos empreendedores tinham cobrado entrada) e, na cidade seguinte pela qual passaram, os dois lados da rua e o estacionamento do supermercado da cidade. A Cara de Multidão fazia caretas e balbuciava e gritava, mas sempre permanecia essencialmente igual. Olhou com voracidade quando Wyman se agachou para colocar o intestino para trabalhar. Homens, mulheres e crianças, a Cara de Multidão era sempre igual, e Garraty se cansou rapidamente dela.

Ele queria agradecer a McVries, mas duvidava que McVries quisesse ouvir um agradecimento. Podia ver o garoto à frente, andando atrás de Barkovitch. McVries olhava atentamente para o pescoço de Barkovitch.

O horário de nove e meia chegou e passou. A multidão parecia intensificar o calor, e Garraty desabotoou a camisa até pouco acima da fivela do cinto. Ele se perguntou se Bizarro D'Allessio tinha entendido que ia ganhar um bilhete antes de ganhar. Achava que saber não teria mudado nada para ele, de qualquer jeito.

A estrada ficou íngreme, e a multidão diminuiu momentaneamente enquanto eles subiam e passavam por quatro trilhos de ferrovia leste/oeste abaixo, cintilando ferventes na cama de cinzas. Acima, quando eles atravessaram a ponte de madeira, Garraty viu outra área de floresta à frente e a área construída quase suburbana pela qual tinham acabado de passar à direita e à esquerda.

Uma brisa fresca soprou a pele suada do garoto e o fez tremer. Scramm espirrou três vezes.

— Eu estou *mesmo* ficando resfriado — anunciou ele com repugnância.

— Isso vai drenar sua energia — disse Pearson. — Uma merda.

— Vou ter que me esforçar mais — disse Scramm.

— Você deve ser feito de aço — disse Pearson. — Se eu estivesse resfriado, acho que rolaria para o lado e morreria. Isso de tão pouca energia que ainda tenho.

— Rola e morre agora! — gritou Barkovitch. — Economiza energia!

— Cala a boca e continua andando, assassino — disse McVries na mesma hora.

Barkovitch olhou para ele.

— Por que você não larga do meu pé, McVries? Vai andar em outro lugar.

— A estrada é pública. Eu ando onde quiser.

Barkovitch puxou catarro, cuspiu e deixou as coisas por isso mesmo.

Garraty abriu uma embalagem de comida e começou a comer cream cheese com biscoitos salgados. Seu estômago roncou alto com a primeira mordida, e ele teve de se segurar para não botar tudo para fora. Espremeu um tubo de concentrado de rosbife na boca e engoliu sem parar. Bebeu água e se obrigou a parar nisso.

Eles passaram por uma madeireira onde havia homens em cima de pilhas de tábuas, delineados contra o céu como nativos, acenando para eles. Logo estavam na floresta de novo, e o silêncio pareceu cair com um estrondo. Não estava silencioso, claro; os competidores conversavam, tinha o som mecânico da semilagarta, alguém soltou um pum, alguém riu, alguém atrás de Garraty soltou um gemido de desespero. As laterais da estrada ainda estavam cheias de espectadores, mas a multidão do "Clube das Cem Milhas" tinha desaparecido, e tudo estava bem quieto em comparação. Os pássaros cantavam nas árvores de copas altas, a brisa furtiva de vez em quando disfarçava o calor por um momento, parecendo uma alma perdida soprando entre as árvores. Um esquilo marrom ficou imóvel em um galho alto, a cauda erguida, os olhos pretos brutalmente atentos, uma noz entre as patinhas de roedor. O animal chilreou para eles, correu para cima e desapareceu. Um avião passou lá longe, como uma mosca gigante.

Para Garraty, parecia que todo mundo estava dando um gelo nele deliberadamente. McVries ainda estava andando atrás de Barkovitch. Pearson e Baker estavam conversando sobre xadrez. Abraham estava comendo ruidosamente, limpando as mãos na camisa. Scramm tinha arrancado um pedaço da camiseta e o estava usando de lenço. Collie Parker estava trocando garotas com Wyman. E Olson… Mas ele nem queria olhar para Olson, que parecia disposto a incriminar todo mundo como cúmplice de sua morte iminente.

Ele começou a ficar para trás, com muito cuidado, só um pouco de cada vez (muito ciente dos três avisos), até estar acompanhando Stebbins. A calça roxa estava empoeirada. Havia círculos escuros de suor debaixo das axilas da camisa de cambraia do rapaz. O que quer que Stebbins fosse, não era o Super-Homem. Ele olhou para Garraty por um momento, uma expressão questionadora no rosto magro, depois baixou o olhar para a estrada. O osso da coluna na nuca dele era bem proeminente.

— Por que não tem mais gente? — perguntou Garraty com hesitação. — Vendo, digo.

Por um momento, achou que Stebbins não responderia. Mas ele finalmente ergueu o olhar, tirou o cabelo da testa e respondeu:

— Vai ter. Espera um pouco. As pessoas vão estar sentadas nos telhados em três fileiras pra te olhar.

— Mas falaram que são bilhões em apostas. Era de se imaginar que haveria três fileiras de pessoas o caminho todo. E cobertura de televisão…

— É desaconselhado.

— Por quê?

— Por que você está perguntando pra mim?

— Porque você *sabe* — disse Garraty, exasperado.

— Como você sabe?

— Meu Deus, às vezes, você parece a lagarta de *Alice no País das Maravilhas* — disse Garraty. — Você nunca conversa?

— Quanto tempo você duraria com gente gritando com você dos dois lados da estrada? O cecê bastaria pra te deixar louco depois de um tempo. Seria como andar quinhentos quilômetros pela Times Square na véspera de Ano Novo.

— Mas eles *deixam* as pessoas assistirem, não deixam? Falaram que é uma multidão só de Oldtown em diante.

— Eu não sou a lagarta — disse Stebbins com um sorrisinho meio dissimulado. — Eu pareço mais o coelho branco, você não acha? Só que deixei meu relógio de ouro em casa e ninguém me convidou pro chá. Pelo menos até onde eu saiba. Talvez seja isso que vou pedir quando ganhar. Quando me perguntarem o que quero de prêmio, vou dizer "Ora, eu quero ser convidado pra tomar um chá em casa".

— Caramba!

O sorriso de Stebbins se alargou, mas não passava de um exercício de puxar os lábios.

— É, a partir de Oldtown, mais ou menos, acaba o silêncio. Até lá, ninguém está mais pensando em coisas mundanas como cecê. E tem cobertura contínua de televisão a partir de Augusta. A Longa Marcha é o passatempo nacional, afinal.

— Então, por que não aqui?

— Cedo demais — disse Stebbins. — Cedo demais.

Depois da curva seguinte, as armas rugiram de novo, sobressaltando um faisão que subiu da vegetação em uma explosão elétrica de penas batendo. Garraty e Stebbins contornaram a curva, mas o saco de corpo já estava sendo fechado. Trabalho rápido. Ele não conseguiu ver quem tinha sido.

— Chega certo ponto — disse Stebbins — em que a multidão para de importar, seja como incentivo ou como entrave. Ela para de estar lá. Como um homem em um cadafalso, acho. Você fica separado do mundo.

— Acho que entendo — disse Garraty. Ele se sentiu tímido.

— Se entendesse, não teria tido aquele ataque histérico lá atrás e precisado que seu amigo salvasse sua pele. Mas você vai entender.

— Eu fico me perguntando quão fundo você se entoca.

— O quão fundo você está?

— Não sei.

— Bom, isso é uma coisa que você também vai descobrir. Explore as profundezas inexploradas de Garraty. Quase parece um anúncio de viagem, né? Vai fundo até chegar à rocha matriz. Depois, entra *na* rocha matriz. E finalmente chega ao fundo. E aí, sai. Essa é a minha ideia. Vamos ouvir a sua.

Garraty não disse nada. No momento, ele não tinha ideias.

A Marcha continuou. O calor continuou. O sol pairava suspenso acima da linha de árvores pela qual a estrada cortava caminho. As sombras deles pareciam anões atarracados. Por volta das dez da manhã, um dos soldados desapareceu no alçapão de trás da semilagarta e reapareceu com uma vara comprida. Os dois terços superiores da vara estavam cobertos de tecido. Ele fechou o alçapão e enfiou a ponta da vara em um buraco no metal. Enfiou a mão embaixo do pano e fez alguma coisa… mexeu em alguma coisa, talvez um botão. Um momento depois, um grande guarda-sol pardo se abriu. Cobria a maior parte da superfície de metal da semilagarta. Ele e os outros dois soldados de serviço no momento se sentaram de pernas cruzadas na sombra do guarda-sol do exército.

— Seus filhos da puta do caralho! — alguém gritou. — Meu Prêmio vai ser sua castração pública!

Os soldados não pareceram lá muito aterrorizados com a ideia. Continuaram olhando os competidores com os olhos vazios, verificando ocasionalmente o console computadorizado.

— Eles devem descontar nas esposas — disse Garraty. — Quando acaba.

— Ah, tenho certeza disso — disse Stebbins e riu.

Garraty não queria mais andar com Stebbins, não naquele momento. Ele o deixava inquieto. Só aguentava Stebbins em pequenas doses. Andou mais rápido e o deixou sozinho novamente. Eram 10h02. Em vinte e três minutos, ele perderia uma advertência, mas ainda estava andando com três. O fato não o assustava da forma como achou que assustaria. Ainda havia garantias inabaláveis e cegas de que aquele organismo Ray Garraty não podia morrer. Os outros podiam morrer, eram os figurantes no filme da vida dele, mas não Ray Garraty, estrela do filme de sucesso por muitos anos, *A história de Ray Garraty*. Talvez ele acabasse entendendo a verdade daquilo emocionalmente além de intelectualmente... Talvez aquela fosse a profundeza final de que Stebbins tinha falado. Era um pensamento de dar calafrios, nada bem-vindo.

Sem perceber, tinha percorrido três quartos da extensão do grupo. Estava atrás de McVries de novo. Eram três em uma fila cansada: Barkovitch na frente, ainda tentando parecer arrogante, mas falhando um pouco se você olhasse bem; McVries com a cabeça baixa, as mãos semicerradas, poupando um pouco o pé direito agora; e, na retaguarda, a estrela de *A história de Ray Garraty* em pessoa. E como estou?, ele se perguntou.

Passou a mão pela lateral da bochecha e ouviu o barulho da pele na barba leve por fazer. Ele não devia estar muito bem de aparência.

Acelerou um pouco mais o passo até estar andando ao lado de McVries, que olhou brevemente para ele e voltou a fitar Barkovitch. Os olhos dele estavam escuros e indecifráveis.

Eles subiram um aclive curto, íngreme e muito ensolarado e atravessaram outra ponte pequena. Quinze minutos se passaram, depois vinte. McVries não disse uma só palavra. Garraty limpou a garganta duas vezes, mas não falou nada. Ele achava que, quanto mais tempo se passava sem falar, mais difícil ficava romper o silêncio. Era provável que McVries estivesse puto de tê-lo salvado. Era provável que McVries se arrependesse do que tinha feito. A ideia fez o estômago de Garraty se contrair com uma sensação de vazio. Tudo era irremediável e idiota e sem sentido, a maior parte daquilo tudo, tão sem sentido que chegava a ser lamentável. Ele abriu a boca para dizer isso para McVries, mas, antes que pudesse, McVries falou.

— Está tudo bem. — Barkovitch deu um pulo ao ouvir a voz dele, e McVries acrescentou: — Não pra você, assassino. Nada vai ficar bem pra você. Só continua andando.

— Chupa meu pau — rosnou Barkovitch.

— Acho que causei problemas pra você — disse Garraty em voz baixa.

— Eu já falei, o que é justo é justo, e nós estamos quites — disse McVries com voz firme. — Não vou fazer isso de novo. Quero que você saiba disso.

— Eu entendo — disse Garraty. — Eu só…

— Não me machuca! — alguém gritou. — Por favor, não me machuca!

Era um ruivo de camisa xadrez amarrada na cintura. Ele tinha parado no meio da estrada e estava chorando. Recebeu uma primeira advertência. E depois correu na direção da semilagarta, as lágrimas abrindo caminho na sujeira suada do rosto dele, o cabelo ruivo brilhando ao sol como fogo.

— Não… eu não consigo… por favor… Minha mãe… Eu não aguento… não… mais… Meus pés… — Ele tentou subir na lateral do veículo, e um dos soldados bateu com a coronha da carabina nas mãos dele. O garoto gritou e caiu.

Ele gritou de novo, em um tom tão agudo e incrivelmente estridente que pareceu alto a ponto de quebrar vidro, e o que ele estava gritando era:

— *Meus péééééééééééééééééééééé…*

— Meu Deus — murmurou Garraty. — Por que ele não para com isso?

Os gritos só continuaram.

— Duvido que ele consiga — disse McVries clinicamente. — As esteiras de trás da semilagarta passaram por cima das pernas dele.

Garraty olhou e sentiu o estômago subir para a garganta. Era verdade. Não era de admirar que o garoto ruivo estivesse gritando por causa dos pés. Eles tinham sido obliterados.

— Advertência! Advertência, número 38!

— ... ééééééééééééééééééééé...

— Eu quero ir pra casa — disse alguém bem baixinho atrás de Garraty. — Ah, meu Deus, eu nunca quis tanto ir pra casa.

Um momento depois, a cara do garoto ruivo foi estourada.

— Eu vou ver minha garota em Freeport — disse Garraty rapidamente. — Não vou ter nenhuma advertência e vou dar um beijo nela, meu Deus, que saudade dela, Deus, *Jesus*, você viu as *pernas* dele? Ainda estavam dando advertência pra ele, Pete, como se achassem que ele ia se levantar e *andar*...

— Outro garoto foi praquela Cidade Prateada, lá, lá — cantarolou Barkovitch.

— Cala a boca, assassino — disse McVries distraidamente. — Ela é bonita, Ray? A sua garota?

— Ela é linda. Eu a amo.

McVries sorriu.

— Vai se casar com ela?

— Vou — disse Garraty. — A gente vai ser o sr. e a sra. Norman Normal, quatro filhos e um cachorro collie, as *pernas* dele, ele estava sem *pernas*, eles passaram por cima dele, eles não podem passar *por cima* de um cara, isso não está nas regras, alguém tinha que denunciar isso, alguém...

— Dois meninos e duas meninas, é isso que vocês vão ter?

— É, é, ela é linda, eu só queria que eu não...

— E o primeiro filho vai ser Ray Junior e o cachorro vai ter uma tigela com o nome dele, né?

Garraty ergueu a cabeça devagar, como um lutador que apanhou.

— Você está debochando de mim? Por acaso?

— Não! — exclamou Barkovitch. — Ele está *de sacanagem* com você, garoto! E não esqueça. Mas eu vou dançar no túmulo dele por você, não se preocupe. — Ele riu brevemente.

— Cala a boca, assassino — disse McVries. — Eu não estou de sacanagem com você, Ray. Vamos lá, vamos pra longe do assassino aqui.

— Vão tomar no cu! — gritou Barkovitch para eles.

— Ela te ama? A sua garota?

— Sim, acho que sim — disse Garraty.

McVries balançou a cabeça lentamente.

— Toda essa baboseira romântica... sabe, é verdade. Pelo menos pra algumas pessoas e por um tempo, é. Foi pra mim. Eu me sentia como você. — Ele olhou para Garraty. — Você ainda quer saber sobre a cicatriz?

Eles fizeram uma curva e várias crianças gritaram e acenaram.

— Quero — disse Garraty.

— Por quê? — Ele olhou para Garraty, mas talvez seus olhos repentinamente nus estivessem voltados para dentro de si mesmo.

— Eu quero te ajudar — disse Garraty.

McVries olhou para o pé esquerdo.

— Está doendo. Eu não consigo mais mexer direito os dedos. Meu pescoço está duro e meus rins estão doendo. Minha garota era uma filha da puta, Garraty. Eu entrei nessa merda de Longa Marcha como os caras entravam na Legião Estrangeira. Nas palavras do grande poeta do rock 'n' roll, eu dei meu coração a ela, ela o destruiu, e quem se importa?

Garraty não disse nada. Eram dez e meia. Freeport ainda estava longe.

— O nome dela era Priscilla — disse McVries. — Você acha que está apaixonado? Eu era o garoto mais brega do mundo. Beijava os pés dela. Até comecei a ler Keats pra ela nos fundos de casa, quando o vento favorecia. O pai dela criava vacas, e o cheiro de bosta de vaca orna, pra dizer de um jeito delicado, com os trabalhos de John Keats de um jeito peculiar. Talvez eu devesse ter lido Swinburne quando o vento estava desfavorável. — McVries riu.

— Você está mentindo sobre o que sentia — disse Garraty.

— Ah, quem está fingindo é você, Ray, não que importe. Você só se lembra do Grande Romance, não das vezes em que foi pra casa e bateu punheta depois de sussurrar palavras de amor na orelhinha rosada dela.

— Você finge do seu jeito, eu finjo do meu.

McVries pareceu não ter ouvido.

— Essas coisas, elas nem suportam o peso da conversa — disse ele. — J. D. Salinger... John Knowles... até James Kirkwood e aquele tal Don Bredes... eles destruíram a adolescência, Garraty. Se você é um garoto de dezesseis anos, não pode mais discutir as dores do amor adolescente com decência. Você acaba parecendo Ron Howard de pau duro.

McVries riu de forma meio histérica. Garraty não tinha a menor ideia do que McVries estava dizendo. Ele tinha certeza do seu amor por Jan, não se sentia nem um pouco envergonhado. Os pés deles roçavam na estrada. Garraty sentia o calcanhar esquerdo tremer. Em pouco tempo, os pregos soltariam, e ele perderia o calcanhar do tênis como se fosse pele morta. Atrás dele, Scramm teve um ataque de tosse. Era a Marcha que incomodava Garraty, não toda aquela merda esquisita sobre amor romântico.

— Mas isso não tem nada a ver com a história — disse McVries, como se lendo a mente dele. — Sobre a cicatriz. Foi no verão passado. Nós dois queríamos ir pra longe de casa, pra longe dos nossos pais e pra longe do cheiro de tanta bosta de vaca, pra que o Grande Romance pudesse florescer de verdade. Nós arrumamos emprego em uma fábrica de pijamas em Nova Jersey. Que tal isso, Garraty? Uma fábrica de pijamas em Nova Jersey.

"Nós fomos morar em apartamentos separados em Newark. É uma ótima cidade, Newark, em um dia qualquer dá pra sentir o cheiro de toda bosta de vaca de Nova Jersey em Newark. Nossos pais reclamaram um pouco, mas com apartamentos separados e bons empregos de verão, não foi tanto. Eu dividia meu apartamento com dois outros caras e havia três garotas com a Pris. Nós partimos no dia 3 de junho no meu carro e paramos uma vez por volta das três da tarde em um motel pra nos livrar do problema da virgindade. Eu me senti um safado. Ela não queria trepar, mas queria me agradar. Foi no motel Shady Nook. Quando terminamos, joguei a camisinha Trojan na privada do Shady Nook, dei a descarga e lavei a boca usando um copo de papel do Shady Nook. Foi tudo muito romântico, muito etéreo.

"Aí chegamos a Newark, com cheiro de bosta de vaca e a certeza absoluta de que era uma bosta de vaca *diferente*. Eu a deixei no apartamento dela e fui pro meu. Na segunda seguinte, começamos na fábrica Plymouth Roupas de Dormir. Não foi bem como nos filmes, Garraty. Fedia a pano cru e meu chefe era um filho da mãe e no almoço nós jogávamos ganchos nos ratos debaixo dos sacos de tecido. Mas eu não me importei porque era amor. Entende? Era amor."

Ele cuspiu na terra, engoliu água do cantil e gritou para pedir outro. Eles estavam subindo uma colina longa com margem curva, e as palavras dele saíam em explosões curtas e ofegantes.

— Pris ficava no primeiro andar, o mostruário pra todos os turistas idiotas que não tinham coisa melhor a fazer além de um passeio guiado no lugar que fazia os pijaminhas deles. Era bom lá onde a Pris ficava. As paredes eram bonitas, em tons pastel, o maquinário era legal, tinha ar-condicionado. Pris costurava botões das sete às três. Só pensa, tem homens em todo o país usando pijamas que se fecham com os botões da Pris. Esse é um pensamento que aquece até o mais gélido dos corações.

"Eu ficava no quinto andar. Era ensacador. No porão, eles tingiam os panos e mandavam para o quinto andar por tubos de ar quente. Eles tocavam uma campainha quando o lote terminava e eu abria meu cesto e tinha um montão de fibras soltas de todas as cores do arco-íris. Eu pegava tudo com um forcado, botava em sacos de cem quilos, prendia os sacos com correntes pra colocá-los numa pilha grande de outros sacos pra máquina de separação. Os fios eram separados, as máquinas de tecelagem os teciam, uns outros caras os cortavam e costuravam pijamas, e naquele primeiro andar fofo de cores pastel, Pris colocava os botões enquanto os turistas imbecis olhavam pra ela e pras outras garotas por uma parede de vidro... como estão olhando pra gente agora. Estou explicando direitinho, Garraty?"

— A cicatriz — lembrou Garraty.

— Eu fico perdendo o fio da meada, né? — McVries secou a testa e desabotoou a camisa quando eles chegaram perto da colina.

Ondas de árvores se prolongavam à frente deles até um horizonte cheio de montanhas. Elas se encaixavam com o céu como peças de quebra-cabeça. Talvez a quinze quilômetros, quase perdida no ar ondulante por causa do calor, uma torre de observação de incêndio se projetava no meio do verde. A estrada cortava tudo como uma serpente cinzenta.

— No começo, a alegria e o prazer eram puro Keats. Eu trepei com ela mais três vezes, todas no drive-in com cheiro de bosta de vaca vindo do pasto ao lado e entrando pela janela do carro. E eu não conseguia tirar os fios de tecido do cabelo, por mais que o lavasse, e a pior coisa era que ela estava se afastando de mim, me deixando pra trás. Eu a amava, de verdade, eu sabia e não tinha como dizer isso pra ela de forma que ela entendesse. Eu não conseguia nem trepar pra demonstrar. Sempre havia aquele cheiro de bosta de vaca.

"A questão toda, Garraty, era que a fábrica pagava por peça. Isso significa que a gente era mal pago, só uma porcentagem de tudo que fazíamos em cima de um mínimo. Eu não era muito bom ensacador. Fazia uns vinte e três sacos por dia, mas o padrão eram uns trinta. E isso não fez os outros garotos gostarem de mim, porque eu estava ferrando eles. Harlan, do tingimento, não conseguia ganhar bem por peça porque eu entupia o cano dele com cestos cheios. Ralph, da separadora, não conseguia ganhar bem por peça porque eu não estava levando sacos suficientes pra ele. Não era agradável. Eles garantiam que não fosse agradável. Entende?"

— Entendo — disse Garraty. Ele passou as costas da mão no pescoço e limpou a mão na calça. Deixou uma mancha escura.

— Enquanto isso, na seção dos botões, Pris estava bem ocupada. Em algumas noites, ela falava por horas sobre as amigas, e normalmente era o mesmo discurso. O quanto uma ganhava. O quanto a outra ganhava. E, acima de tudo, o quanto ela ganhava. E ela estava ganhando bem. Aí, eu aprendi como era divertido competir com a garota com quem você quer se casar. No fim da semana, eu ia pra casa com um cheque de 64,40 dólares e passava loção Cornhusker nas bolhas. Ela ganhava uns noventa dólares por semana e guardava o dinheiro tão rápido quanto pudesse correr pro banco. E quando eu sugeria que a gente dividisse a conta quando a gente saía, parecia que eu tinha sugerido um assassinato ritualístico.

"Depois de um tempo, parei de transar com ela. Eu gostaria de dizer que parei de ir pra cama com ela, é mais agradável, mas a gente nunca teve cama pra onde ir. Eu não podia levá-la para o meu apartamento, normalmente tinha uns dezesseis caras lá tomando cerveja, e sempre tinha gente na casa dela, ou pelo menos era o que ela dizia. E eu não podia pagar outro quarto de motel e não ia sugerir dividir *isso*, então a gente trepava no banco de trás, no drive-in. E eu percebi que ela estava ficando enojada. E como eu sabia disso, e como tinha começado a odiá-la apesar de ainda a amar, eu a pedi em casamento. Naquela hora. Ela começou a enrolar, tentando pular fora, mas eu a fiz responder, sim ou não."

— E foi não.

— Claro que foi não. "Pete, a gente não tem como pagar. O que minha mãe diria? Pete, nós temos que esperar." Pete isso e Pete aquilo, e o tempo todo o verdadeiro motivo era o dinheiro dela, o dinheiro que ela estava ganhando costurando botões.

— Bom, foi injusto você pedir.

— Claro que foi injusto! — disse McVries, irritado. — Eu sabia disso. Eu queria que ela se sentisse uma vaca gananciosa e egoísta porque estava fazendo eu me sentir um fracasso.

Ele levou a mão à cicatriz antes de continuar:

— Só que ela não precisava fazer eu me *sentir* um fracasso porque eu *era* um fracasso. Eu não tinha nada a meu favor, exceto um pau pra meter nela, e recusando isso ela nem era capaz de me fazer me sentir um homem.

As armas rugiram atrás deles.

— Olson? — perguntou McVries.

— Não. Ele ainda está lá atrás.

— Ah...

— A cicatriz — lembrou Garraty.

— Ah, por que você não deixa pra lá?

— Você salvou a minha vida.

— Vai se ferrar.

— A cicatriz.

— Eu me meti em uma briga — disse McVries depois de uma longa pausa. — Com Ralph, o cara que separava os fios. Ele deixou meus dois olhos roxos e me disse que era pra eu pular fora, senão ele ia quebrar meus braços também. Eu pedi demissão e contei pra Pris naquela noite. Ela viu como eu estava. Ela entendeu. Disse que achava que era melhor mesmo. Eu falei que ia pra casa, e pedi pra ela ir comigo. Ela disse que não podia. Eu falei que ela era uma escrava das porras dos botões e que eu queria nunca a ter visto. Tinha tanto veneno dentro de mim, Garraty... Eu falei que ela era uma idiota e uma vaca insensível que não conseguia ver além do extrato do banco que ela carregava na bolsa. Nada que eu disse foi justo, mas... havia verdade em tudo, eu acho. O suficiente. Nós estávamos no apartamento dela. Foi a primeira vez que fui até lá com todas as amigas dela fora. Tinham ido ao cinema. Eu tentei levar Pris pra cama e ela cortou meu rosto com um abridor de cartas. Era um abridor de cartas engraçadinho que uma amiga tinha enviado pra ela da Inglaterra. Tinha o urso Paddington. Ela me cortou como se eu estivesse tentando estuprá-la. Como se eu fosse um germe e fosse infectá-la. Estou sendo claro, Ray?

— Sim, muito claro — disse Garraty.

À frente, um carro branco com as palavras WHGH NOTÍCIASMÓVEL na lateral estava parado na beira da estrada. Quando eles se aproximaram, um homem calvo de terno brilhoso começou a filmá-los com uma câmera grande. Pearson, Abraham e Jensen seguraram as partes baixas com a mão esquerda e levaram o polegar direito ao nariz. Houve uma precisão coreográfica no pequeno ato de desafio que fez Garraty achar graça.

— Eu chorei — disse McVries. — Chorei feito um bebê. Caí de joelhos e segurei a saia dela e supliquei pra ela me perdoar, e o sangue todo estava sujando o chão, a cena ficou nojenta, Garraty. Ela teve ânsia de vômito e correu pro banheiro. E vomitou. Eu a ouvi vomitando. Quando saiu, levou uma toalha pra eu colocar no rosto. Ela disse que nunca mais queria me ver. Estava chorando. Perguntou por que eu tinha feito aquilo com ela, por que a tinha machucado daquele jeito. Disse que eu não tinha direito. Ali estava eu, Ray, com a cara cortada e aberta e ela estava *me* perguntando por que eu *a* tinha machucado.

— É.

— Eu fui embora com a toalha ainda na cara. Levei doze pontos, e essa é a história da fabulosa cicatriz. Está feliz?

— Você a viu depois?

— Não — disse McVries. — E não tenho vontade. Ela parece bem pequena pra mim agora, bem distante. A esta altura da minha vida, Pris não passa de um pontinho no horizonte. Ela era maluca, Ray. Alguma coisa... a mãe dela, talvez, a mãe gostava de luxos... alguma coisa a tinha deixado obcecada pelo assunto de dinheiro. Ela era muito sovina. A distância oferece perspectiva, dizem. Ontem de manhã a Pris ainda era muito importante pra mim. Agora, ela não é nada. Essa história que eu acabei de contar: achei que ia doer. Não doeu. Além do mais, duvido que toda essa merda tenha algo a ver com o motivo de eu estar aqui. Foi só uma desculpa útil na hora.

— O que você quer dizer?

— Por que você está aqui, Garraty?

— Sei lá. — A voz dele soou mecânica, como a de um boneco.

Bizarro D'Allessio não tinha conseguido ver a bola chegando, os olhos dele tinham um problema, a percepção de profundidade dele era ruim, e a bola o acertara na testa e fizera com que ele levasse pontos. E depois (ou antes... todo o passado de Garraty estava misturado e fluido agora), ele tinha batido no melhor amigo na boca com a coronha de um rifle de ar. Talvez o amigo tivesse uma cicatriz como McVries. Jimmy. Ele e Jimmy estavam brincando de médico.

— Você não sabe — disse McVries. — Você está morrendo e não sabe por quê.

— Não importa depois que você morre.

— É, talvez — disse McVries. — Mas tem uma coisa que você tem que saber, Ray, pra que não seja tudo tão sem sentido.

— O quê?

— Ora, que te enganaram. Você quer dizer que não sabia disso, Ray? Não sabia mesmo?

9

Muito bem, Northwestener, agora vem sua pergunta decisiva, valendo dez pontos.

Allen Ludden
College Bowl

À uma da tarde, Garraty fez o inventário de novo.

Cento e oitenta e cinco quilômetros caminhados. Eles estavam a pouco mais de setenta quilômetros ao norte de Oldtown, duzentos quilômetros ao norte de Augusta, a capital do estado, e a duzentos e quarenta de Freeport (ou mais… ele estava morrendo de medo de haver mais de quarenta quilômetros entre Augusta e Freeport), provavelmente a trezentos e setenta da divisa de New Hampshire. E, segundo os boatos, aquela Marcha iria até lá.

Por um tempão, uns noventa minutos, ninguém ganhou bilhete. Eles caminharam, ouviram um pouco dos incentivos das laterais da estrada e olharam para quilômetro atrás de quilômetro monótono de floresta de pinheiros. Garraty descobriu pontadas novas de dor na panturrilha esquerda para acompanhar o latejar regular que vivia em suas duas pernas e a agonia suave nos pés.

Por volta do meio-dia, quando o calor foi chegando ao ápice, as armas começaram a se fazer ouvir de novo. Um garoto chamado Tressler, o número 92, teve insolação e levou um tiro enquanto estava caído e inconsciente. Outro garoto sofreu uma convulsão e levou bilhete enquanto estrebuchava na estrada, fazendo uns barulhos horríveis por causa da língua engolida. Aaronson, o número 1, teve cãibra nos dois pés e levou um tiro na linha branca, parado como uma estátua, o rosto virado para o sol, com o pescoço contraído de tanta concentração. E, às cinco para uma, outro garoto que Garraty não conhecia teve insolação.

Foi nisso que me meti, pensou Garraty, andando em volta da forma trêmula e barulhenta na estrada para onde os rifles estavam apontando, vendo as gotículas de suor no cabelo do garoto exausto e prestes a ser morto. Foi nisso que eu me meti, não posso sair agora?

As armas rugiram, e um grupo de estudantes de ensino médio sentados à sombra de um trailer Scout deu uma breve salva de palmas.

— Eu queria que o major aparecesse — disse Baker, mesquinho. — Eu quero ver o major.

— O quê? — perguntou Abraham mecanicamente.

Ele tinha ficado mais abatido nas últimas horas. Os olhos estavam afundados no rosto. A sombra azul de uma barba cobria seu rosto.

— Pra eu poder mijar nele — disse Baker.

— Relaxa — disse Garraty. — Só relaxa. — Os três avisos dele já tinham sido retirados.

— Relaxa *você* — disse Baker. — Vê se vai te ajudar.

— Você não tem o direito de odiar o major. Ele não te *obrigou*.

— *Me obrigou?* Me OBRIGOU? Ele está me *MATANDO*, só isso!

— Mesmo assim, não é…

— Cala a boca — disse Baker, ríspido, e Garraty calou.

Esfregou a nuca brevemente e olhou para o céu azul-esbranquiçado. Sua sombra era um amontoado deformado embaixo dos pés. Ele virou o terceiro cantil do dia e acabou com a água.

— Desculpa. Eu não queria gritar com você. Meus pés… — disse Baker.

— Claro — disse Garraty.

— Nós estamos todos ficando assim — disse Baker. — Às vezes, acho que é a pior parte.

Garraty fechou os olhos. Estava com muito sono.

— Sabe o que eu gostaria de fazer? — disse Pearson. Ele estava andando entre Garraty e Baker.

— Mijar no major — disse Garraty. — Todo mundo quer mijar no major. Quando ele vier de novo, vamos todos pra cima dele, puxá-lo pra baixo, abrir o zíper e o afogar com...

— Não é isso que eu quero fazer. — Pearson estava andando como um homem nos últimos estágios da bebedeira consciente. Sua cabeça balançava sobre o pescoço. As pálpebras se abriam e fechavam como janelas com espasmos. — Não tem nada a ver com o major. Eu só quero ir pro próximo campo me deitar e fechar os olhos. Só ficar deitado lá de costas no trigo...

— Não tem trigo no Maine — disse Garraty. — É feno.

— ... no feno, então. E escrever um poema. Enquanto pego no sono.

Garraty mexeu no cinto de comida e não encontrou nada em quase todos os bolsos que vasculhou. Acabou encontrando um pacote de Saltines, e começou a comer os biscoitos e tomar água.

— Eu me sinto uma peneira — disse ele. — Eu bebo e a água sai pela minha pele dois minutos depois.

As armas rugiram de novo e outra figura caiu sem a menor graciosidade, como um palhaço cansado.

— Quareta e cico — disse Scramm, juntando-se a eles. — Acho que não vabos chegar nem a Portland nesse ritbo.

— Você não parece estar bem — disse Pearson, e talvez houvesse um otimismo cuidadoso na voz dele.

— Sorte binha que beu condicionabento é bom — disse Scramm com alegria. — Acho que tô ficando co febre.

— Meu Deus, como você aguenta? — perguntou Abraham, e havia certo medo religioso na voz dele.

— Eu? Você está falando de bim? — disse Scramm. — Olha *ele*! Cobo ele aguenta? É o que eu queria saber! — E apontou para Olson com o polegar.

Olson não falava havia duas horas. Nem tinha tocado no cantil novo. Olhares ávidos foram lançados para o cinto de comida dele, que estava quase intocado. Os olhos do garoto, obsidianas escuras, estavam fixados à frente. Ele estava com o rosto pontilhado de barba de dois dias e parecia vulpino de um jeito doentio. Até o cabelo, arrepiado atrás e caindo na testa, contribuía com a impressão geral de carniçal. Os lábios dele estavam secos e com bolhas. A língua pendia sobre o lábio inferior como uma serpente morta na entrada de uma caverna. O tom rosado saudável dela tinha desaparecido. Estava cinza-suja agora. Havia poeira de estrada grudada nela.

Ele está ali, pensou Garraty, claro que está. O lugar para onde Stebbins disse que todos iríamos se ficássemos por tempo suficiente. A que profundidade ele está? Braças? Milhas? Anos-luz? Que profundidade, que escuridão? E a resposta surgiu para ele: fundo demais para enxergar do lado de fora. Ele está escondido lá no escuro, e é fundo demais para enxergar do lado de fora.

— Olson? — disse ele baixinho. — Olson?

Olson não respondeu. Nada nele se movia além dos pés.

— Eu gostaria que ele ao menos botasse a língua pra dentro — sussurrou Pearson, nervoso.

A Marcha continuou.

As florestas sumiram, e eles começaram a passar por outra área ampla ao lado da estrada. As calçadas estavam cheias de espectadores torcendo. Os cartazes com o nome de Garraty novamente predominavam. A floresta voltou. Mas nem a floresta conseguia afastar os espectadores. Eles estavam começando a ocupar as laterais. Garotas bonitas de short e top. Garotos de short de basquete e camiseta regata.

Um feriado alegre, pensou Garraty.

Ele não conseguia mais desejar não estar lá; estava cansado demais e entorpecido demais para pensar no passado. O que estava feito estava feito. Nada no mundo mudaria isso. Em pouco tempo, ele achava, seria um esforço grande demais falar com os outros. Ele queria poder se esconder dentro de si mesmo como um garotinho enrolado em um tapete, sem preocupações. Aí, tudo seria mais simples.

Tinha refletido muito sobre o que McVries dissera. Que tinham sido enrolados, enganados. Mas isso não podia estar certo, insistiu ele, teimoso. Um deles não tinha sido enganado. Um enganaria todo mundo… não era verdade?

Ele lambeu os lábios e bebeu água.

Passaram por uma plaquinha verde que informava que a rodovia do Maine ficava dali a setenta e um quilômetros.

— É isso — disse ele para ninguém em particular. — Setenta e um quilômetros até Oldtown.

Ninguém respondeu, e Garraty estava considerando chegar para trás até McVries quando alcançaram outro cruzamento, e uma mulher começou a gritar. O trânsito tinha sido interrompido, e a multidão se juntava com avidez rente às barreiras e os policiais que a continham. As pessoas balançavam as mãos, as placas, os frascos de bronzeador.

A mulher que gritava era grande e tinha o rosto vermelho. Ela se jogou em um dos cavaletes altos que serviam de barreira, passou por cima dele e levou a fita amarela junto. Lutou e arranhou e gritou com os policiais que a seguraram. Os homens estavam grunhindo com o esforço.

Eu a conheço, pensou Garraty. Não conheço?

O lenço azul. Os olhos beligerantes e brilhantes. Até o vestido azul-marinho com a barra torta. Era tudo familiar. Os gritos da mulher tinham ficado incoerentes. Uma das mãos agitadas arrancou sangue do rosto de um dos policiais que a segurava... *tentava* segurar.

Garraty passou a uns três metros dela. Quando passou, soube onde a tinha visto: era a mãe do Percy, claro. Percy, que tinha tentado ir para a floresta e fora direto para o outro mundo.

— Eu quero o meu garoto! — berrou ela. — Eu quero o meu garoto!

A multidão gritava com ela com entusiasmo e de forma imparcial. Um garotinho cuspiu na perna dela e saiu correndo.

Jan, pensou Garraty. Estou andando até você, Jan, que se foda essa outra merda, eu juro por Deus que estou chegando. Mas McVries estava certo. Jan não queria que ele fosse. Tinha chorado. Implorado para que ele mudasse de ideia. Eles podiam esperar, ela não queria perdê-lo, por favor, Ray, não seja burro, a Longa Marcha não passa de assassinato...

Eles estavam sentados em um banco ao lado do coreto. Tinha sido um mês antes, em abril, e ele estava com o braço em volta dela. Ela usava o perfume que ele havia comprado para o aniversário dela. Parecia acentuar o cheiro secreto de garota, um cheiro escuro, suculento e inebriante. Eu tenho que ir, dissera a ela. Eu tenho que ir, você não entende, eu tenho que ir.

Ray, você não entende o que está fazendo. Ray, por favor, não. Eu te amo.

Bem, pensou ele ali, enquanto andava pela estrada, ela estava certa. Eu não entendia o que estava fazendo.

Mas continuo sem entender agora. Essa é a merda. A merda pura e simples.

— Garraty?

Ele levantou a cabeça, sobressaltado. Estava quase dormindo de novo. Era McVries, andando ao seu lado.

— Como você está se sentindo?

— Sentindo? — disse Garraty com cautela. — Bem, eu acho. Acho que estou bem.

— Barkovitch está desmoronando — disse McVries com alegria silenciosa. — Tenho certeza. Ele está falando sozinho. E mancando.

— Você também está mancando — disse Garraty. — E Pearson. E eu.

— Meu pé está doendo, só isso. Mas Barkovitch… Ele fica esfregando a perna. Acho que repuxou um músculo.

— Por que você o odeia tanto? Por que não Collie Parker? Ou Olson? Ou todos nós?

— Porque Barkovitch sabe o que está fazendo.

— Ele entrou nessa pra ganhar, é isso que você quer dizer?

— Você não sabe o que eu quero dizer, Ray.

— Eu me pergunto se você sabe — disse Garraty. — Ele é um filho da mãe, claro. Talvez seja preciso ser filho da mãe pra vencer.

— Os bonzinhos ficam por último?

— Como é que eu vou saber?

Eles passaram por uma escolinha de madeira com uma sala só. As crianças estavam no parquinho e acenaram. Vários garotos estavam em cima do trepa-trepa como sentinelas, e Garraty se lembrou dos homens na madeireira lá atrás.

— Garraty! — gritou um deles. — Ray Garraty! Gar-ra-*tiii*!

Um garotinho com cabelo desgrenhado estava pulando no ponto mais alto do trepa-trepa, balançando os dois braços. Garraty acenou sem muito ânimo. O menino se virou, ficou pendurado pelas pernas e continuou acenando. Garraty ficou um pouco aliviado quando ele e o parquinho da escola ficaram para trás. Tinha sido meio difícil pensar naquilo.

Pearson se juntou a eles.

— Eu andei pensando.

— Poupe suas forças — disse McVries.

— Fraca, cara. Essa foi fraca.

— Em que você andou pensando? — perguntou Garraty.

— Como vai ser difícil pro penúltimo cara.

— Por que difícil? — perguntou McVries.

— Bom... — Pearson esfregou os olhos e os semicerrou, fitando um pinheiro que tinha sido acertado por um relâmpago em algum momento no passado. — Você sabe, andar mais que todo mundo, simplesmente *todo mundo*, menos o último cara. Devia ter um prêmio pro segundo lugar, é isso que eu acho.

— O quê? — perguntou McVries, sem emoção.

— Sei lá.

— Que tal a vida dele? — perguntou Garraty.

— Quem andaria por isso?

— Ninguém antes da Marcha começar, talvez. Mas agora, eu ficaria bem feliz só com isso, que se dane o Prêmio, que se dane ter todos os meus desejos mais profundos. E vocês?

Pearson pensou por muito tempo.

— Não vejo sentido nisso — disse ele por fim, como quem pede desculpas.

— Conta pra ele, Pete — disse Garraty.

— Contar o quê? Ele está certo. Ou a banana inteira, ou nada de banana.

— Vocês estão malucos — disse Garraty, mas sem muita convicção.

Estava com muito calor e muito cansado, e havia um começo remoto de dor de cabeça no fundo dos olhos dele. Talvez insolação comece assim, pensou. E talvez aquele fosse o melhor jeito. Cair em uma sonolenta semiconsciência em câmera lenta e acordar morto.

— Claro — disse McVries, amigável. — Nós somos todos malucos, senão nós não estaríamos aqui. Eu achei que tínhamos superado isso há muito tempo. Nós queremos morrer, Ray. Você ainda não botou isso na sua cabeça doente e burra? Olha o Olson. Um crânio em cima de um palito. Me diz que ele não quer morrer. Você não tem como dizer isso. Segundo lugar? Já é bem ruim que mesmo um de nós tenha sido enganado em relação ao que realmente quer.

— Eu não sei toda essa porra de psico-história — disse Pearson por fim. — Eu só acho que ninguém devia ficar em segundo.

Garraty caiu na gargalhada.

— Você é louco — disse ele.

McVries também riu.

— Agora você está começando a ver as coisas como eu vejo. Pegue um pouco mais de sol, cozinhe o cérebro um pouco mais e vamos transformar você em um crente.

A Marcha continuava.

O sol parecia cuidadosamente equilibrado no teto do mundo. O termômetro chegou a vinte seis graus (um dos garotos tinha um termômetro de bolso), e o vinte e sete parecia estar prestes a chegar em poucos minutos. Vinte e sete, pensou Garraty. Vinte e sete. Não tão quente. Em julho, o termômetro chegava a cinco graus a mais. Vinte e sete. A temperatura certa para sentar no quintal embaixo de um olmo comendo salada de frango e alface. Intenso. A temperatura ideal para ir boiar no trecho mais próximo do rio Royal, ah, Jesus, como seria bom. A água ficava quente em cima, mas nos pés ficava fria e dava para sentir a correnteza puxando um pouco, e havia sanguessugas nas pedras, mas dava para tirar se você não fosse cagão. Tanta água banhando a pele, o cabelo, a virilha. Sua carne quente tremeu quando ele pensou. Vinte e sete. A temperatura certa para ficar de sunga deitado na rede no quintal com um bom livro. E talvez cochilar. Uma vez, ele havia puxado Jan para a rede com ele e os dois ficaram deitados juntos, balançando e se pegando até o pau dele ficar parecendo uma pedra comprida e quente junto da parte de baixo da barriga. Ela não pareceu se importar. Vinte e sete. Jesus de bicicleta, vinte e sete graus.

Vinte e sete. Vinteesetevinteesetevinteesete. Que seja absurdo, que acabe.

— Eu duca senti tanto calor da vida — disse Scramm, com o nariz entupido.

O rosto largo estava vermelho e pingando suor. Ele tinha tirado a camisa e deixado o tronco peludo à mostra. Havia suor escorrendo por ele todo como riachos na primavera.

— Melhor você vestir a camisa — disse Baker. — Você vai pegar sereno quando o sol começar a descer. Aí você vai ter problemas.

— Esse baldito resfriado — disse Scramm. — Eu estou ardendo em febre.

— Vai chover — disse Baker. Os olhos dele fitavam o céu vazio. — Tem que chover.

— Não tem que nada — disse Collie Parker. — Eu nunca vi um estado tão merda.

— Se você não gosta, por que não vai pra casa? — perguntou Garraty, e riu como um bobo.

— Vai tomar no cu.

Garraty se obrigou a beber só um pouco do cantil. Ele não queria ter cãibra de tanto beber água. Seria um jeito horrível de acabar com tudo. Já tivera uma vez e bastava. Estava ajudando os vizinhos do lado, os Elwell, a juntar o feno. Estava explosivamente quente no mezanino do celeiro dos Elwell, e eles estavam subindo os fardos de trinta quilos em conjunto, um jogando para o outro. Garraty cometeu o erro tático de beber três canecas da água gelada que a sra. Elwell tinha levado para eles. Ele sentira uma dor súbita no peito e na barriga e na cabeça, e escorregou no feno solto e caiu inerte do mezanino no caminhão. O sr. Elwell o segurou pela barriga com as mãos calejadas de trabalho braçal enquanto ele vomitava pela lateral do veículo, fraco de dor e vergonha. Mandaram Garraty para casa, um garoto que falhara em um dos seus primeiros testes de masculinidade, com os braços empipocados por causa do feno e palha no cabelo. Voltou andando para casa, com o sol batendo na nuca queimada como um martelo de cinco quilos.

Ele tremeu convulsivamente e seu corpo se arrepiou todo. A dor de cabeça latejava doentia por trás dos olhos... Como seria fácil se soltar da corda.

Ele olhou para Olson. Olson estava lá. A língua dele estava ficando meio preta. O rosto estava sujo. Os olhos estavam fixos, sem enxergar. Não estou como ele. Meu Deus, não como ele. Por favor, eu não quero ir como Olson.

— Isso vai tirar nossas forças — disse Baker com desânimo. — Nós não vamos chegar a New Hampshire. Eu apostaria meu dinheiro.

— Dois anos atrás, choveu granizo — disse Abraham. — *Eles* atravessaram a divisa. Quatro, pelo menos.

— É, mas calor é diferente — disse Jensen. — Quando se está com frio, dá pra andar mais rápido e se aquecer. Quando se está com calor, dá pra andar mais devagar... e levar bala. Fazer o quê?

— Não tem justiça — disse Collie Parker com raiva. — Por que não fizeram a porra da Marcha no Illinois, onde o terreno é plano?

— Eu gosto do Baine — disse Scramm. — Por que você fala tanto palavrão, Parger?

— Por que você limpa tanto catarro do nariz? — perguntou Parker. — Porque eu sou assim, só isso. Alguma objeção?

Garraty olhou para o relógio, mas estava parado às 10h16. Tinha esquecido de dar corda.

— Alguém tem horas? — perguntou ele.

— Vamos ver. — Pearson apertou os olhos para o relógio. — São quinze minutos pra ser babaca, Garraty.

Todo mundo riu.

— Anda — disse ele. — Meu relógio parou.

Pearson olhou de novo.

— São 14h02. — Ele olhou para o céu. — Aquele sol não vai se pôr tão cedo.

O sol flutuava maligno no alto da floresta. Não havia ângulo suficiente ainda para dar sombra na estrada, e não haveria por uma ou duas horas. Garraty achava que via manchas roxas no céu que talvez fossem nuvens ou só fantasia mesmo.

Abraham e Collie Parker estavam discutindo despreocupadamente os méritos de carburadores quadrijet. Mais ninguém parecia disposto a conversar, e Garraty foi sozinho para o lado mais distante da estrada, acenando de vez em quando para alguém, mas não sempre.

Os competidores não estavam tão espalhados quanto antes. Dava para ver a vanguarda: dois garotos altos e bronzeados com jaquetas de couro pretas amarradas na cintura. De acordo com os boatos, eram apaixonados um pelo outro, mas Garraty acreditava nisso como acreditava que a lua era feita de queijo. Eles não pareciam efeminados e pareciam ser caras legais... Não que essas coisas tivessem a ver com um gostar do outro, ele achava. E não que fosse da conta dele se eles se gostassem. Mas...

Barkovitch estava atrás dos garotos de couro e McVries atrás dele, olhando com atenção para as costas de Barkovitch. O chapéu de chuva amarelo ainda estava pendurado no bolso de trás de Barkovitch; para Garraty, ele não parecia estar no limite. Na verdade, pensou ele com uma pontada dolorosa, era McVries que parecia mal.

Atrás de McVries e Barkovitch havia um grupo espalhado de sete ou oito garotos, o tipo de confederação frouxa que parecia se juntar e se afastar ao longo da Marcha, com membros novos e antigos sempre indo e vindo. Atrás deles havia um grupo menor, e atrás desse grupo estavam Scramm, Pearson, Baker, Abraham, Parker e Jensen. O grupo de Garraty. Tinha havido outros com ele perto do começo, e agora ele mal conseguia se lembrar dos nomes.

Havia dois grupos atrás do dele e, espalhados por toda a coluna irregular como pimenta no sal, havia os solitários. Alguns deles, como Olson, estavam recolhidos e catatônicos. Outros, como Stebbins, pareciam genuinamente preferir a própria companhia. E quase todos tinham aquela expressão atenta e assustada estampada no rosto. Garraty tinha passado a conhecer aquela expressão muito bem.

As armas foram apontadas na direção de um dos solitários para quem ele estava olhando, um garoto baixo e corpulento usando um colete surrado de seda verde. Parecia a Garraty que ele tinha recebido a advertência final meia hora antes. Ele lançou um olhar rápido e apavorado para as armas e acelerou o passo. As armas tinham perdido o interesse sombrio nele, ao menos por ora.

Garraty sentiu um ânimo repentino e incompreensível. Eles não podiam estar a muito mais de sessenta e cinco quilômetros de Oldtown e da civilização... isso se desse para chamar uma cidade com um moinho, uma fábrica de sapatos e outra de canoas de civilização. Chegariam lá em algum momento da noite e pegariam a rodovia. Seria tranquilo caminhar pela rodovia em comparação àquilo. Nela, era possível andar na divisória de grama sem sapatos, se quisesse. Sentir o orvalho frio. Meu Deus, seria ótimo. Ele secou a testa com o antebraço. Talvez as coisas acabassem ficando bem. As manchas roxas estavam um pouco mais perto e definitivamente eram nuvens de chuva.

As armas dispararam e ele nem se sobressaltou. O garoto de colete de seda verde tinha ganhado o bilhete e estava olhando para o sol. Nem a morte era tão ruim, talvez. Todo mundo, até o próprio major, teria de enfrentá-la mais cedo ou mais tarde. Então quem estava enganando quem, no fim das contas? Tomou uma nota mental de mencionar isso para McVries na próxima vez que conversassem.

Acelerou um pouco o passo e decidiu acenar para a próxima menina bonita que visse. Mas, antes de haver uma menina bonita, houve o homenzinho italiano.

Era uma caricatura de italiano, um homenzinho com um chapéu de feltro surrado e um bigode preto curvado nas pontas. Estava ao lado de um carro velho com o porta-malas aberto. Estava acenando e sorrindo com dentes incrivelmente brancos, incrivelmente quadrados.

Um tapete impermeável tinha sido colocado no fundo do porta-malas do carro. O tapete tinha uma pilha de gelo moído em cima e, aparecendo no meio do gelo em dezenas de lugares, como sorrisos largos rosados e verdes, estavam fatias de melancia.

Garraty sentiu o estômago dar duas cambalhotas, exatamente como um mergulhador de saltos ornamentais. Uma placa em cima do carro dizia: DOM L'ANTIO AMA TODOS OS COMPETIDORES DA LONGA MARCHA — MELANCIA DE GRAÇA!!!

Vários competidores, Abraham e Collie Parker entre eles, deram uma corridinha na direção do acostamento. Todos receberam advertências. Eles estavam indo a mais de seis quilômetros e meio por hora, mas na direção errada. Dom L'Antio os viu chegando e riu, um som cristalino, alegre e descomplicado. Bateu palmas, enfiou as mãos no gelo e pegou duas fatias sorridentes de melancia em cada mão. Garraty sentiu a boca salivar de vontade. Mas não vão deixar, pensou ele. Assim como não deixaram o vendedor dar refrigerantes. E depois: mas, Deus, como seria gostoso. Seria demais, Deus, que eles pegassem um pouco mais leve agora... Onde ele conseguiu melancia nesta época do ano, afinal?

Os competidores andaram junto aos cordões de isolamento, a pequena multidão em volta de Dom ficou louca de alegria, segundas advertências foram distribuídas e três policiais estaduais apareceram milagrosamente para prender Dom, cuja voz soou alta e clara:

— Como assim? Como assim eu não posso? A melancia é minha, seu policial burro! Eu quero dar, eu vou dar, ei! O que vocês estão pensando? Me larga, seu grosso!

Um dos policiais tentou pegar as melancias que Dom tinha nas mãos. Outro foi por trás dele e bateu o porta-malas do carro.

— Seus filhos da mãe! — gritou Garraty com toda a força.

Seu berro se espalhou pelo dia luminoso como uma lança de vidro, e um dos policiais olhou, sobressaltado e... bem, quase com vergonha.

— Filhos da puta nojentos! — gritou Garraty para eles. — Queria que suas mães tivessem abortado, seus *filhos de uma rameira*!

— Isso aí, Garraty! — outra pessoa gritou, e era Barkovitch, sorrindo como se estivesse com a boca cheia de pregos e balançando os dois punhos para os policiais estaduais. — Diz pra...

Mas eles estavam todos gritando agora, e os policiais não eram soldados da Longa Marcha escolhidos a dedo saídos dos Pelotões Nacionais. Estavam com o rosto vermelho e constrangido, mas mesmo assim levavam Dom e as duas mãos cheias de sorrisos rosados para longe da estrada o mais rápido possível.

Dom perdeu o inglês ou desistiu. Começou a gritar xingamentos em italiano. A multidão vaiou os policiais. Uma mulher com um chapéu de palha de aba larga jogou um rádio em um deles. Acertou a cabeça do homem e derrubou o quepe. Garraty teve pena do policial, mas continuou xingando. Não conseguia controlar. Aquela expressão, "filhos de uma rameira", ele achava que ninguém usava uma expressão daquela fora dos livros.

Quando parecia que Dom L'Antio seria retirado da frente deles de vez, o pequeno italiano se soltou e correu na direção dos competidores, a multidão se abrindo magicamente para ele e se fechando (ou tentando) contra a polícia. Um dos policiais se jogou no homenzinho, segurou-o pelos joelhos e o derrubou para a frente. No último instante de equilíbrio, Dom deixou os lindos sorrisos rosados voarem em um arremesso amplo.

— DOM L'ANTIO AMA VOCÊS TODOS! — gritou.

A multidão comemorou, histérica. Dom caiu de cabeça na terra e suas mãos foram algemadas atrás das costas em um piscar de olhos. As fatias de melancia voaram e giraram no ar, e Garraty riu alto e levantou as duas mãos para o céu e balançou os punhos em triunfo quando viu Abraham pegar uma com destreza indiferente.

Outros receberam suas terceiras advertências por pararem para pegar pedaços de melancia, mas, incrivelmente, ninguém levou tiro, e cinco... não, seis, Garraty viu, seis dos garotos acabaram conseguindo melancia. O resto alternou entre comemorar pelos que tinham conseguido pegar um pedaço ou xingar os soldados de expressão pétrea, que podiam ser satisfatoriamente interpretadas como exibindo uma contrariedade sutil.

— Eu amo todo mundo! — gritou Abraham. O rosto sorridente estava sujo de sumo de melancia. Ele cuspiu três sementes marrons no ar.

— Caramba — disse Collie Parker, alegre. — Eu sou um infeliz, claro que sou. — Enfiou a cara na melancia, comeu com avidez e partiu o pedaço em dois. Jogou metade para Garraty, que quase deixou a fruta cair na surpresa. — Aí está, caipira! — gritou Collie. — Não vai dizer que eu nunca te dei nada, seu jeca filho da mãe!

Garraty riu.

— Vai se foder — disse ele. A melancia estava geladinha, geladinha. Um pouco do sumo entrou pelo nariz dele, um pouco desceu pelo queixo e, ah, o paraíso na garganta, descendo pela garganta.

Ele só se permitiu comer metade.

— Pete! — gritou ele, e jogou o pedaço que restou para o outro garoto.

McVries pegou a melancia com um backhand chamativo, o tipo de coisa que faz alguém ser interbase da faculdade e talvez até jogador da liga principal. Ele sorriu para Garraty e comeu a fruta.

Garraty olhou ao redor e sentiu uma alegria descontrolada surgir, bombeando no coração, fazendo-o querer correr em círculos plantando bananeira. Quase todo mundo tinha conseguido um pedacinho de melancia, ainda que fosse só uma raspa da polpa rosada agarrada a uma semente.

Stebbins, como sempre, foi exceção. Ele estava olhando para a estrada. Não havia nada nas mãos dele, nem sorriso no rosto.

Ele que se dane, pensou Garraty. Mas um pouco da alegria sumiu mesmo assim. Seus pés pareceram pesados de novo. Ele sabia que não era por Stebbins não ter ganhado nada. Nem por Stebbins não querer. Stebbins não precisava.

Eram duas e meia da tarde. Eles tinham andado cento e noventa e cinco quilômetros. As nuvens chegaram mais perto. Uma brisa fresca soprou, fria contra a pele quente de Garraty. Vai chover de novo, pensou ele. Que bom.

As pessoas nas laterais da estrada estavam enrolando cobertores, recolhendo pedaços de papel voando, colocando as coisas nas cestas de piquenique. A tempestade veio pairando preguiçosa na direção deles e, de repente, a temperatura despencou e pareceu outono. Garraty abotoou a camisa rapidamente.

— Lá vem de novo — disse ele para Scramm. — Melhor vestir a camisa.

— Você está brincando? — Scramm sorriu. — Eu dão be senti tão bem o dia todo!

— Vai ser uma pancada! — gritou Parker com alegria.

Eles estavam no alto de um platô com inclinação suave e viam a cortina de chuva batendo na floresta vindo na direção deles, abaixo das nuvens roxas. Diretamente acima deles, o céu tinha assumido um tom doentio de amarelo. Um céu de tornado, pensou Garraty. Não seria extraordinário? O que eles fariam se um tornado chegasse cortando a estrada e os levasse para Oz em uma nuvem rodopiante de terra, sola de sapato soltando e sementes de melancia rodopiando?

Ele riu. O vento arrancou a gargalhada da sua boca.

— McVries!

McVries mudou um pouco o rumo para se aproximar dele. Ele estava curvado contra o vento, as roupas grudadas no corpo e voando para trás. O cabelo preto e a cicatriz branca no rosto bronzeado o faziam parecer um capitão do mar calejado e meio insano na ponte de comando.

— O quê? — berrou ele.

— Tem algo nas regras sobre casos de força maior?

McVries pensou.

— Não, acho que não. — Ele começou a abotoar o casaco.

— O que acontece se formos atingidos por um raio?

McVries jogou a cabeça para trás e riu.

— A gente morre!

Garraty riu e se afastou. Alguns dos outros estavam olhando para o céu com ansiedade. Não seria uma chuvinha, do tipo que os resfriaria depois do calor do dia anterior. O que Parker tinha dito? Uma pancada. Sim, certamente seria uma pancada.

Um boné passou girando entre as pernas dele, e Garraty olhou para trás e viu um garotinho olhando com tristeza. Scramm o pegou e tentou jogar para o garoto, mas o vento o levou em um arco de bumerangue e ele acabou indo parar em uma árvore que se sacudia loucamente.

Um trovão soou. A linha branca-arroxeada de um raio cortou o horizonte. O murmúrio reconfortante do vento nos pinheiros tinha se transformado em uma centena de fantasmas descontrolados, sacudindo e berrando.

As armas soaram, um som baixo de estalinho quase perdido no trovão e no vento. Garraty virou a cabeça, a premonição de que Olson tinha finalmente ganhado sua bala se abatendo com força sobre ele. Mas Olson ainda estava lá, as roupas largas revelando a rapidez com que o peso tinha evaporado dele. Olson tinha perdido o casaco em algum lugar; os braços que saíam das mangas curtas eram ossudos e finos como lápis.

Era outra pessoa sendo retirada da estrada. O rosto era pequeno e estava exausto e bem morto debaixo da cabeleira agitada pelo vento.

— Se o vento estivesse a favor, nós poderíamos chegar em Old-town às quatro e meia! — disse Barkovitch com alegria.

Ele estava com o chapéu de chuva enfiado na cabeça até as orelhas e o rosto anguloso estava alegre e enlouquecido. Garraty entendeu de repente. Ele lembrou a si mesmo de dizer para McVries. Barkovitch era louco.

Alguns minutos depois, o vento parou de repente. Os trovões se transformaram em uma série de murmúrios densos. O calor voltou com tudo, grudento e quase insuportável depois do vento frio.

— O que aconteceu? — gritou Collie Parker. — Garraty! Esse estado maldito amarela nas tempestades também?

— Acho que você vai ter o que quer — disse Garraty. — Só não sei se ainda vai querer quando tiver.

— U-hu! Raymond! Raymond Garraty!

Garraty levantou a cabeça. Por um momento horrível, achou que fosse sua mãe, e visões de Percy dançaram em sua mente. Mas era só uma mulher idosa de rosto doce olhando para ele por baixo de uma revista *Vogue* que estava usando para se proteger da chuva.

— Bruxa velha — murmurou Art Baker atrás dele.

— Ela me parece bem fofa. Você a conhece?

— Conheço o tipo — disse Baker com maldade. — Ela é a cara da minha tia Hattie. Ela gostava de ir a enterros, ouvir o choro e os lamentos com aquele mesmo sorriso. Como um gato de barriga cheia depois de invadir o galinheiro.

— Ela deve ser mãe do major — disse Garraty. Era para ser engraçado, mas não colou. O rosto de Baker estava repuxado e pálido sob a luz fraca que vinha do céu.

— Minha tia Hattie teve nove filhos. Nove, Garraty. Ela enterrou quatro com aquela mesma cara. Os filhos dela. Algumas pessoas gostam de ver gente morrer. Eu não consigo entender isso, você consegue?

— Não — disse Garraty. Baker o estava deixando inquieto. Os trovões tinham começado a retumbar de novo. — A sua tia Hattie, ela já morreu?

— Não. — Baker olhou para o céu. — Ela está em casa. Deve estar na varanda, na cadeira de balanço. Ela não consegue mais andar muito. Deve estar se balançando, ouvindo os boletins no rádio. E sorrindo cada vez que ouve novos números. — Baker esfregou os cotovelos com as palmas das mãos. — Você já viu um gato comer os próprios filhotes, Garraty?

Garraty não respondeu. Havia uma tensão elétrica no ar agora, algo na tempestade acima deles, e algo mais. Garraty não conseguia identificar. Quando piscou, teve a impressão de ver os olhos tortos de Bizarro D'Allessio olhando para ele do escuro.

Finalmente, disse para Baker:

— Todo mundo na sua família é estudado sobre morte?

Baker abriu um sorriso pálido.

— Bom, eu estava considerando a ideia de fazer faculdade pra ser agente funerário uns anos atrás. É um bom emprego. Os agentes funerários continuam ganhando o pão de cada dia mesmo em caso de depressão econômica.

— Eu sempre pensei em trabalhar com fabricação de mictórios — disse Garraty. — Conseguir contratos com cinemas, boliches e tal. Coisa garantida. Quantas fábricas de mictório deve ter no país?

— Acho que eu não ia mais querer ser agente funerário — disse Baker. — Não que importe.

Um raio de luz enorme cortou o céu. Um trovão gigantesco soou em seguida. O vento ficou mais forte em sopros irregulares.

Nuvens corriam pelo céu como corsários loucos em um céu de pesadelo de ébano.

— Está chegando — disse Garraty. — Está chegando, Art.

— Algumas pessoas dizem que não ligam — disse Baker de repente. — "Uma coisa simples, é só isso que quero quando chegar a minha vez, Don." Era o que diziam pra ele. Meu tio. Mas a maioria se importa muito. Era o que ele sempre me dizia. Eles dizem: "Só uma caixa de pinho vai servir". Mas, no fim das contas, acabam ficando com uma grande... com forro de chumbo se tiverem dinheiro. Muita gente até escreve o número do modelo no testamento.

— Por quê?

— Lá onde eu moro, a maioria das pessoas quer ser enterrada em mausoléus. Acima do chão. Elas não querem ficar embaixo da terra porque os lençóis freáticos são altos na minha terra. As coisas apodrecem rápido na umidade. Se você for enterrado acima da terra, a preocupação é com os ratos. Os ratos da Louisiana são uns bitelões. Eles roem as caixas de pinho rapidinho.

O vento os manipulou com mãos invisíveis. Garraty desejou que a tempestade chegasse e fosse embora. Era como um carrossel insano. Não importava com quem conversasse, o assunto sempre voltava ao mesmo tema.

— Porra nenhuma que eu ia fazer — disse Garraty. — Gastar mil e quinhentos dólares só pra manter os ratos longe depois que eu morresse.

— Sei lá — disse Baker. Os olhos dele estavam pesados, sonolentos. — Eles vão direto nas partes macias, é isso que me perturba. Eu consigo ver os bichos abrindo um buraco no meu caixão, aumentando o buraco até passarem. E indo direto pra cima dos meus olhos como se fossem jujubas. Eles comeriam meus olhos e eu passaria a ser parte do rato. Não é verdade?

— Sei lá — disse Garraty, enjoado.

— Não, obrigado. Eu aceito o caixão forrado de chumbo. Todas as vezes.

— Mas você só vai precisar de uma — disse Garraty com uma risadinha horrorizada.

— *Isso* é verdade — concordou Baker, solene.

Um relâmpago cortou o céu outra vez, um risco quase rosa que deixou o ar com cheiro de ozônio. Um momento depois, a tempestade despencou de novo. Mas não foi chuva dessa vez. Foi granizo.

Em um intervalo de cinco segundos, eles foram açoitados por granizo do tamanho de seixos de rio. Vários garotos gritaram, e Garraty protegeu os olhos com uma das mãos. O vento aumentou até virar um grito. Granizo batia na estrada, em rostos e corpos.

Jensen correu em um círculo enorme e aleatório, cobrindo os olhos, os pés tropeçando e batendo um no outro, em pânico total. Ele finalmente saiu pelo acostamento e os soldados na semilagarta dispararam seis balas na cortina ondulante de granizo antes de terem certeza. Adeus, Jensen, pensou Garraty. Lamento, cara.

A chuva começou a cair junto com o granizo, descendo pela colina que eles estavam subindo, derretendo o gelo espalhado em volta dos pés deles. Outra onda de pedras bateu neles, mais chuva, outra onda de granizo e a chuva caiu em pancadas regulares, pontuadas por trovões altos.

— Caramba! — gritou Parker, andando até Garraty. O rosto dele estava cheio de manchas vermelhas, e ele parecia um rato afogado. — Garraty, este é sem dúvida nenhuma…

— … sim, o estado mais bizarro dos cinquenta e um — concluiu Garraty. — Vai lá refrescar a cabeça.

Parker inclinou a cabeça para trás, abriu a boca e deixou a chuva fria cair.

— Eu estou fazendo isso, caramba, estou mesmo!

Garraty se curvou contra o vento e alcançou McVries.

— O que você está achando disso? — perguntou ele.

McVries estava abraçando o próprio corpo, tremendo.

— Nunca está bom. Agora, eu queria que estivesse sol.

— Não vai durar muito — disse Garraty, mas estava enganado. Quando eles chegaram andando às quatro da tarde, ainda estava chovendo.

10

Sabe *por que* me chamam de Count? Porque eu amo contar! Ah–hah–hah.

Conde von Count
Vila Sésamo

Não houve pôr do sol quando eles entraram na segunda noite na estrada. A tempestade deu lugar a um chuvisco leve e frio por volta das quatro e meia da tarde. O chuvisco continuou até quase oito da noite. Nessa hora, as nuvens começaram a se abrir e mostrar estrelas brilhantes, tremeluzentes e frias.

Garraty se encolheu dentro das roupas úmidas, e não precisava de um meteorologista para saber para que lado o vento estava soprando. A primavera instável tinha tirado deles o calor reconfortante que os acompanhara até ali, como se puxasse um tapete velho de debaixo de seus pés.

Talvez a multidão oferecesse calor. Um calor radiante, quem sabe. Mais e mais pessoas ladeavam a estrada. Estavam amontoadas em busca de calor, mas retraídas. Viam os competidores passarem e iam para casa ou corriam para o próximo ponto de observação. Se era sangue que a plateia queria, não tinha conseguido muito. Tinham perdido dois depois de Jensen, ambos garotos mais novos que simplesmente desmaiaram. Isso os deixava exatamente na metade. Não… na verdade, mais da metade. Cinquenta tinham ido, faltavam quarenta e nove.

Garraty andava sozinho. Sentia frio demais para estar com sono. Apertava os lábios para evitar que tremessem. Olson ainda estava lá atrás; apostas desanimadas tinham sido feitas dizendo que Olson seria o quinquagésimo garoto a ganhar um bilhete, o garoto da metade. Mas não foi. A honra foi para o número 13, Roger Fenum. O azarado 13. Garraty estava começando a pensar que Olson seguiria para sempre. Talvez até morrer de inanição. Havia se trancado em segurança em um lugar além da dor. De certa forma, ele achava que seria justiça poética se Olson ganhasse. Conseguia ver as manchetes: LONGA MARCHA VENCIDA POR UM HOMEM MORTO.

Os dedos dos pés de Garraty estavam dormentes. Ele os balançou dentro do forro esfarrapado dos sapatos e não sentiu nada. A dor de verdade não estava nos dedos. Estava nos arcos dos pés. Uma dor intensa e chata que subia como um golpe de faca até as panturrilhas cada vez que ele dava um passo. Fez com que pensasse em uma história que a mãe tinha lido para ele quando era pequeno. Era sobre uma sereia que queria ser mulher. Só que ela possuía cauda, e uma fada boa ou alguma outra pessoa disse que ela poderia ter pernas se quisesse muito. Cada passo que desse em terra seca seria como andar pisando em facas, mas ela poderia ter pernas se quisesse, e ela disse sim, tudo bem, e essa era a Longa Marcha. Em resumo…

— Advertência! Advertência, número 47!

— Já ouvi — disse Garraty, irritado, e acelerou o passo.

A floresta ali era mais rala. A parte norte de verdade do estado já havia ficado para trás. Eles tinham passado por duas cidades residenciais tranquilas, cortadas pela estrada no sentido do comprimento e com calçadas lotadas de pessoas que não passavam de sombras embaixo dos postes de luz difusa pelo chuvisco. Ninguém torcia muito. Estava frio demais, ele achava. Frio demais e escuro demais e Jesus Cristo agora ele tinha outra advertência para superar e se isso não era um saco, nada mais seria.

Seus pés estavam indo devagar de novo, e ele se obrigou a acelerar. Em algum lugar à frente, Barkovitch disse alguma coisa e soltou uma explosão curta daquela gargalhada desagradável. Ele ouviu a resposta de McVries com clareza:

— Cala a boca, assassino.

Barkovitch mandou McVries para o inferno, e ele parecia bem de saco cheio de tudo. Garraty abriu um sorriso fraco no escuro.

Tinha recuado até quase o fim da coluna, e se deu conta com relutância de que estava se aproximando de Stebbins de novo. Algo em Stebbins o fascinava. Mas ele decidiu que não fazia questão de saber exatamente o quê. Era hora de parar de se perguntar sobre as coisas. Não havia porcentagem naquilo. Era só outra chateação enorme.

Havia uma seta enorme e luminosa no escuro à frente. Brilhava como um espírito maligno. De repente, uma banda começou a tocar uma marcha. Era uma banda de bom tamanho, pelo som. Houve gritos altos. O ar estava cheio de coisinhas flutuando, e por um momento insano Garraty achou que estivesse nevando. Mas não era neve. Era confete. Eles estavam mudando de estrada. A antiga se encontrava com a nova em um ângulo para a direita e outra placa da Rodovia do Maine anunciava que Oldtown estava a apenas vinte e cinco quilômetros de distância. Garraty teve uma sensação hesitante de empolgação, talvez até orgulho. Depois de Oldtown, ele conhecia o caminho. Seria capaz de desenhá-lo na palma da mão.

— Talvez seja uma vantagem para você. Eu acho que não, mas talvez seja.

Garraty deu um pulo. Era como se Stebbins tivesse aberto a tampa da mente dele e espiado lá dentro.

— O quê?

— É sua região, não é?

— Não aqui. Eu nunca estive ao norte de Greenbush na vida, só quando fui até o ponto de largada. E nós não viemos por aqui.

Eles deixaram a banda para trás, as tubas e os clarinetes cintilando suavemente na noite úmida.

— Mas nós vamos passar pela sua cidade, não vamos?

— Não, só perto.

Stebbins grunhiu. Garraty olhou para os pés de Stebbins e viu com surpresa que ele havia tirado os tênis e estava usando um par de mocassins com aspecto macio. Os sapatos estavam dentro da camisa de cambraia.

— Estou poupando os tênis — disse Stebbins. — Só por precaução. Mas acho que os mocassins vão até o fim.

— Ah.

Eles passaram por uma torre de rádio que parecia um esqueleto em um campo vazio. Uma luz vermelha na ponta pulsava como a regularidade de um batimento.

— Ansioso pra ver seus entes queridos?

— Estou, sim — disse Garraty.

— O que acontece depois?

— Acontece? — Garraty deu de ombros. — A gente continua andando pela estrada, acho. A não ser que vocês todos tenham a consideração de levar o bilhete até lá.

— Ah, acho que não — disse Stebbins com um sorriso remoto. — Tem certeza de que você não vai desanimar? Depois de ver essas pessoas?

— Cara, eu não tenho certeza de nada — disse Garraty. — Eu não sabia muita coisa quando comecei, e sei menos ainda agora.

— Você acha que tem chance?

— Também não sei. Eu nem sei por que estou falando com você. É como falar com fumaça.

À frente, as sirenes da polícia gritaram e brilharam na noite.

— Alguém invadiu a estrada lá na frente, onde tem menos polícia — disse Stebbins. — Os moradores locais estão ficando inquietos, Garraty. Pensa só em todas as pessoas abrindo caminho pra você diligentemente à frente.

— Pra você também.

— Pra mim também — concordou Stebbins, e não falou nada por muito tempo. A gola da camisa de cambraia estava batendo no pescoço dele. — É impressionante como a mente opera o corpo — disse por fim. — É impressionante como pode assumir e controlar o corpo. Uma dona de casa comum pode andar até uns vinte e cinco quilômetros por dia, da geladeira até a tábua de passar roupa e até o varal. Ela fica doida pra se sentar com os pés pra cima no fim do dia, mas não está exausta. Um vendedor desses que bate de porta em porta pode percorrer mais de trinta. Um aluno de ensino médio treinando futebol americano anda de quarenta a quarenta e cinco quilômetros... Isso em um dia, desde a hora que acorda até a hora que vai dormir. Todos ficam cansados, mas nenhum fica exausto.

— É.

— Mas e se você dissesse pra dona de casa: "Hoje você tem que andar vinte e cinco quilômetros antes de poder jantar"?

Garraty assentiu.

— Ela ficaria exausta em vez de cansada — comentou.

Stebbins não disse nada. Garraty teve a sensação perversa de que Stebbins estava decepcionado com ele.

— Ué... não ficaria?

— Você não acha que completaria os vinte e cinco quilômetros antes do meio-dia pra poder tirar os sapatos e passar a tarde vendo novela? Eu acho. Você está cansado, Garraty?

— Estou — disse Garraty, sem titubear. — Estou cansado.

— Exausto?

— Bom, quase.

— Não, você ainda não está ficando exausto, Garraty. — Ele apontou com o polegar para a silhueta de Olson. — *Aquilo* é exausto. Ele já está quase no limite.

Garraty observou Olson, fascinado, quase esperando que ele caísse depois de Stebbins falar.

— Aonde você quer chegar?

— Pergunta ao seu amigo engraçadinho, Art Baker. Mulas não gostam de arar. Mas gostam de cenoura. Aí, você pendura uma cenoura na frente dos olhos delas. Sem cenoura, as mulas ficam exaustas. Com cenoura, as mulas demoram pra ficar cansadas. Entendeu?

— Não.

Stebbins sorriu de novo.

— Mas vai entender. Observa o Olson. Ele perdeu o apetite pela cenoura. Ele ainda não sabe, mas perdeu. Observa o Olson, Garraty. Você pode aprender com o Olson.

Garraty olhou para Stebbins com atenção, sem saber o quanto devia levá-lo a sério. Stebbins riu alto. A risada foi intensa e profunda, um som surpreendente que fez outros competidores virarem a cabeça.

— Vai. Fala com ele, Garraty. Se ele não quiser falar, só chega perto e olha bem. Nunca é tarde demais pra aprender.

Garraty engoliu em seco.

— É uma lição muito importante, você diria?

Stebbins parou de rir. Ele segurou o pulso de Garraty com força.

— A lição mais importante que você vai aprender, talvez. O segredo da vida sobre a morte. Reduza essa equação e você pode se dar ao luxo de morrer, Garraty. Você pode passar o resto da vida como um bêbado na farra.

Stebbins largou a mão dele. Garraty massageou o pulso devagar. Stebbins parecia tê-lo deixado de lado de novo. Com nervosismo, Garraty se afastou do garoto e foi na direção de Olson.

A impressão de Garraty foi a de ter sido puxado na direção de Olson por um fio invisível. Ele chegou ao lado dele, um pouco atrás. Tentou interpretar o rosto do outro.

Uma vez, muito tempo antes, tinha ficado com tanto medo que passara a noite acordado depois de ver um filme estrelado por… quem? Era Robert Mitchum, não era? Ele fazia o papel de um pastor sulista fanático e implacável que também era assassino compulsivo. Pela silhueta, Olson estava um pouco parecido com ele. Seu corpo parecia ter se alongado conforme o peso ia evaporando dele. A pele estava descamando por causa da desidratação. Os olhos haviam afundado na cara. O cabelo voava sem direção na cabeça como palha de milho ao vento.

Ora, ele não passa de um robô, não passa de um autômato. Pode ainda haver um Olson escondido lá? Não. Ele se foi. Tenho quase certeza de que o Olson que estava sentado na grama tirando sarro do garoto que ficou paralisado na linha de partida e ganhou o bilhete lá mesmo, esse Olson já era. Aquele ali é uma coisa de argila morta.

— Olson? — sussurrou ele.

Olson continuou andando. Ele era uma casa assombrada bamba sobre pernas. Olson tinha feito as necessidades nas calças. Olson estava fedendo.

— Olson, você consegue falar?

Olson seguiu em frente. O rosto tinha se transformado em pura escuridão, e ele *estava* se mexendo, sim, *estava* se mexendo. Alguma coisa estava acontecendo lá dentro, alguma coisa ainda estava funcionando, mas...

Alguma coisa, sim, havia *alguma coisa*, mas o quê?

Eles chegaram a outra subida. A respiração foi ficando mais curta nos pulmões de Garraty até ele estar ofegante como um cachorro. Filetes de vapor subiam de suas roupas molhadas. Havia um rio lá embaixo, no escuro como uma cobra prateada. O Stillwater, imaginou ele. O Stillwater passava perto de Oldtown. Alguns gritos desanimados soaram, mas não muitos. Mais à frente, aninhado do lado oposto da curva fechada feita pelo rio (talvez fosse o Penobscot, afinal), havia um amontoado de luzes. Oldtown. Um conjunto menor de luzes do outro lado devia ser Milford e Bradley. Oldtown. Eles tinham chegado a Oldtown.

— Olson — disse Garraty. — Ali é Oldtown. Aquelas luzes são de Oldtown. Nós estamos chegando lá, amigo.

Olson não respondeu. E de repente Garraty conseguiu lembrar o que estava escapando dele e não era nada tão vital assim, no fim das contas. Só que Olson o lembrava o Holandês Voador, que continuou navegando depois que toda a tripulação desapareceu.

Eles desceram uma colina em um ritmo acelerado, passaram por uma curva em S e atravessaram uma ponte que cortava, de acordo com a placa, o riacho Meadow. Do outro lado da ponte havia outra placa de ACLIVE ÍNGREME CAMINHÕES USEM MARCHA BAIXA. Houve gemidos de alguns dos competidores.

Era mesmo uma ladeira íngreme. Parecia subir acima deles como um tobogã. Não era longa; mesmo no escuro, dava para ver o cume. Mas era íngreme, sim. Bem íngreme.

Eles começaram a subir.

Garraty se inclinou para a frente, sentindo o controle da respiração começar a se perder quase na mesma hora. Vou estar ofegante como um cachorro lá no alto, pensou ele... E depois pensou: se eu *chegar* ao alto. Um clamor de protesto nasceu nas duas pernas.

Começou nas coxas e foi descendo. As pernas estavam gritando para ele, dizendo que não fariam mais aquela merda.

Mas vão, disse Garraty para elas. Vocês vão fazer ou vão morrer.

Não ligo, responderam as pernas. Não ligo se eu morrer, morrer, morrer, morrer.

Os músculos pareciam estar amolecendo, derretendo como gelatina deixada no sol quente. Tremiam quase com impotência. Tinham espasmos, como marionetes mal controladas.

Advertências soavam para todo lado, e Garraty se deu conta de que ganharia uma a qualquer momento. Manteve os olhos fixos em Olson, obrigando-se a equiparar seus passos com os dele. Eles conseguiriam juntos, passariam pelo topo daquela colina matadora, e ele faria Olson contar seu segredo para ele. E aí tudo ficaria bem, e ele não teria que se preocupar com Stebbins, McVries, Jan ou seu pai, não, nem mesmo com Bizarro D'Allessio, que tinha estourado a cabeça em um muro de pedra ao lado da U.S. 1 como se fosse uma bolota de cola.

Quanto faltava, trinta metros? Quinze? Quanto?

Ele estava ofegando.

Os primeiros tiros soaram. Houve um grito alto e agudo que foi sufocado por mais tiros. E, no cume da colina, mais um. Garraty não via nada no escuro. Sua pulsação torturada martelava nas têmporas. Ele descobriu que estava pouco se fodendo para quem tinha ido. Não importava. Só a dor importava, a dor lancinante nas pernas e nos pulmões.

A ladeira fazia uma curva, ficava plana e depois descia em outra curva. O outro lado tinha uma inclinação suave, perfeita para recuperar o fôlego. Mas aquela sensação mole de geleia nos músculos não queria passar. Minhas pernas vão entrar em colapso, pensou Garraty, calmo. Nunca vão me levar até Freeport. Acho que não consigo nem chegar a Oldtown. Estou morrendo, eu acho.

Mas logo depois um som começou a abrir caminho noite adentro, selvagem, orgiástico. Era uma voz, eram muitas vozes, e estavam repetindo a mesma coisa sem parar.

Garraty! Garraty! GARRATY! GARRATY! GARRATY!

Era Deus ou seu pai, prestes a empurrar suas pernas antes que ele pudesse descobrir o segredo, o segredo, o segredo de...

Como trovão: *GARRATY! GARRATY! GARRATY!*

Não era seu pai e não era Deus. Era o que parecia ser todo o corpo estudantil da Oldtown High School entoando o nome dele. Quando viram seu rosto branco, cansado e tenso, o grito regular se dissolveu em uma gritaria. Líderes de torcida balançavam pompons. Garotos assoviavam com estridência e beijavam suas garotas. Garraty acenou para eles, sorriu, assentiu e se manteve astutamente perto de Olson.

— Olson — sussurrou ele. — Olson.

Os olhos de Olson talvez tenham tremido um pouco. Uma fagulha de vida como um único giro de uma ignição velha em um automóvel abandonado.

— Me conta como, Olson — sussurrou ele. — Me diz o que fazer.

As garotas e os garotos do ensino médio (eu já fui à escola?, perguntou-se Garraty, era um sonho?) tinham ficado para trás agora, ainda torcendo como loucos.

Os olhos de Olson se moveram de forma espasmódica no rosto, como se enferrujados e precisando de lubrificação. A boca se abriu com um estalo quase audível.

— Isso mesmo — sussurrou Garraty com avidez. — Fala. Fala comigo, Olson. Me conta. Me conta.

— Ah — disse Olson. — Ah. Ah.

Garraty chegou mais perto. Colocou a mão no ombro de Olson e se inclinou para dentro de uma nuvem maligna de fedor de suor, halitose e urina.

— Por favor — disse Garraty. — Se esforça.

— Da. De. Deus. O jardim de Deus...

— O jardim de Deus — repetiu Garraty, incerto. — O que tem o jardim de Deus, Olson?

— Está cheio de erva daninha — disse Olson com tristeza. A cabeça dele tombou contra o peito. — Eu.

Garraty não disse nada. Não conseguiu. Estavam subindo outra colina, e ele estava ofegante de novo. Olson não parecia estar sem fôlego.

— Eu não... quero... morrer — concluiu Olson.

Os olhos de Garraty estavam grudados na ruína em sombras que era o rosto de Olson. Olson se virou para ele, devagar.

— Hã? — Levantou a cabeça mole lentamente. — Ga. Ga. Garraty?

— Sim, sou eu.

— Que horas são?

Garraty tinha dado corda e acertado o relógio mais cedo. Só Deus sabia o porquê.

— São quinze pras nove.

— Não. Não mais. Do que isso? — Uma surpresa leve apareceu no rosto abalado de velho de Olson.

— Olson... — Ele balançou o ombro de Olson de leve e o corpo todo do garoto pareceu tremer, como uma haste em um vento forte. — O que tá pegando? — De repente, Garraty riu como louco. — O que tá pegando, Alfie?

Olson olhou para Garraty com astúcia calculada.

— Garraty — sussurrou ele. Seu hálito parecia ar de esgoto.

— O quê?

— Que horas são?

— Caramba! — gritou Garraty para ele.

Ele virou a cabeça rapidamente, mas Stebbins estava olhando para a estrada. Se estava rindo de Garraty, estava escuro demais para ver.

— Garraty?

— O quê? — perguntou Garraty em voz mais baixa.

— Je-Jesus vai te salvar.

Olson levantou a cabeça toda. Começou a sair da estrada. Estava indo na direção da semilagarta.

— Advertência. Advertência, número 70!

Olson não reduziu a velocidade. Havia uma dignidade destrutiva nele. O falatório da multidão parou. Todos ficaram olhando com os olhos arregalados.

Olson não hesitou. Chegou ao acostamento. Botou as mãos na lateral da semilagarta. Começou a subir dolorosamente pela lateral.

— Olson! — gritou Abraham, sobressaltado. — Ei, é o Hank Olson!

Os soldados apontaram as armas numa harmonia perfeita de quatro partes. Olson segurou o cano da mais próxima e a arrancou das mãos que a seguravam como se fosse um palito de picolé. A carabina caiu com um estalo no chão. Os competidores se afastaram, gritando, como se ela fosse uma cobra venenosa viva.

Uma das três outras armas disparou. Garraty viu o brilho na ponta do cano claramente. Viu a ondulação na camisa de Olson quando a bala entrou na barriga dele e saiu pelas costas.

Olson não parou. Subiu no alto da semilagarta e segurou o cano da arma que tinha atirado nele. Empurrou a ponta dela para o alto na hora que disparou de novo.

— Pega eles! — gritou McVries com selvageria, à frente. — Pega eles, Olson! Mata eles! Mata eles!

As outras duas armas rugiram ao mesmo tempo, e o impacto das balas de alto calibre jogou Olson voando de cima da semilagarta. Ele caiu estatelado de costas, como um homem pregado na cruz. Um lado da barriga dele era uma ruína preta em farrapos. Mais três balas o atingiram. O guarda que Olson havia desarmado tinha arrumado outra carabina (sem o menor esforço) dentro da semilagarta.

Olson se sentou. Botou as mãos na barriga e olhou calmamente para os soldados equilibrados na frente do veículo achatado. Os soldados ficaram encarando de volta.

— Seus filhos da mãe! — soluçou McVries. — Seus filhos da mãe malditos!

Olson começou a se levantar. Outra saraivada de balas o empurrou para o chão de novo.

Garraty ouviu algo atrás de si. Não precisou virar a cabeça para saber que era Stebbins. Stebbins estava rindo baixinho.

Olson se sentou de novo. As armas ainda estavam apontadas para ele, mas os soldados não atiraram. As silhuetas deles na semilagarta pareciam quase indicar curiosidade.

Por reflexo, Olson se levantou devagar, as mãos cruzadas sobre a barriga. Ele pareceu farejar o ar em busca de direção, virou-se lentamente na direção da Marcha e começou a cambalear.

— Acaba com o sofrimento dele! — gritou alguém com a voz chocada e rouca. — Pelo amor de Deus, acaba com o sofrimento dele!

As cobras azuis que eram os intestinos de Olson estavam escorregando devagar entre seus dedos. Caíram como uma corrente de salsichas sobre a virilha, onde ficaram batendo de forma obscena. Ele parou, inclinou-se como se fosse recolher tudo (*recolher*, pensou Garraty em um quase êxtase de maravilha e horror) e vomitou um jato enorme de sangue e bile. Começou a andar de novo, curvado. Estava com a expressão doce e calma.

— Ah, meu Deus — disse Abraham, e se virou para Garraty com as mãos em concha sobre a boca. O rosto de Abraham estava branco e macilento. Os olhos estavam saltados. Os olhos estavam frenéticos de terror. — Ah, meu Deus, Ray, que nojo do caralho, ai, Jesus! — Abraham vomitou. O vômito jorrou por entre os dedos dele.

Bom, o velho Abe desperdiçou os biscoitos, pensou Garraty remotamente. Não é assim que se segue a Dica 13, Abe.

— Atiraram na barriga dele — disse Stebbins atrás de Garraty. — Eles fazem isso. É deliberado. Pra desencorajar outras pessoas de tentar o velho truque da Carga da Brigada Ligeira.

— Sai de perto de mim — sussurrou Garraty. — Senão vou dar na sua cara!

Stebbins logo recuou.

— Advertência! Advertência, número 88!

A risada de Stebbins chegou suavemente nele.

Olson caiu de joelhos. A cabeça pendeu entre os braços, que estavam apoiados no chão.

Um dos fuzis rugiu; uma bala raspou o asfalto ao lado da mão esquerda de Olson e voou longe. Ele começou a se levantar devagar, com exaustão. Estão brincando com ele, pensou Garraty. Tudo isso deve ser terrivelmente entediante para eles, então estão brincando com Olson. Olson é divertido, garotos? Olson está divertindo vocês?

Garraty começou a chorar. Correu até Olson e caiu de joelhos ao lado dele e segurou o rosto cansado e quente do menino junto ao peito. Soluçou no cabelo seco e fedorento.

— Advertência! Advertência, número 47!

— Advertência! Advertência, número 61!

McVries começou a puxá-lo. Era McVries de novo.

— Levanta, Ray, levanta, você não pode ajudá-lo, pelo amor de Deus, levanta!

— Não é *justo*! — disse Garraty, chorando. Havia uma mancha grudenta de sangue de Olson na bochecha dele. — Não é justo!

— Eu sei. Vem. Vem.

Garraty se levantou. Ele e McVries começaram a andar de costas rapidamente, olhando para Olson, que estava de joelhos. Olson se levantou. Ficou com um pé de cada lado da linha branca. Levantou as duas mãos para o céu. A multidão suspirou suavemente.

— EU FIZ *ERRADO*! — gritou Olson com voz trêmula, e caiu duro, morto.

Os soldados na semilagarta botaram mais duas balas nele e o arrastaram com comoção para fora da estrada.

— Sim, tem isso.

Eles andaram em silêncio por uns dez minutos, Garraty tirando um pequeno consolo da presença de McVries.

— Estou começando a perceber algo, Pete — disse ele finalmente. — Tem um padrão. Não é tudo sem sentido.

— Ah, é? Não conta com isso.

— Ele falou comigo, Pete. Ele só morreu quando atiraram nele. Ele estava *vivo*. — Parecia a coisa mais importante sobre a experiência de Olson. Ele repetiu: — *Vivo*.

— Acho que não faz diferença — disse McVries com um suspiro cansado. — Ele é só um número. Parte da contagem de corpos. O quinquagésimo terceiro. Significa que estamos um pouco mais perto e só isso.

— Você não acha isso de verdade.

— Não me diga o que eu acho ou não acho! — disse McVries com irritação. — Deixa pra lá, tá?

— Eu diria que estamos a uns vinte quilômetros de Oldtown — disse Garraty.

— Grandes coisas!

— Você sabe como Scramm está?

— Eu não sou o médico dele. Por que você não vai se ferrar?

— O que deu em você?

McVries riu loucamente.

— Aqui estamos nós, aqui estamos nós e você quer saber o que *deu em mim*! Eu estou preocupado com o imposto de renda do ano que vem, foi isso que deu em mim. Estou preocupado com o preço dos grãos na Dakota do Sul, foi isso que deu em mim. Olson, as *tripas* dele estavam caindo, Garraty, no final ele estava andando com *as tripas caindo*, foi isso que deu em mim, foi isso que *deu em mim*... — Ele parou de falar e Garraty o viu se esforçar para não vomitar. Abruptamente, McVries disse: — Scramm está mal.

— Está?

— Collie Parker botou a mão na testa dele e disse que ele estava pegando fogo. Ele está falando umas coisas estranhas. Sobre a esposa, sobre Phoenix, sobre Flagstaff, coisas estranhas sobre os hopis e os navajos e bonecas kachina... Está difícil de entender.

— Quanto tempo ele aguenta?

— Quem sabe? Pode ser que ele dure mais do que todos nós. Ele tem o corpo de um búfalo e está se esforçando muito. Meu Deus, como eu estou cansado.

— E Barkovitch?

— Está ficando esperto. Sabe que muitos de nós vamos ficar felizes de vê-lo ganhar o bilhete pra ver a fazenda. Botou na cabeça que vai durar mais do que eu, o cretininho arrombado. Ele não gosta quando pego no pé dele. Ele é um pentelho, eu sei. — McVries soltou a gargalhada louca de novo. Garraty não gostou do som. — Mas ele está com medo. Está aliviando o esforço nos pulmões e o concentrando nas pernas.

— Todos nós estamos.

— É. Oldtown está chegando. Uns vinte quilômetros?

— Isso mesmo.

— Posso te dizer uma coisa, Garraty?

— Claro. Vou levar comigo até o túmulo.

— Acho que é verdade.

Alguém perto da frente da plateia soltou uma bombinha, e Garraty e McVries se sobressaltaram. Várias mulheres gritaram. Um homem corpulento da fila dianteira disse "Que droga!" com a boca cheia de pipoca.

— O motivo disso tudo ser tão horrível — disse McVries — é o fato de que é trivial. Entende? A gente se vendeu e trocou nossa alma por trivialidades. Olson, ele foi trivial. Foi magnífico também, mas essas coisas não são excludentes. Ele foi magnífico e trivial. De qualquer modo, morreu como um inseto no microscópio.

— Você é tão ruim quanto Stebbins — disse Garraty, ressentido.

— Eu queria que Priscilla tivesse me matado — disse McVries. — Pelo menos isso não teria sido…

— Trivial — concluiu Garraty.

— É. Eu acho…

— Olha, eu quero cochilar um pouco se puder. Você se importa?

— Não. Desculpa. — McVries pareceu tenso e ofendido.

— Desculpa *eu* — disse Garraty. — Olha, não leva para o pessoal. É só…

— Trivial — concluiu McVries.

Soltou a gargalhada louca pela terceira vez e saiu andando. Garraty desejou, e não pela primeira vez, que não tivesse feito amigos na Longa Marcha. Aquilo dificultaria as coisas. Na verdade, já estava dificultando.

Houve uma movimentação lenta no intestino dele. Em pouco tempo, teria que ser esvaziado. A ideia o fez trincar os dentes em pensamento. As pessoas apontariam e ririam. Ele cagaria no meio da rua como um vira-lata e depois recolheriam a merda com guardanapos de papel e colocariam em frascos como suvenires. Parecia impossível as pessoas fazerem coisas assim, mas ele sabia que acontecia.

Olson com as tripas caindo.

McVries e Priscilla e a fábrica de pijamas.

Scramm com febre alta.

Abraham... qual o preço da cartola, plateia?

A cabeça de Garraty pendeu. Ele cochilou. A Marcha continuou.

Passando por colina, passando por vale, passando por passarela e montanha. Passando por cume e debaixo de ponte e pelo chafariz da minha dama. Garraty deu uma risadinha nos confins do cérebro. Os pés batiam no asfalto e o salto solto do sapato se soltava mais, como uma janela velha em uma casa abandonada.

Penso, logo existo. Primeiro ano de aula de latim. Canções antigas em uma língua morta. Ding-dong-campainha-no-poço-caiu-a--gatinha. Quem a empurrou? Little Jack Flynn.

Eu *existo*, logo existo.

Outra bombinha foi disparada. Houve gritos e comemorações. A semilagarta se arrastava e estalava e Garraty ficou atento ao som do seu número sendo chamado junto de um aviso e dormiu mais profundamente.

Papai, eu não fiquei feliz quando você teve que ir, mas nunca senti a sua falta quando você foi embora. Desculpa. Mas não é esse o motivo de eu estar aqui. Eu não tenho uma vontade subconsciente de me matar, desculpa, Stebbins. Desculpa, mas...

As armas de novo, acordando-o num sobressalto, e houve o baque familiar de saco de correspondência quando outro garoto foi para casa encontrar Jesus. A multidão gritou seu horror e rugiu em aprovação.

— Garraty! — berrou uma mulher. — Ray *Garraty!* — A voz dela estava rouca e cansada. — Nós estamos *com* você, garoto! *Nós estamos com você, Ray!*

A voz dela cortou a multidão e cabeças se viraram, pescoços se esticaram, para as pessoas poderem ver melhor o Garoto do Maine. Houve vaias espalhadas, sufocadas por uma comemoração crescente.

A multidão retomou a cantoria. Garraty ouviu seu nome até ser reduzido a uma confusão de sílabas sem sentido que não tinham nada a ver com ele.

Ele acenou brevemente e cochilou de novo.

11

Vamos lá, babacas!
Vocês querem viver
pra sempre?

Sargento desconhecido da Primeira Guerra Mundial

Eles passaram por Oldtown por volta da meia-noite. Pegaram duas estradas menores, entraram na Rodovia 2 e atravessaram o centro da cidade.

Para Ray Garraty, toda a passagem foi um pesadelo embaçado, mergulhado em um transe de sono. Os gritos subiram e cresceram até parecerem cortar qualquer possibilidade de pensamento e raciocínio. A noite se transformou em um dia brilhante sem sombras por lâmpadas intensas que emitiam uma luz laranja estranha. Numa luminosidade daquelas, até o rosto mais simpático ficava parecendo uma criatura saída de uma cripta. Confete, jornal, pedaços cortados de listas telefônicas e faixas compridas de papel higiênico flutuavam e pendiam de janelas de primeiro e segundo andares. Era uma cópia barata de um desfile de Nova York.

Ninguém morreu em Oldtown. As luzes alaranjadas foram se afastando e a multidão diminuiu um pouco enquanto eles andavam ao lado do rio Stillwater na trincheira da madrugada. Era dia 3 de maio. O cheiro de polpa de papel da fábrica os sufocou. Um cheiro intenso de produtos químicos, fumaça de madeira, rio poluído e câncer de estômago aguardando para acontecer. Havia pilhas cônicas de serragem mais altas do que as construções do centro. Pilhas de madeira para extração de celulose subiam ao céu como monolitos. Garraty cochilou, teve seus sonhos indefinidos de alívio e redenção e, depois do que pareceu ser uma eternidade, alguém começou a cutucá-lo nas costelas. Era McVries.

— Quifoi?

— A gente vai pra via expressa — disse McVries. Estava empolgado. — Estão dizendo por aí. Tem uma guarda filha da puta na rampa de entrada. A gente vai receber uma salva de quatrocentos tiros!

— Para o vale da morte cavalgaram os quatrocentos — murmurou Garraty, esfregando para tirar o sono dos olhos. — Já ouvi salvas de três tiros demais hoje. Não estou interessado. Me deixa dormir.

— Essa não é a questão. Depois que *eles* acabarem, nós vamos dar a *eles* uma salva.

— Vamos?

— Sim. Uma de quarenta e seis caras mostrando a língua.

Garraty sorriu um pouco. Foi um movimento rígido e incerto nos lábios.

— Ah, é?

— Com certeza. Bem… quarenta. Alguns dos caras já estão bem longe agora.

Garraty teve uma breve visão de Olson, o Holandês Voador humano.

— Bom, conta comigo — disse ele.

— Fica um pouco com a gente, então.

Garraty acelerou. Ele e McVries passaram a andar junto com Pearson, Abraham, Baker e Scramm. Os garotos de couro tinham diminuído a distância na vanguarda.

— Barkovitch está dentro? — perguntou Garraty.

McVries riu com deboche.

— Ele acha que foi a melhor ideia que alguém já teve desde a invenção dos banheiros pagos.

Garraty abraçou o próprio corpo gelado e soltou uma risadinha bem-humorada.

— Aposto que ele mostra a língua de um jeito incrível.

Eles estavam chegando em paralelo à via expressa. Garraty via o barranco íngreme à direita e o brilho difuso de mais lâmpadas de vapor de sódio, brancas como osso dessa vez. Certa distância à frente, a talvez uns oitocentos metros, a rampa de entrada surgia subindo.

— Lá vamos nós — disse McVries.

— Cathy! — gritou Scramm de repente, fazendo Garraty se sobressaltar. — Eu ainda não desisti, Cathy!

Ele virou os olhos vagos e febris para Garraty. Não havia reconhecimento neles. As bochechas estavam vermelhas, os lábios rachados com bolhas de febre.

— Ele não está muito bem — disse Baker em um tom de desculpas, como se tivesse sido responsável por causar aquilo. — Nós estamos dando água para ele de tempos em tempos e jogando um pouco na cabeça dele também. Mas o cantil dele está quase vazio e, se quiser outro, vai ter que pedir. É a regra.

— Scramm — disse Garraty.

— Quem é? — Os olhos de Scramm rolaram loucamente nas órbitas.

— Eu. Garraty.

— Ah. Você viu a Cathy?

— Não — disse Garraty, incomodado. — Eu...

— Lá vamos nós — disse McVries. Os gritos da multidão aumentaram de volume de novo, e uma placa verde fantasmagórica surgiu no escuro: INTERESTADUAL 95 AUGUSTA PORTLAND PORTSMOUTH DIREÇÃO SUL.

— Somos nós — sussurrou Abraham. — Deus nos ajude e nos aponte a direção sul.

A rampa de saída se curvou um pouco debaixo deles. Eles passaram pela primeira área de luz de um dos postes. O novo pavimento era liso, e Garraty sentiu uma empolgação familiar.

Os soldados da guarda tinham dispersado a multidão ao longo da espiral ascendente da rampa. Eles ergueram os rifles silenciosamente para o alto. Os uniformes cintilavam de um jeito resplandecente; os soldados da semilagarta pareciam maltrapilhos em comparação.

Foi como subir à superfície de um mar enorme e inquieto feito de ruído e sair para o ar calmo. O único som era o das passadas e do ritmo acelerado da respiração dos competidores. A rampa de entrada parecia se prolongar por uma eternidade, e o caminho estava sempre ladeado de soldados de uniformes vermelhos, as armas apontadas para cima na frente do corpo.

E então, na escuridão em algum lugar, soou a voz amplificada eletronicamente do major.

— Pre-*parar*!

As armas bateram na pele.

— A-*pontar*!

Armas nos ombros, apontadas para o céu acima deles em arco. Todo mundo instintivamente encolhido por causa do estrondo que significava morte — aquilo tinha sido incutido neles de forma pavloviana.

— *Fogo*!

Quatrocentos tiros na noite, estupendos, de arrebentar os tímpanos. Garraty lutou contra a vontade de botar as mãos na cabeça.

— *Fogo*!

Outra vez o cheiro de pólvora, acre e carregado de cordite. Em que livro disparam armas na água para trazer o corpo de um afogado para a superfície?

— Minha cabeça — gemeu Scramm. — Ah, meu Deus, que dor de cabeça.

— *Fogo*!

Os tiros ribombaram pela terceira e última vez.

McVries se virou na mesma hora e andou de costas, o rosto ficando vermelho com o esforço de gritar.

— Pre-*parar*!

Quarenta línguas apareceram no meio de quarenta pares de lábios.

— A-pontar!

Garraty inspirou o ar para os pulmões e lutou para segurá-lo.

— *Fogo*!

Foi lamentável, na verdade. Um barulhinho lamentável de desafio na grande escuridão. Não se repetiu. Os rostos imóveis da guarda não mudaram, mas pareceram ao mesmo tempo indicar uma sutil reprovação.

— Ah, que se dane — disse McVries. Ele se virou e voltou a andar de frente, a cabeça baixa.

O asfalto ficou plano. Estavam na via expressa. Tiveram um vislumbre do jipe do major indo para o sul, um brilho de luz fluorescente fria refletindo em um par de óculos escuros pretos, e a multidão se fechou de novo, mas longe deles, pois a via expressa tinha quatro pistas, cinco considerando o canteiro central gramado.

Garraty foi rapidamente para o canteiro central e andou na grama bem aparada, sentindo o orvalho penetrar pelos sapatos rachados e roçar nos tornozelos. Alguém recebeu uma advertência. A via expressa se prolongava à frente, plana e monótona, trechos de tubos de concreto divididos por aquela faixa verde, tudo unido por tiras de luz branca dos postes acima. As sombras deles estavam definidas e claras e longas, como se geradas por uma lua de verão.

Garraty virou o cantil, tomou um longo gole, colocou a tampa de novo e voltou a cochilar. Cento e trinta, talvez cento e trinta e cinco quilômetros até Augusta. A sensação de grama molhada era calmante...

Ele tropeçou, quase caiu e despertou com um solavanco. Algum idiota tinha plantado pinheiros no canteiro central. Ele sabia que era a árvore símbolo do estado, mas isso não era ir um pouco longe demais? Como podiam esperar que andassem na grama se havia...

Não esperavam, claro.

Garraty foi para a pista da esquerda, onde a maioria estava. Mais duas semilagartas tinham surgido na via expressa pela entrada de Orono, para cobrir melhor os quarenta e seis competidores que restavam. Eles não esperavam que andassem na grama. Outra piada às suas custas, Garraty. Nada vital, só outra pequena decepção. Trivial, na verdade. Só... não ouse desejar nada e não conte com nada. As portas estão se fechando. Uma a uma, elas estão se fechando.

— Eles vão cair esta noite — disse ele. — Vão bater como insetos numa parede esta noite.

— Eu não contaria com isso — disse Collie Parker, que parecia abatido e cansado... finalmente subjugado.

— Por quê?

— É como balançar uma caixa de biscoitos em uma peneira, Garraty. As migalhas caem bem rápido. Os pedaços pequenos se quebram e se vão também. Mas os pedaços grandes — o sorriso de Parker foi um brilho crescente de dentes cobertos de saliva no escuro —, os biscoitos *inteiros* precisam ir uma migalha de cada vez.

— Mas tem uma distância tão grande pra andar... ainda...

— Eu ainda quero viver — disse Parker com voz rouca. — E você também, não me venha com sacanagem, Garraty. Você e aquele tal McVries podem andar pela rua e enganar o universo e um ao outro, e daí, é só um monte de baboseira, mas isso faz o tempo passar. Mas não me venha com sacanagem. No fim das contas, você ainda quer viver. A maioria dos outros também. Eles vão morrer devagar. Vão morrer um pouquinho de cada vez. Eu posso chegar lá, mas agora sinto como se fosse capaz de andar até Nova Orleans antes de cair de joelhos diante daqueles incompetentes no carrinho de brinquedo.

— É mesmo? — Ele sentiu uma onda de desespero tomar conta de si. — Sério?

— É, sério. Sossega, Garraty. A gente ainda tem um longo caminho a percorrer. — Ele saiu andando para onde os meninos de couro, Mike e Joe, estavam andando na frente do grupo.

Garraty deixou a cabeça pender e cochilou de novo.

Sua mente começou a vagar para longe do corpo, uma câmera enorme sem visor cheia de filmes queimados tirando fotos de tudo e qualquer coisa, correndo livremente, sem dor, sem atrito. Ele pensou no pai andando com passos largos de botas verdes de borracha. Pensou em Jimmy Owens, ele tinha batido no Jimmy com a coronha do rifle de ar, e, sim, havia feito de propósito, porque tinha sido ideia do Jimmy, tirar a roupa e um tocar no outro tinha sido ideia do Jimmy, tinha sido ideia do Jimmy. A arma se movendo em arco, um arco *proposital*, o jorro de sangue ("Me desculpa, Jim, caramba, você precisa de um band-aid) no queixo do Jimmy, ele ajudando Jimmy a entrar em casa... Jimmy berrando... berrando.

Garraty olhou para a frente, meio estupefato e meio suado apesar do frio da noite. Alguém tinha gritado. As armas estavam apontadas para uma figura pequena e meio corpulenta. Parecia Barkovitch. Dispararam ao mesmo tempo, e a figura pequena e meio corpulenta foi jogada por duas pistas como um saco de roupa suja. A cara de lua cheia de espinhas não era de Barkovitch. Para Garraty, o rosto parecia descansado, em paz.

Ele se pegou imaginando se todos eles não estariam melhores se estivessem mortos e afastou a ideia timidamente. Mas não era verdade? O pensamento era inexorável. A dor nos pés dobraria, talvez triplicaria até o fim chegar, e a dor já parecia insuportável. E a dor nem era o pior. Era a morte, a morte constante, o fedor de carniça que tinha se acomodado nas narinas dele. Os gritos da multidão eram um pano de fundo constante dos seus pensamentos. O som o ninava. Ele começou a cochilar de novo, e dessa vez foi a imagem de Jan que veio. Por um tempo, tinha se esquecido completamente dela. De certa forma, pensou ele, dissociando, era melhor cochilar do que dormir. A dor nos pés e nas pernas parecia pertencer a outra pessoa a quem estava preso frouxamente, e com um pouquinho só de esforço ele conseguia regular os pensamentos. Colocá-los para trabalhar para ele.

Construiu a imagem na cabeça, devagar. Os pés pequenos. As pernas firmes, mas completamente femininas, panturrilhas pequenas aumentando até se tornarem coxas cheias de camponesa. A cintura era pequena, os seios fartos e orgulhosos. As bochechas inteligentes e arredondadas. O cabelo louro comprido. Cabelo de prostituta, pensou por algum motivo. Uma vez, ele tinha dito isso; simplesmente escapara, e achou que ela ficaria com raiva, mas ela não havia respondido nada. Ele achou que, no fundo, ela havia ficado satisfeita...

Foi a contração regular e relutante do intestino que o despertou dessa vez. Precisou trincar os dentes para manter a velocidade até a sensação passar. O mostrador fluorescente do relógio informava que era quase uma da manhã.

Ah, Deus, por favor, não me faz ter que cagar na frente dessa gente toda. Por favor, Deus. Eu Te dou metade de tudo que receber se ganhar, só me deixa com prisão de ventre. Por favor. Por...

Seu intestino se contraiu de novo, com força e de forma dolorosa, talvez afirmando o fato de que ele ainda estava essencialmente saudável apesar dos maus-tratos que seu corpo tinha sofrido. Ele se obrigou a continuar até sair do olhar implacável da luz mais próxima. Abriu o cinto com nervosismo, parou e, com uma careta, desceu a calça com uma das mãos protegendo a genitália enquanto se agachava. Seus joelhos estalaram de forma explosiva. Os músculos das coxas e panturrilhas protestaram exageradamente e ameaçaram se contrair quando foram obrigados a seguir em uma direção nova.

— Advertência! Advertência, número 47!

— John! Ei, Johnny, olha aquele pobre coitado ali.

Dedos apontados, meio vistos e meio imaginados no escuro. Flashes foram acionados, e Garraty virou a cabeça com infelicidade. Nada podia ser pior do que aquilo. Nada.

Ele quase caiu de costas, mas conseguiu se apoiar com um braço. Uma voz estridente de menina:

— Estou *vendo*! Estou vendo a *coisa* dele!

Baker passou por ele sem nem olhar.

Por um momento apavorante, ele achou que tudo seria por nada, alarme falso, mas aí ficou tudo bem. Ele conseguiu resolver a situação. Com um meio soluço grunhido, ele se levantou e cambaleou em algo que era meio caminhada, meio corrida, fechando a calça de novo, deixando parte dele para trás, fumegando no escuro, olhado avidamente por mil pessoas: engarrafa! Coloca no lintel! A merda de um homem com a vida em risco! *É isso, Betty, eu falei que tinha uma coisa especial na sala de jogos... bem aqui, perto do som. Ele levou um tiro vinte minutos depois...*

Ele alcançou McVries e passou a andar ao lado dele, cabisbaixo.

— Difícil? — perguntou McVries. Havia uma admiração inconfundível na voz dele.

— Bem difícil — disse Garraty, e soltou um suspiro trêmulo e relaxante. — Eu sabia que tinha me esquecido de alguma coisa.

— De quê?

— Eu deixei o papel higiênico em casa.

McVries riu.

— Como a minha avó dizia, se você não tiver uma rolha, é só deixar os quadris se moverem com um pouco mais de liberdade.

Garraty caiu na gargalhada, um som claro, profundo e sem histeria nenhuma. Ele se sentiu mais leve, mais relaxado. Não importava como as coisas se desenvolvessem; pelo menos, ele não teria que passar por *aquilo* de novo.

— Bom, você conseguiu — disse Baker, acompanhando o passo deles.

— Meu Deus — disse Garraty, surpreso. — Por que vocês não me mandam um cartão de melhoras, sei lá?

— Não é divertido com toda aquela gente olhando — disse Baker em tom sóbrio. — Escuta, eu ouvi uma coisa. Não sei se acredito. Não sei nem se *quero* acreditar.

— O que foi? — perguntou Garraty.

— Sabe o Joe ou o Mike? Os caras de jaqueta de couro que todo mundo achava que eram namorados? Eles são nativos hopis. Acho que era isso que Scramm estava tentando dizer antes, mas a gente não entendeu. Mas... sabe... o que ouvi é que eles são irmãos.

O queixo de Garraty caiu.

— Eu cheguei perto e dei uma boa olhada neles — continuou Baker. — E, caramba, não é que que eles parecem *mesmo* ser irmãos?

— Que bizarro — disse McVries com irritação. — Isso é bizarro pra caralho! Os pais deles deviam ser levados por um Pelotão por permitirem uma coisa assim!

— Você já conheceu algum indígena? — perguntou Baker baixinho.

— Só uns de Passaic — disse McVries. Ele ainda parecia estar com raiva.

— Tem uma reserva seminole perto da minha casa, do outro lado da divisa estadual — disse Baker. — São pessoas engraçadas. Eles não pensam em coisas como "responsabilidade" da mesma forma que nós. Eles sentem orgulho. E são pobres. Acho que é igual com os hopis e os seminoles. E eles sabem morrer.

— Nada torna isso certo — disse McVries.

— Eles são do Novo México — disse Baker.

— Isso é uma bizarrice — disse McVries por fim, e Garraty se sentiu inclinado a concordar.

A conversa foi morrendo, em parte por causa do barulho da multidão, mas mais, Garraty desconfiava, por causa da monotonia da via expressa em si. As colinas eram longas e graduais, mal pareciam colinas. Os competidores cochilavam, roncavam com estardalhaço e depois pareciam apertar mais os cintos, resignados com a amargura longa que tinham pela frente e mal compreendiam. Os pequenos amontoados de sociedade se dissolveram em grupos de três, de dois, em ilhas solitárias.

A multidão era incansável. Gritava sem parar com uma voz rouca, brandia cartazes ilegíveis. O nome de Garraty era gritado com frequência monótona, mas blocos de pessoas de fora do estado torciam brevemente por Barkovitch, Pearson, Wyman. Outros nomes apareciam e sumiam com a velocidade de chuvisco em uma tela de televisão.

Bombinhas estouraram e soltaram faíscas. Alguém jogou um sinalizador aceso no céu frio e a multidão se espalhou, gritando, até ele cair girando e chiando com sua luz roxa na terra do acostamento depois da pista de saída. Havia outros destaques da plateia. Um homem com um megafone elétrico que alternadamente elogiava Garraty e anunciava sua própria candidatura para representar o segundo distrito; uma mulher com um corvo grande em uma gaiola pequena que abraçava com ciúmes junto ao peito amplo; uma pirâmide humana feita de universitários com casacos de moletom da Universidade de New Hampshire; um homem desdentado e de bochechas encovadas com terno de Tio Sam carregando um cartaz que dizia: NÓS DEMOS O CANAL DO PANAMÁ PARA OS CRIOULOS COMUNISTAS. Mas, fora isso, a plateia parecia chata e sem graça como a própria via expressa.

Garraty mergulhou em um cochilo agitado, e as visões na cabeça dele alternavam entre amor e horror. Em um dos sonhos, uma voz baixa e cadenciada perguntava sem parar: *Você tem experiência? Você tem experiência? Você tem experiência?* E ele não sabia dizer se era a voz de Stebbins ou a do major.

12

**Eu andei pela rua,
ela estava enlameada.
Machuquei o dedo,
o sangue jorrava.
Vocês estão aí?**

Versinho infantil de pique-esconde

De alguma forma, eram nove da manhã de novo.

Ray Garraty virou o cantil na cabeça e a inclinou para trás até o pescoço estalar. Tinha esquentado o suficiente só para não dar mais para ver a própria respiração condensando diante do rosto, e a água estava gelada, o que afastou um pouco o cansaço constante.

Ele olhou para os companheiros de jornada. A barba de McVries estava ficando grande, preta como o cabelo. Collie Parker estava desgrenhado, mas parecia mais durão do que nunca. Baker parecia quase etéreo. Scramm não estava tão vermelho, mas tossia sem parar, uma tosse profunda e trovejante que lembrou Garraty de si mesmo tempos antes. Ele havia tido pneumonia aos cinco anos.

A noite havia passado em uma sequência onírica de nomes estranhos nas placas iluminadas. Veazie. Bangor. Hermon. Hampden. Winterport. Os soldados só tinham matado duas vezes, e Garraty estava começando a aceitar a verdade da analogia de Parker sobre biscoitos na peneira.

A luz forte do dia tinha surgido de novo. Os pequenos grupos protetores tinham se formado de novo, competidores brincando sobre barbas, mas não sobre pés… nunca sobre pés. Garraty tinha sentido várias pequenas bolhas estourarem no calcanhar direito ao longo da noite, mas a meia macia e absorvente tinha amortecido a carne viva de alguma forma. Tinham acabado de passar por uma placa com os dizeres AUGUSTA 77 PORTLAND 188.

— É mais longe do que você falou — disse Pearson com reprovação. Estava terrivelmente maltrapilho, o cabelo caindo sem vida nas bochechas.

— Eu não sou um mapa rodoviário ambulante — disse Garraty.

— Mesmo assim… é o seu estado.

— Difícil.

— É, acho que é mesmo. — Não havia rancor na voz cansada de Pearson. — Cara, eu nunca faria isso de novo nem em cem mil anos.

— Você deveria viver esse tempo todo.

— É. — Pearson baixou a voz. — Mas tomei uma decisão. Se ficar cansado e não conseguir ir em frente, vou correr pra lá e mergulhar na multidão. Eles não vão ousar atirar. Talvez eu consiga fugir.

— Seria como bater em uma cama elástica — disse Garraty. — Eles vão te empurrar de volta pro asfalto pra te ver sangrar. Você não se lembra do Percy?

— Percy não estava pensando. Só tentando fugir pra floresta. Eles transformaram o Percy em uma peneira mesmo. — Ele olhou com curiosidade para Garraty. — Você não está cansado, Ray?

— Porra, não. — Garraty moveu os braços magros em um gesto debochado de imponência. — Eu estou deslizando, não deu pra perceber?

— Eu estou mal — disse Pearson, lambendo os lábios. — Estou até com dificuldade de pensar direito. E as minhas pernas parecem estar com arpões enfiados até a…

McVries se aproximou por trás deles.

— Scramm está morrendo — disse ele, direto.

Garraty e Pearson soltaram um "Hã?" ao mesmo tempo.

— Ele está com pneumonia — disse McVries.

Garraty assentiu.

— Eu estava com medo de que fosse isso.

— Dá pra ouvir os pulmões dele a um metro e meio de distância. Parece que bombearam a Corrente do Golfo por eles. Se esquentar hoje de novo, ele vai morrer cozido.

— Pobre coitado — disse Pearson, e o tom de alívio na voz dele foi ao mesmo tempo inconsciente e inconfundível. — Ele poderia ter ganhado de nós todos, acho. E ele é casado. O que a esposa dele vai fazer?

— O que ela *pode* fazer? — perguntou Garraty.

Eles estavam andando bem perto da multidão, sem reparar mais nas mãos esticadas que tentavam tocá-los — aprendiam a distância certa a manter depois de levar uma ou duas unhadas no braço. Um garotinho choramingava que queria ir para casa.

— Eu estou falando com todo mundo — disse McVries. — Bom, quase todo mundo. Acho que o vencedor deveria fazer alguma coisa por ela.

— Tipo o quê? — perguntou Garraty.

— Isso vai ter que ser entre o vencedor e a esposa do Scramm. E se o filho da mãe não cumprir, nós todos podemos voltar pra puxar o pé dele.

— Tudo bem — disse Pearson. — O que eu tenho a perder?

— Ray?

— Tudo bem. Claro. Você falou com Gary Barkovitch?

— Aquele escroto? Ele não faria nem respiração boca a boca na própria mãe se ela estivesse se afogando.

— Eu falo com ele — disse Garraty.

— Isso não vai dar em nada.

— Mesmo assim. Vou falar agora.

— Ray, por que você não fala com o Stebbins também? Você parece ser o único com quem ele fala.

Garraty fez um ruído de deboche.

— Eu já sei até o que ele vai dizer.

— "Não"?

— Ele vai perguntar o porquê. E quando terminar, eu não vou ter ideia.

— Deixa ele pra lá.

— Não posso. — Garraty estava se virando para a figura pequena e curvada de Barkovitch. — Ele é o único cara que ainda acha que vai vencer.

Barkovitch estava cochilando. Com os olhos quase fechados e a leve penugem que cobria as bochechas morenas, ele parecia um urso de pelúcia velho e muito manipulado. Tinha perdido ou jogado fora o chapéu de chuva.

— Barkovitch.

Barkovitch acordou de súbito.

— Quequefoi? Quenhé? Garraty?

— É. Escuta, o Scramm está morrendo.

— Quem? Ah, sim. O cérebro de castor ali. Que bom.

— Ele está com pneumonia. Não deve chegar ao meio-dia.

Barkovitch olhou lentamente para Garraty com os olhos pretos de botão. Sim, ele parecia muito um urso de pelúcia de uma criança destrutiva naquela manhã.

— Olha só pra você aí com essa cara toda sincerona, Garraty. O que você quer?

— Bom, caso você não saiba, ele é casado e...

Barkovitch arregalou os olhos até parecerem correr o risco de cair.

— *Casado! CASADO? VOCÊ ESTÁ ME DIZENDO QUE AQUELE PATETA É...*

— *Cala a boca, seu babaca! Ele vai ouvir!*

— *Eu estou pouco me fodendo! Ele é louco!* — Barkovitch olhou para Scramm, ultrajado. — *O QUE VOCÊ ACHOU QUE ESTAVA FAZENDO, SEU IMBECIL, JOGANDO BURACO?* — gritou a plenos pulmões.

Scramm olhou para Barkovitch com expressão vazia e levantou a mão em um aceno desanimado. Parecia achar que Barkovitch era um espectador. Abraham, que estava caminhando perto de Scramm, mostrou o dedo do meio. Barkovitch retribuiu e se virou para Garraty. De repente, sorriu.

— Ah, caramba — disse ele. — Está estampado nessa sua cara de caipira, Garraty. Você está passando o chapéu pra esposa do cara que está morrendo, né? Que fofo.

— Você está fora, né? — disse Garraty rigidamente. — Tudo bem. — Ele começou a se afastar.

O sorriso de Barkovitch tremeu nos cantos. Ele segurou a manga de Garraty.

— Calma aí, calma aí. Eu não disse não, disse? Você me ouviu dizer não?

— Não...

— Não, claro que não. — O sorriso de Barkovitch reapareceu, mas agora havia algo de desesperado nele. A arrogância tinha sumido. — Escuta, eu comecei com o pé esquerdo com vocês. Não era minha intenção. Merda, eu sou um cara legal com quem tem tempo de me conhecer, mas sempre começo com o pé esquerdo, nunca tive muitos amigos em casa. Na escola. Meu Deus, não sei por quê. Eu sou um cara legal com quem tem tempo de me conhecer, tão legal quanto qualquer pessoa, mas, sabe como é, sempre pareço começar com o pé esquerdo. Todo mundo precisa ter uns amigos em uma coisa como essa. Não é bom ficar sozinho, né? Meu *Deus*, Garraty, você sabe bem. Aquele Rank. Ele começou, Garraty. Ele queria comer meu cu. Os caras sempre querem comer meu cu. Eu carregava um canivete na escola por causa de caras que queriam comer meu cu. Aquele Rank. Eu não pretendia que ele *miasse*, não era essa a ideia. Não foi culpa minha. Vocês só viram o final, não o jeito como ele estava... enchendo meu saco, sabe... — A voz de Barkovitch foi morrendo.

— É, sei como é — disse Garraty, se sentindo um hipócrita. Talvez Barkovitch conseguisse reescrever a história na cabeça dele, mas Garraty se lembrava do incidente com Rank com muita clareza. — Bom, o que você quer fazer? Vai topar a proposta?

— Claro, claro. — A mão de Barkovitch apertou convulsivamente a manga de Garraty, puxando-a como a cordinha de parada de um ônibus. — Vou enviar tanto pão pra ela que ela vai viver na fartura o resto da vida. Eu só queria te dizer... te fazer ver... Todo mundo precisa ter amigos... Todo mundo precisa ter um grupo, entende? Quem quer morrer odiado, já que tem que morrer? É assim que eu vejo as coisas. Eu... Eu...

— Claro, claro. — Garraty começou a recuar, sentindo-se um covarde, ainda odiando Barkovitch, mas ao mesmo tempo sentindo certa pena dele. — Muito obrigado. — Foi o toque de humanidade em Barkovitch que o assustou. Por algum motivo, aquilo o assustou. Ele não sabia o porquê.

Garraty recuou rápido demais, ganhou uma advertência e passou os dez minutos seguintes se aproximando de onde Stebbins estava.

— Ray Garraty — disse Stebbins. — Feliz 3 de maio, Garraty.

Garraty assentiu com cautela.

— Pra você também.

— Eu estava contando os meus dedos dos pés — disse Stebbins, tranquilo. — Eles são uma companhia fabulosamente boa, porque o total deles é sempre o mesmo. O que você está pensando?

Garraty falou sobre Scramm e a esposa dele pela segunda vez, e na metade do discurso outro garoto ganhou o bilhete (a jaqueta jeans velha dele tinha um HELL'S ANGELS SOBRE RODAS pintado nas costas) e fez com que tudo parecesse sem sentido e banal. Quando terminou, ele esperou Stebbins começar a dissecar a ideia.

— Por que não? — disse Stebbins com simpatia. Ele olhou para Garraty e sorriu. Garraty viu que o cansaço estava finalmente aparecendo, até em Stebbins.

— Você parece não ter nada a perder — disse ele.

— Isso mesmo — disse Stebbins jovialmente. — Nenhum de nós tem nada a perder. Fica mais fácil abrir mão assim.

Garraty olhou para Stebbins, deprimido. Havia verdade demais no que ele tinha dito. Fazia o gesto em relação a Scramm parecer pequeno.

— Não leve a mal, Garraty, velho amigo. Eu sou meio esquisito, mas não sou mau. Se pudesse fazer Scramm bater as botas mais rápido me recusando a ajudar, eu faria isso. Mas não posso. E não tenho certeza, mas aposto que toda Longa Marcha tem um pobre coitado como Scramm e envolve um gesto assim, Garraty. Digo mais, aposto que sempre é nesta altura da Marcha, quando as velhas realidades e mortalidades estão começando a ser entendidas. Antigamente, antes da Mudança e dos Pelotões, quando ainda havia milionários, tinha gente que montava fundações e construía bibliotecas e todas essas porras do bem. Todo mundo quer um baluarte contra a mortalidade, Garraty. Algumas pessoas podem enganar a si mesmas dizendo que são os filhos. Mas nenhum desses pobres coitados perdeu filhos — Stebbins moveu o braço magro para indicar os outros competidores e riu, mas Garraty achou o som triste —, eles nunca vão nem deixar um filho bastardo. — Ele piscou para Garraty. — Te choquei?

— Eu... acho que não.

— Você e seu amigo McVries se destacam neste grupo heterogêneo, Garraty. Não entendo como vocês vieram parar aqui. Mas estou disposto a apostar que vai mais fundo do que você pensa. Você me levou a sério ontem à noite, não é? Sobre o Olson.

— Acho que sim — disse Garraty lentamente.

Stebbins riu com prazer.

— Você é incrível, Ray. Olson não tinha segredo algum.

— Não acho que você estava de provocação ontem à noite.

— Ah, sim. Eu estava.

Garraty abriu um sorriso tenso.

— Sabe o que eu penso? Acho que você teve um estalo e entendeu tudo e agora quer negar. Talvez tenha te assustado.

Os olhos de Stebbins ficaram cinzentos.

— Entenda como quiser, Garraty. O funeral é seu. Agora, que tal você pular fora? Você conseguiu sua promessa.

— Você quer trapacear. Mas talvez esse seja o seu problema. Você gosta de pensar que o jogo é manipulado. Mas talvez seja um jogo honesto. Isso te assusta, Stebbins?

— Cai fora.

— Anda, admite.

— Eu não admito nada, só sua tolice básica. Pode ficar dizendo pra você mesmo que o jogo é honesto. — Uma leve cor havia surgido de novo nas bochechas de Stebbins. — Qualquer jogo parece honesto se todos estão sendo trapaceados ao mesmo tempo.

— Você é um banana — disse Garraty, mas a voz dele saiu desprovida de convicção. Stebbins sorriu brevemente e voltou a olhar para os próprios pés.

Eles estavam subindo para sair de uma depressão cheia de ondulações, e Garraty sentiu o suor no corpo enquanto acelerava pela fila até onde estavam McVries, Pearson, Abraham, Baker e Scramm... ou, mais precisamente, onde os outros estavam reunidos em volta de Scramm. Pareciam auxiliares preocupados em volta de um lutador baqueado.

— Como ele está? — perguntou Garraty.

— Por que está perguntando pra eles? — perguntou Scramm.

A voz rouca de antes tinha se reduzido a um mero sussurro. A febre tinha passado, deixando o rosto dele pálido e abatido.

— Tudo bem, eu pergunto pra você.

— Ah, eu não estou mal — disse Scramm. Tossiu. Foi um som rouco e borbulhado que parecia vir de debaixo de água. — Eu não estou tão mal. É legal o que vocês estão fazendo pela Cathy. Homens gostam de cuidar dos seus, mas acho que eu não estaria agindo certo se fosse orgulhoso. Não considerando como as coisas estão agora.

— Não fala muito — disse Pearson. — Você vai se cansar à toa.

— Que diferença faz? Agora ou depois, que diferença faz? — Scramm olhou para eles com uma expressão estúpida no rosto e balançou a cabeça lentamente de um lado para o outro. — Por que eu tinha que ficar doente? Eu estava indo bem, estava mesmo. Era o favorito. Mesmo quando estou cansado, gosto de andar. Olhar as pessoas, sentir o cheiro do ar… por quê? É Deus? Foi Deus que fez isso comigo?

— Não sei — disse Abraham.

Garraty sentiu a fascinação da morte surgindo de novo dentro de si e ficou repugnado. Tentou afastar a sensação. Não era justo. Não sendo um amigo.

— Que horas são? — perguntou Scramm subitamente, e Garraty se lembrou de Olson de um jeito assustador.

— Dez e dez — disse Baker.

— Trezentos e vinte quilômetros de estrada — acrescentou McVries.

— Meus pés não estão cansados — disse Scramm. — Já é alguma coisa.

Havia um garotinho gritando alto ao lado da estrada. A voz dele soava acima do ribombar baixo da multidão só pela estridência.

— Ei, mãe! Olha o grandão! Olha aquele alce, mãe! Ei, mãe! Olha!

Garraty observou a multidão brevemente e encontrou o garoto na primeira fila. Ele estava usando uma camiseta do robô Randy e olhando por cima de um sanduíche de geleia pela metade. Scramm acenou para ele.

— As crianças são fofas — disse ele. — É. Espero que Cathy tenha um menino. Nós queríamos um menino. Uma menina seria bom, mas sabem como é… um menino… leva nosso sobrenome e o carrega pra vida. Não que Scramm seja um sobrenome bonito. — Ele riu, e Garraty pensou no que Stebbins tinha dito, sobre baluartes contra a mortalidade.

Um competidor de bochechas rosadas de suéter azul grande passou por eles e repassou a notícia. Mike, do Mike e Joe, os meninos de couro, tinha tido uma cólica repentina.

Scramm passou a mão pela testa. O peito subiu e desceu em um espasmo de tosse, que ele encarou sem parar de andar.

— Aqueles garotos são da minha região — disse ele. — Nós teríamos vindo juntos se eu soubesse. São hopis.

— É — disse Pearson. — Você contou.

Scramm pareceu intrigado.

— Contei? Bom, não importa. Parece que não vou fazer a viagem sozinho, afinal. Eu me pergunto…

Uma expressão de determinação surgiu no rosto de Scramm. Ele começou a aumentar a velocidade do passo. Mas desacelerou por um momento e se virou para encará-los. Parecia calmo agora, acomodado. Garraty olhou para ele fascinado, apesar de tudo.

— Acho que não vou mais ver vocês. — Não havia nada na voz de Scramm além de simples dignidade. — Tchau.

McVries foi o primeiro a responder.

— Tchau, cara — disse ele com voz rouca. — Boa viagem.

— É, boa sorte — disse Pearson, afastando o olhar.

Abraham tentou falar e não conseguiu. Virou o rosto, pálido, os lábios tremendo.

— Pega leve — disse Baker. O rosto dele estava solene.

— Tchau — disse Garraty com lábios gelados. — Tchau, Scramm, boa viagem, bom descanso.

— Bom descanso? — Scramm sorriu um pouco. — Talvez a verdadeira Marcha ainda esteja por vir.

Ele acelerou um pouco e alcançou Mike e Joe, ambos com o rosto impassível e a jaqueta de couro gasta. Mike não tinha permitido que a cólica o curvasse. Estava andando com as duas mãos apertando a parte inferior da barriga. Mantinham a velocidade constante.

Scramm conversou com eles.

Todos ficaram olhando. Os três pareceram debater por muito tempo.

— O que eles estão tramando? — sussurrou Pearson para si mesmo, temeroso.

De repente, o debate acabou. Scramm andou um pouco longe de Mike e Joe. Mesmo lá de trás, Garraty ouvia a tosse rouca. Os soldados estavam olhando os três com atenção. Joe botou a mão no ombro do irmão e apertou com força. Eles se entreolharam. Garraty não identificou emoção nos rostos de bronze. Mike acelerou um pouco e alcançou Scramm.

Um momento depois, Mike e Scramm deram uma meia-volta abrupta e começaram a andar na direção dos espectadores, que, sentindo o cheiro intenso de fatalidade neles, gritaram, espalharam--se e se afastaram deles como se os garotos tivessem alguma doença contagiosa.

Garraty olhou para Pearson e viu os lábios dele se apertarem.

Os dois garotos foram advertidos e, quando chegaram na amurada da estrada, deram meia-volta rapidamente e se viraram para a semilagarta que se aproximava. Dois dedos do meio cortaram o ar ao mesmo tempo.

— Eu comi a sua mãe e ela era uma gostosa! — gritou Scramm.

Mike disse alguma coisa na língua nativa dele.

Um grito tremendo soou vindo dos competidores, e Garraty sentiu lágrimas fracas sob as pálpebras. A plateia caiu no silêncio. A área atrás de Mike e Scramm estava vazia e inerte. Eles foram advertidos pela segunda vez, sentaram-se juntos, de pernas cruzadas, e começaram a conversar calmamente. E isso foi bem estranho, pensou Garraty ao passar, porque Scramm e Mike não pareceram estar conversando no mesmo idioma.

Ele não olhou para trás. Nenhum deles olhou para trás, nem depois que acabou.

— Quem vencer isso tem que cumprir a palavra — disse Mc-Vries de repente. — É bom que cumpra.

Ninguém disse nada.

13

Joanie Greenblum, vem pra cá!

Johnny Olsen
The New Price Is Right

Duas da tarde.

— Você está trapaceando, filho da puta! — gritou Abraham.

— Eu não estou trapaceando — disse Baker, calmo. — Você me deve um dólar e quarenta, pateta.

— Eu não pago a trapaceiros. — Abraham segurou com a mão bem fechada a moeda de dez centavos que estava jogando para o alto.

— E eu não costumo jogar moeda com caras que me chamam disso — disse Baker com seriedade, mas depois sorriu. — Mas, no seu caso, Abe, vou abrir uma exceção. Você tem um jeito tão cativante que não consigo resistir.

— Cala a boca e joga — disse Abraham.

— Ah, não me venha com esse tom de voz — disse Baker em tom abjeto, revirando os olhos. — Eu posso acabar desmaiando!

Garraty riu.

Abraham deu uma risada roncada e jogou a moeda, pegou-a e bateu com ela nas costas da mão.

— Sua vez.

— Tudo bem.

Baker jogou a moeda mais alto, pegou com mais destreza e, Garraty teve certeza, bateu a moeda na mão com perfeição.

—Você mostra primeiro desta vez — disse Baker.

—Hã-hã. Eu mostrei primeiro da última vez.

—Ah, merda, Abe, eu mostrei primeiro três vezes seguidas antes *disso*. Talvez quem esteja trapaceando seja você.

Abraham resmungou, pensou e revelou a moeda. Deu coroa, que exibia o rio Potomac ladeado por folhas de louro.

Baker levantou a mão, olhou a moeda e sorriu. Também tinha dado coroa.

—Você me deve um dólar e *cinquenta*.

—Meu *Deus*, você deve me achar burro! — berrou Abraham.
—Você acha que eu sou idiota, né? Pode admitir! Está arrancando dinheiro do caipira aqui, né? — disse. Baker pareceu considerar. — Continua, continua! Eu aguento!

—Agora que você falou — disse Baker —, o fato de você ser ou não caipira nunca passou pela minha cabeça. Quanto a ser idiota, isso já está estabelecido. Quanto a arrancar dinheiro... — Ele botou a mão no ombro de Abraham. — Isso, meu amigo, é uma certeza.

—Vamos lá — disse Abraham com astúcia. — O dobro ou nada pelo pacote todo. E desta vez *você* mostra primeiro.

Baker refletiu. Olhou para Garraty.

—Ray, você aceitaria?

—Aceitaria o quê? — Garraty tinha se perdido na conversa. Estava começando a sentir algo estranho na perna esquerda.

—Você aceitaria o dobro ou nada contra esse sujeito aqui?

—Por que não? Afinal, ele é burro demais pra trapacear pra cima de *você*.

—Garraty, eu achava que você fosse meu amigo — disse Abraham, frio.

—Tudo bem, um dólar e cinquenta, o dobro ou nada — disse Baker, e foi nessa hora que a dor monstruosa subiu pela perna esquerda de Garraty, fazendo toda a dor das últimas trinta horas parecer um mero sussurro em comparação.

—*Minha perna, minha perna, minha perna!* — gritou ele, sem conseguir se controlar.

—Ah, meu Deus, Garraty — Baker teve tempo de dizer.

Não havia nada na voz dele além de uma leve surpresa, e logo eles o tinham deixado para trás. Parecia que todos estavam passando por ele enquanto ele ficava parado com a perna esquerda transformada em mármore contraído e agonizante, todos passando por ele e o deixando para trás.

— Advertência! Advertência, número 47!

Não entre em pânico. Se entrar em pânico, você já era.

Ele se sentou no asfalto, a perna esquerda dura como um pedaço de pau esticada à frente. Começou a massagear os músculos da coxa. Tentou soltá-los. Era como apertar marfim.

— Garraty? — Era McVries. Ele parecia assustado... Mas devia ser ilusão, não? — O que é? Cãibra?

— É, acho que é. Continua. Vai passar.

Tempo. O tempo estava passando rápido para ele, mas todo mundo parecia ter diminuído o ritmo até estar se arrastando, na velocidade de um replay de jogada de beisebol. McVries estava aumentando o passo lentamente, um calcanhar aparecendo, depois o outro, um brilho dos pregos gastos, um vislumbre de couro rachado e fino de sola de sapato. Barkovitch estava passando devagar, um sorrisinho na cara, e uma onda de silêncio tenso acometeu os espectadores lentamente, espalhando-se ao redor nas duas direções a partir de onde ele havia se sentado, como ondas grandes a caminho da praia. Minha segunda advertência, pensou Garraty, minha segunda advertência está chegando, anda, perna, anda, perna maldita. Eu não quero ganhar um bilhete, o que você me diz, vamos lá, me dá um tempo.

— Advertência! Segunda advertência, número 47!

É, eu sei, você acha que eu não sei contar, acha que estou sentado aqui tentando pegar um bronzeado?

A certeza da morte, tão real e indiscutível quanto uma fotografia, estava tentando se infiltrar e afogá-lo. Estava tentando paralisá-lo. Ele a isolou com uma frieza desesperada. A coxa estava doendo de forma excruciante, mas ele mal sentia de tão concentrado. Restava um minuto. Não, cinquenta segundos, não, quarenta e cinco, está passando, meu tempo está se esgotando.

Com uma expressão abstrata e quase professoral no rosto, Garraty enfiou os dedos nos feixes rígidos e paralisados de músculo. Massageou. Flexionou. Falou com a perna em pensamento. Vamos lá, vamos lá, vamos lá, porcaria. Seus dedos começaram a doer, e ele não reparou muito nisso também. Stebbins passou por ele e murmurou alguma coisa. Garraty não pegou o que era. Podia ter sido "boa sorte". Ele ficou sozinho, sentado na linha branca seccionada entre a faixa da direita e a faixa de ultrapassagem.

Todos foram embora. O parque de diversões foi embora da cidade, tirou as estacas do meio de tudo e sumiu da cidade, não sobrou ninguém além daquele garoto ali, Garraty, para enfrentar o vazio de papéis de bala amassados e guimbas de cigarro esmagadas e prendas descartadas.

Todos foram embora, menos um soldado, jovem e louro e bonito de um jeito meio remoto. O cronômetro prateado estava em uma das mãos, a arma na outra. Não havia misericórdia naquele rosto.

— Advertência! Advertência, número 47! Terceira advertência, número 47!

O músculo não estava soltando. Ele ia morrer. Depois de tudo aquilo, depois de dar as tripas, aquele era o fato, no fim das contas.

Ele soltou a perna e olhou calmamente para o soldado. Perguntou-se quem venceria. Perguntou-se se McVries duraria mais do que Barkovitch. Perguntou-se qual era a sensação de uma bala na cabeça, se seria uma escuridão súbita ou se ele sentiria os pensamentos sendo destruídos.

Os últimos segundos começaram a se esgotar.

A cãibra aliviou. Sangue voltou a fluir para o músculo, fazendo-o formigar com várias pontadas e o deixando quente. O soldado louro com o rosto remotamente bonito guardou o cronômetro de bolso. Seus lábios se moveram sem emitir som enquanto ele contava os últimos segundos.

Mas eu não consigo me levantar, pensou Garraty. É bom demais ficar sentado. Ficar sentado e deixar o telefone tocar, que vá para o inferno, por que não tirei o telefone do gancho?

Garraty deixou a cabeça pender para trás. Parecia que o soldado estava olhando para ele da boca de um túnel ou da borda de um poço profundo. Em câmera lenta, o homem transferiu a arma para as duas mãos e o indicador direito beijou o gatilho, fechou-se ao redor dele e o cano começou a se virar. A mão esquerda do soldado estava apoiando o cabo. Uma aliança de casamento capturou o brilho do sol. Tudo foi lento. Tão lento. Só... segura o telefone.

Assim, pensou Garraty.

É assim. Morrer.

O polegar direito do soldado começou a girar a trava com lentidão absurda. Três mulheres magrelas estavam diretamente atrás dele, três irmãs esquisitas, segura o telefone. Só segura o telefone mais um minuto, eu tenho uma coisa pra morrer aqui. Luz do sol, sombra, céu azul. Nuvens correndo pela rodovia. Stebbins era só costas agora, só uma camisa azul com uma mancha de suor entre as omoplatas, adeus, Stebbins.

Os sons dos arredores voltaram como trovões. Ele não tinha ideia se era imaginação ou sensibilidade aumentada ou simplesmente a morte o chamando. A trava de segurança estalou com um som de galho quebrando. O movimento do ar entrando através de seus dentes soava como um túnel de vento. Seus batimentos pareciam um tambor. E havia uma cantoria aguda, não nos seus ouvidos, mas entre eles, espiralando para cima e para cima, e ele teve uma certeza louca de que era o som de ondas cerebrais...

Garraty se levantou com um movimento convulsivo, gritando. Jogou-se em uma corrida acelerada, deslizando. Seus pés eram feitos de penas. O dedo do soldado se contraiu no gatilho e ficou branco. Ele olhou para o computador na cintura, um dispositivo que incluía um sonar pequeno e sofisticado. Garraty tinha lido um artigo sobre isso na *Popular Mechanics*. O dispositivo lia a velocidade de um único competidor de forma tão precisa quanto possível, com quatro casas decimais.

O soldado afrouxou o dedo.

Garraty reduziu para uma caminhada rápida, a boca seca como algodão, o coração disparado na velocidade de um martelo hidráulico.

Brilhos brancos irregulares pulsavam na frente dos olhos dele, e por um momento horrível ele teve certeza de que desmaiaria. Passou. Seus pés, parecendo furiosos com o descanso merecido que parecia lhes ter sido negado, gritaram com ele. Ele trincou os dentes e aguentou a dor. O músculo da coxa esquerda ainda estava tremendo de forma alarmante, mas ele não estava mancando. Até ali.

Ele olhou para o relógio. Eram 14h17. Durante uma hora, estaria a menos de dois segundos da morte.

— De volta à terra dos vivos — disse Stebbins quando ele o alcançou.

— Claro — disse Garraty, entorpecido.

Sentiu uma onda repentina de ressentimento. Eles teriam continuado andando mesmo que ele tivesse ganhado o bilhete. Não derramariam lágrimas por ele. Só um nome e um número a serem incluídos nos registros oficiais: GARRATY, RAYMOND, Nº 47, ELIMINADO NO QUILÔMETRO 351. E um artigo de interesse geral nos jornais estaduais por alguns dias. GARRATY MORTO; "O GAROTO DO MAINE" SE TORNA O 61º A CAIR!

— Espero que eu vença — murmurou Garraty.

— Você acha que vai vencer?

Garraty pensou no rosto do soldado louro. Tinha demonstrado tanta emoção quanto um prato de batatas.

— Duvido — disse ele. — Já tenho três advertências. Isso significa que estou fora, né?

— Essa última podemos chamar de escorregão — disse Stebbins. Ele estava olhando para os próprios pés de novo.

Garraty acelerou os próprios pés, sua margem de dois segundos parecendo uma pedra na cabeça. Não haveria advertência dessa vez. Nem mesmo tempo para alguém dizer "É melhor você acelerar, Garraty, você vai se ferrar".

Ele alcançou McVries, que olhou para o lado.

— Achei que você estivesse fora, garoto — disse McVries.

— Eu também.

— Foi perto assim?

— Uns dois segundos, acho.

McVries soltou um assovio silencioso.

— Acho que eu não ia gostar de estar no seu lugar agora. Como está a perna?

— Melhor. Olha, não posso conversar. Vou lá pra frente por um tempo.

— Isso não ajudou Harkness em nada.

Garraty balançou a cabeça.

— Preciso garantir que vou estar acima da velocidade.

— Tudo bem. Quer companhia?

— Se você tiver energia…

McVries riu.

— Eu tenho tempo se você tiver grana, meu bem.

— Então vamos. Vamos acelerar enquanto ainda tenho disposição.

Garraty acelerou o passo até suas pernas estarem a ponto de se rebelarem, e ele e McVries avançaram rápido entre os competidores da vanguarda. Havia um espaço entre o garoto que estava andando em segundo, um menino de membros compridos e cara de mau chamado Harold Quince, e o sobrevivente dos dois meninos de couro, Joe. Mais de perto, a pele dele era de um tom de bronze surpreendente. Seus olhos encaravam o horizonte com firmeza, e as feições não tinham expressão. Os muitos zíperes da jaqueta tilintavam, como o som de música distante.

— Oi, Joe — disse McVries, e Garraty teve uma vontade histérica de acrescentar "O que você sabe?".

— Oi — disse Joe, seco.

Passaram por ele e ficaram com a estrada para si, uma ampla faixa dupla de concreto com manchas de óleo e interrompida pelo canteiro central gramado, ladeada de ambos os lados por um muro regular de pessoas.

— Em frente, sempre em frente — disse McVries. — Soldados cristãos, marchando como se para a guerra. Já ouviu essa, Ray?

— Que horas são?

McVries olhou para o relógio.

— São duas e vinte. Olha, Ray, se você vai…

— Meu Deus, só isso? Eu achei... — Ele sentiu o pânico subindo pela garganta, oleoso e denso. Ele não conseguiria. A margem era apertada demais.

— Olha, se você ficar pensando no tempo, vai ficar maluco e vai tentar correr pra multidão e vão atirar em você como se você fosse um cachorro. Vão atirar em você com a língua pra fora e baba escorrendo pelo queixo. Tenta esquecer.

— Eu não consigo. — Tudo estava se acumulando dentro dele, fazendo com que ele se sentisse tenso e com calor e enjoado. — Olson... Scramm... eles morreram. Davidson morreu. Eu também posso morrer, Pete! Agora eu acredito nisso. Está fungando no meu cangote, porra!

— Pensa na sua garota. Jan sei lá de quê. Ou na sua mãe. Ou no seu maldito gatinho. Ou não pensa em nada. Só coloca um pé na frente do outro. Só continua andando pela estrada. Se concentra nisso.

Garraty lutou para se controlar. Talvez tenha até conseguido um pouco. Mas estava surtando mesmo assim. Suas pernas não queriam mais reagir tranquilamente às ordens da mente, pareciam tão velhas e trêmulas quanto lâmpadas antigas.

— Ele não vai durar muito mais — disse uma mulher na primeira fila em tom bem audível.

— Suas tetas não vão durar muito mais! — respondeu Garraty com rispidez, e a multidão comemorou. — Essas pessoas são todas malucas — murmurou Garraty. — São realmente malucas. Pervertidas. Que horas são, McVries?

— Qual foi a primeira coisa que você fez quando recebeu a carta de confirmação? — perguntou McVries, baixinho. — O que você fez quando soube que estava mesmo dentro?

Garraty franziu a testa, passou o antebraço rapidamente na testa e deixou a mente livre do presente suado e apavorante para voltar àquele lampejo de passado.

— Eu estava sozinho. Minha mãe trabalha. Era uma tarde de sexta. A carta estava na caixa de correspondência e tinha um carimbo de Wilmington, Delaware, então eu soube que devia ser isso. Mas eu tinha certeza de que tinha sido reprovado no exame físico ou no mental ou em ambos. Precisei ler duas vezes. Não tive um ataque de alegria, mas fiquei satisfeito. De verdade. E confiante. Meus pés não estavam doendo na hora, e eu não estava com a sensação de que alguém tinha enfiado um ancinho com cabo quebrado nas minhas costas. Eu era um em um milhão. Não fui inteligente para perceber que a mulher gorda do circo também é.

Ele parou por um momento, pensando, sentindo o cheiro do começo de abril antes de continuar:

— Eu não podia recuar. Havia gente demais olhando. Acho que deve funcionar do mesmo jeito pra praticamente todo mundo. É uma das formas de eles desequilibrarem o jogo, sabe. Eu deixei a data de desistência, 15 de abril, passar, e no dia seguinte deram um jantar oficial pra mim na prefeitura. Todos os meus amigos foram, e depois da sobremesa todos começaram a gritar "Discurso! Discurso!". Eu me levantei e resmunguei qualquer coisa olhando pras minhas mãos, falei que faria o melhor que pudesse se entrasse, e todos aplaudiram loucamente. Parecia que eu tinha feito o Discurso de Gettysburg. Sabe o que eu quero dizer?

— Sim, eu sei — disse McVries. Riu, mas seus olhos estavam sombrios.

Atrás deles, as armas soaram de repente. Garraty deu um pulo convulsivo e quase ficou paralisado. De alguma forma, continuou andando. Instinto cego desta vez, pensou ele. E da próxima?

— Filho da puta — disse McVries baixinho. — Foi o Joe.

— Que horas são? — perguntou Garraty, e, antes que McVries pudesse responder, lembrou que estava de relógio. Eram 14h38. Meu Deus. Sua margem de dois segundos parecia um peso nas costas.

— Ninguém tentou te convencer a desistir? — perguntou McVries. Eles estavam bem à frente dos demais, uns cem metros à frente de Harold Quince. Um soldado tinha sido enviado para tomar conta deles. Garraty estava bem feliz de não ter sido o cara louro.

— Ninguém tentou te convencer a usar a data final de 31 de abril?

— Não no começo. Minha mãe e Jan e o dr. Patterson, que é o amigo colorido da minha mãe, sabe como é, eles fazem companhia um para o outro há uns cinco anos, eles só ficaram atenuando o assunto no começo. Ficaram satisfeitos e orgulhosos porque a maioria dos garotos do país com mais de doze anos faz o teste, mas só um a cada cinquenta passa. E isso ainda deixa milhares de garotos, e eles podem usar duzentos, cem competidores e cem reservas. E não tem mérito algum em ser escolhido, você sabe.

— Claro, eles sorteiam os nomes daquela merda de recipiente. Um espetáculo da televisão. — A voz de McVries falhou um pouco.

— É. O major sorteia os duzentos nomes, mas eles não dizem nada além dos nomes em si. A gente não sabe se é competidor ou só reserva.

— E só tem notificação de qual será na última data de desistência — concordou McVries, falando como se a data de desistência final tivesse sido anos antes e não só quatro dias. — É, gostam de favorecer o lado deles.

Alguém na plateia tinha acabado de soltar um amontoado de balões. Eles flutuaram para o céu em um arco de vermelhos, azuis, verdes e amarelos que foi se dissolvendo. O vento sul os soprou com velocidade debochada, fácil.

— Acho que sim — disse Garraty. — A gente estava vendo televisão quando o major sorteou os nomes, eu fui o número 73 a ser retirado. Quase caí da cadeira. Não consegui acreditar.

— Não, não podia ser *você* — concordou McVries. — Coisas assim sempre acontecem com os outros.

— É, a sensação é essa. Foi nessa hora que todo mundo veio pra cima de mim. Não foi como na primeira data de desistência, quando houve um monte de discursos e flores. Jan…

Ele parou de falar. Por que não? Já tinha contado todo o resto. Não importava. Ou ele ou McVries estaria morto antes que aquilo acabasse. Provavelmente, os dois.

— Jan disse que iria até o fim comigo, a qualquer momento, de qualquer jeito, com a frequência que eu quisesse se eu usasse a data de desistência de 31 de abril. Eu falei que isso me faria me sentir um oportunista e um canalha, e ela ficou com raiva de mim e disse que era melhor do que me sentir morto, e aí chorou muito. E suplicou.

— Garraty olhou para McVries. — Sei lá. Qualquer outra coisa que ela tivesse me pedido, eu teria tentado fazer. Mas isso... não tinha como. Era como se houvesse uma pedra entalada na minha garganta. Depois de um tempo, ela soube que eu não podia dizer "Beleza, tudo bem, vou ligar pro zero oitocentos". Acho que ela começou a entender. Talvez tão bem quanto eu, que Deus sabe que não era, não é muito bem.

"Aí foi a vez do dr. Patterson começar. Ele é especialista em diagnóstico e tem uma mente lógica impressionante. Ele disse: 'Olha só, Ray. Por estar no grupo principal e no de reservas, sua chance de sobrevivência é de cinquenta pra um. Não faz isso com a sua mãe, Ray'. Eu fui educado com ele tanto quanto pude, mas acabei mandando ele me deixar em paz. Falei que sabia que a chance de ele se casar com a minha mãe era bem pequena, mas não o vi desistindo por causa disso."

Garraty passou as duas mãos pelo cabelo duro como palha. Ele tinha se esquecido da margem de dois segundos.

— Meu Deus, como ele ficou com raiva. Reclamou e resmungou e me disse que, já que eu queria partir o coração da minha mãe, era pra ir em frente. Ele disse que eu era tão insensível quanto um... um carrapato de madeira, acho que foi o que ele disse, insensível como um carrapato de madeira, talvez seja um dito da família dele, sei lá. Ele me perguntou como era fazer aquilo com a minha mãe e com uma garota legal como a Jan. Eu respondi com minha lógica indiscutível.

— Ah, é? — disse McVries, sorrindo. — E qual foi?

— Falei que, se ele não me desse um tempo, eu ia bater nele.

— E a sua mãe?

— Ela não falou muito. Acho que não estava conseguindo acreditar. E tinha uma ideia do que eu ganharia se vencesse. O Prêmio, tudo que você quiser pelo resto da sua vida, isso meio que a cegou, acho. Eu tive um irmão, Jeff. Ele morreu de pneumonia quando tinha seis anos e... É cruel, mas eu não sei se a gente teria se dado bem caso ele tivesse sobrevivido. E... acho que ela ficava pensando que eu poderia desistir se eu entrasse no grupo principal. O major é um homem bom. Foi o que ela disse. Tenho certeza de que ele deixaria você sair se entendesse as circunstâncias. Mas os Pelotões levam quem tenta pular fora de uma Longa Marcha com a mesma rapidez que levam quem tentar falar algo contra ela. E aí, recebi a ligação e soube que era um competidor. Estava no grupo principal.

— Eu não.

— Não?

— Não. O número 12 dos competidores originais usou a desistência do dia 31 de abril. Eu era o reserva do número 12. Recebi a ligação depois das onze da noite, quatro dias atrás.

— Meu Deus! É mesmo?

— Aham. Foi por pouco assim.

— Isso não te deixa... amargo?

McVries só deu de ombros.

Garraty olhou o relógio. Eram 15h02. Ele ficaria bem. Sua sombra, aumentando no sol da tarde, pareceu se mover com um pouco mais de confiança. Era um dia agradável e bonito de primavera. Sua perna parecia estar bem agora.

— Você ainda pensa que talvez possa simplesmente... se sentar? — perguntou ele a McVries. — Você durou mais do que a maioria. Mais do que sessenta e um competidores.

— Quantos você e eu superamos não importa, acho. Chega uma hora em que a vontade acaba. Não importa o que eu *acho*, entende? Eu me divertia pintando com tinta a óleo. E eu não era ruim. Mas certo dia, bingo. Não foi passando aos poucos, simplesmente acabou. Eu não tive vontade de continuar nem mais um minuto. Fui pra cama uma noite gostando de pintar e, quando acordei, a vontade tinha sumido.

— Ficar vivo não se qualifica como hobby.

— Não sei, viu. E os mergulhadores que só usam snorkel? E os caçadores de animais grandes? Os alpinistas? Até um operário idiota qualquer cuja ideia de diversão é arrumar brigas na noite de sábado? Todas essas coisas reduzem ficar vivo a um hobby. É parte do jogo.

Garraty não disse nada.

— Melhor acelerar um pouco — disse McVries delicadamente. — A gente está perdendo velocidade. Não podemos deixar isso acontecer.

Garraty acelerou.

— Meu pai é dono da metade de um cinema drive-in — disse McVries. — Ele ia me amarrar e colocar uma mordaça em mim no porão embaixo da bomboniere pra me impedir de vir, com ou sem os Pelotões.

— O que você fez? Venceu seu pai pelo cansaço?

— Não houve tempo pra isso. Quando a ligação chegou, nós só tivemos dez horas. Mandaram um avião e um carro alugado pro aeroporto de Presque Isle. Ele reclamou e protestou e fiquei sentado assentindo e concordando, e pouco tempo depois bateram na porta, e, quando a minha mãe abriu, dois soldados enormes e com a aparência mais cruel do mundo estavam lá. Cara, eles eram tão feios que teriam feito relógios pararem. Meu pai deu uma olhada neles e disse: "Petie, melhor você subir e pegar sua mochila de escoteiro". — McVries balançou a mochila nos ombros e riu da lembrança. — E quando nos demos conta, estávamos naquele avião, até minha irmãzinha Katrina. Ela só tem quatro anos. Nós pousamos às três da manhã e dirigimos até a largada. Acho que a Katrina foi a única que entendeu. Ela ficava dizendo "Petie vai viver uma aventura". — McVries agitou as mãos de um jeito estranhamente incompleto. — Eles estão em um motel em Presque Isle. Não querem ir pra casa antes que isso acabe. Aconteça o que acontecer.

Garraty olhou para o relógio. Eram três e vinte da tarde.

— Obrigado — disse ele.

— Por salvar sua vida de novo? — McVries riu, alegre.

— Sim, isso mesmo.

— Tem certeza de que isso seria um favor?

— Não sei. — Garraty fez uma pausa. — Mas vou te contar uma coisa. Nunca mais vai ser a mesma coisa pra mim. O limite de tempo. Mesmo quando estamos andando sem advertências, só há dois minutos entre você e o interior de uma cerca de cemitério. Não é muito tempo.

Como se combinado, as armas rugiram. O competidor esburacado emitiu um som alto e gorgolejante, como um peru agarrado de repente por um fazendeiro de passos silenciosos. Os espectadores fizeram um som baixo que podia ter sido um suspiro ou gemido ou uma liberação quase sexual de prazer.

— Não é muito tempo mesmo — concordou McVries.

Eles andaram. As sombras foram ficando mais compridas. Casacos apareceram na multidão como se um mágico os tivesse conjurado de dentro de um chapéu de seda. Em um determinado momento, Garraty sentiu um cheiro quente de fumaça de cachimbo que trouxe uma lembrança escondida e agridoce do pai. Um cachorro fugiu de alguém e correu para a estrada, a guia de plástico vermelho arrastada no chão, a língua rosa pendendo da boca, pontinhos de baba na mandíbula. Ele latiu, correu atrás do cotoco de rabo como se estivesse embriagado e levou um tiro quando atacou Pearson, que xingou com raiva o soldado que tinha atirado no animal. A força da bala de alto calibre o jogou para perto dos espectadores, e ele ficou caído com olhar vidrado, ofegando e tremendo. Ninguém pareceu ansioso para ir buscá-lo. Um garotinho passou pela polícia, foi para a pista da esquerda da estrada e ficou ali parado, chorando. Um soldado avançou para cima dele. Uma mãe gritou em tom estridente no meio da multidão. Por um momento horrorizado, Garraty pensou que o soldado ia atirar no garoto como tinha atirado no cachorro, mas o soldado só empurrou o garotinho para o meio das pessoas com indiferença.

Às seis da tarde, o sol tocou no horizonte e deixou o céu do oeste laranja. O ar ficou frio. Golas foram levantadas. Espectadores bateram os pés e esfregaram as mãos.

Collie Parker registrou sua reclamação de sempre sobre o maldito clima do Maine.

Às quinze para as nove da noite, estaremos em Augusta, pensou Garraty. Só um pulinho de lá até Freeport. Ele foi tomado por uma tristeza profunda. E depois? Você vai ter dois minutos para vê-la, isso se nem a encontrar na multidão... Tomara Deus que isso não aconteça. E depois? Vai desistir?

Ele teve uma certeza súbita de que Jan e sua mãe não estariam lá mesmo. Só as pessoas com quem ele tinha estudado, ansiosas para ver o louco suicida com o qual haviam convivido sem saber. E a Associação Beneficente da igreja. As mulheres da Associação Beneficente da igreja estariam lá. Tinham organizado um chá da tarde para ele duas noites antes de a Marcha começar. Daquele jeito antigo.

— Vamos começar a chegar para trás — disse McVries. — Podemos fazer isso devagar. Até ficar perto do Baker. Aí a gente entra em Augusta juntos. Os Três Mosqueteiros originais. O que você acha, Garraty?

— Tudo bem — disse Garraty. Parecia uma boa ideia.

Eles foram ficando para trás um pouco de cada vez, até deixar Harold Quince com seu rosto sinistro liderando o grupo. Eles sabiam que estavam de volta com o pessoal deles quando Abraham, no meio da escuridão crescente, perguntou:

— Vocês decidiram voltar e visitar seus pobres amigos?

— Meu Deus, ele se parece mesmo com ele — disse McVries, olhando para o rosto cansado e com barba de três dias de Abraham. — Principalmente nesta luz.

— Oitenta e sete anos atrás... — entoou Abraham, e por um momento sinistro pareceu que um espírito tinha possuído o Abraham de dezessete anos. — Nossos pais deram à luz este continente... Ah, porra, esqueci o resto. Nós todos tivemos que decorar pra aula de história do oitavo ano pra poder tirar um A.

— Rosto de um fundador do país e a mentalidade de um burro com sífilis — disse McVries com tristeza. — Abraham, como você se meteu numa merda como isto aqui?

— Me vangloriando — disse Abraham imediatamente.

Ele começou a falar, mas as armas o interromperam. Houve o baque de saco de cartas familiar.

— Esse foi Gallant — die Baker, olhando para trás. — Ele passou o dia parecendo um morto-vivo.

— Se vangloriando — refletiu Garraty e riu.

— Claro. — Abraham passou a mão pela bochecha e coçou o vão cavernoso embaixo de um olho. — Lembram da redação?

Todos assentiram. Uma redação respondendo *Por que você se sente qualificado para participar da Longa Marcha?* era parte padrão do psicotécnico do exame. Garraty sentiu uma coisa quente escorrendo do calcanhar direito e se perguntou se era sangue, pus, suor ou todas as anteriores. Não parecia haver dor, apesar da sensação da meia furada naquele ponto.

— Bom, a questão foi — disse Abraham — que não me senti particularmente qualificado para participar de nada. Eu fiz o exame totalmente por impulso. Eu estava indo pro cinema e por acaso passei pelo ginásio onde estava acontecendo o teste. Precisa mostrar a carteira de trabalho pra entrar, sabe. Eu por acaso estava com a minha naquele dia. Se não estivesse, não teria ido pra casa buscar. Só teria ido pro cinema e não estaria aqui agora, morrendo em tão boa companhia.

Eles pensaram sobre aquilo em silêncio.

— Eu fiz o exame físico e passei rapidamente pelas questões objetivas, e aí vi as três páginas em branco no fim do caderno. "Responda à pergunta da forma mais objetiva e honesta que puder, sem usar mais de mil e quinhentas palavras." "Ah, merda", pensei. O resto foi divertido. Um monte de perguntas de merda.

— É, "Com que frequência você defeca?" — disse Baker, seco. — "Você já usou rapé?"

— É, é, coisas assim — concordou Abraham. — Eu tinha me esquecido da pergunta idiota do rapé. Eu fiz tudo rapidinho, na ordem, sabe, e aí dei de cara com aquela redação sobre por que eu me sentia qualificado pra participar. Não consegui pensar em nada. Finalmente, um babaca de uniforme do exército passou andando e dizendo: "Cinco minutos. Terminem, pessoal." E eu escrevi: "Eu me sinto qualificado para participar da Longa Marcha porque sou um FDP inútil e o mundo ficaria melhor sem mim, a não ser que eu consiga vencer e ficar rico, e nesse caso eu compraria um Vangógui pra botar em todos os quartos da minha mansão e contrataria sessenta putas de alto nível e não incomodaria ninguém". Pensei nisso por um minuto e acrescentei entre parênteses: "(Eu pagaria aposentadoria por idade pra todas as minhas putas de alto nível.)". Achei que isso ia ferrar com eles. Um mês depois, quando já tinha esquecido a história toda, recebi uma carta dizendo que tinha entrado. Quase caguei na calça jeans.

— Mas aí você foi até o fim? — perguntou Collie Parker.

— Pois é, é difícil de explicar. A questão foi que todo mundo achou uma grande piada. Minha namorada queria fotografar a carta e transformar em camiseta no Shirt Shack, como se achasse que eu tinha feito a maior pegadinha do século. Foi assim com todo mundo. As pessoas me parabenizavam e sempre tinha alguém dizendo coisas como "Ei, Abe, você passou a perna no major, né?". Foi engraçado e eu deixei rolar. Estou falando — disse Abraham com um sorriso mórbido —, virou uma grande piada. Todo mundo achou que eu ia passar a perna no major até o final. E foi isso que eu fiz. Certa manhã, acordei e estava dentro. Eu era um competidor, o décimo sexto sorteado, na verdade. Acabou que, no fim das contas, foi o major que passou a perna em mim.

Um gritinho bizarro soou entre os competidores, e Garraty olhou para a frente. Uma placa gigantesca com refletor informava: AUGUSTA 16.

— Você poderia morrer de tanto rir, né? — disse Collie.

Abraham olhou para Parker por muito tempo.

— O fundador não achou graça — disse ele, sem emoção.

14

E lembrem–se: se usarem as mãos ou gesticularem com qualquer parte do corpo, vão abrir mão da chance de ganhar dez mil dólares. Apenas listem as dicas. Boa sorte.

Dick Clark
The Ten Thousand Dollar Pyramid

Eles haviam concordado que o emocional deles não podia mais se contrair ou expandir muito. Mas, ao que parecia, pensou Garraty, cansado, enquanto andavam na escuridão intensa pela U.S. 202 depois de deixar Augusta um quilômetro e meio para trás, não era bem assim. Como um violão maltratado usado por um músico insensível, as cordas não estavam arrebentadas, só desafinadas, dissonantes e caóticas.

Augusta não tinha sido como Oldtown. Oldtown fora uma falsa Nova York caipira. Augusta era uma cidade nova, uma cidade de foliões malucos que só saem para curtir uma vez por ano, uma cidade de festa cheia de um milhão de bêbados dançantes e cucos e maníacos radicais.

Eles tinham ouvido e visto Augusta bem antes de chegarem lá. A imagem de ondas batendo em uma margem distante voltou a Garraty várias vezes. Ouviram a multidão a oito quilômetros de distância. As luzes pintavam o céu com um brilho pastel similar a uma bolha, assustador e apocalíptico, que fez Garraty lembrar de fotos da blitz aérea alemã na costa leste americana nos últimos dias da Segunda Guerra Mundial que tinha visto em livros de história.

Eles se entreolharam, inquietos, e se aproximaram uns dos outros como garotinhos em uma tempestade ou vacas em uma nevasca. Havia uma vermelhidão dolorosa naquele som de Multidão cada vez maior. Uma fome que era entorpecedora. Garraty teve uma imagem vívida e assustadora do grande deus Multidão subindo da enseada de Augusta com pernas vermelhas de aranha e devorando todos eles vivos.

A cidade em si tinha sido engolida, estrangulada e enterrada. Em um sentido bem real, não havia Augusta e não havia mais mulheres gordas, nem garotas bonitas, nem homens pomposos, nem crianças de fralda molhada abanando nuvens fofinhas de algodão doce. Não havia italiano agitado jogando fatias de melancia. Só a Multidão, a criatura sem corpo, sem cabeça, sem mente. A Multidão era uma só Voz e um só Olho, e não era surpreendente a Multidão ser ao mesmo tempo Deus e Mammon. Garraty sentia. Ele sabia que os outros estavam sentindo. Era como andar entre postes eletrificados gigantes, sentindo o formigar e os choques deixando todos os fios de cabelo em pé, fazendo a língua tremer loucamente na boca, fazendo os olhos parecerem estalar e disparar fagulhas conforme rolavam em seus leitos úmidos. A Multidão precisava ser satisfeita. A Multidão precisava ser idolatrada e temida. No fim das contas, um sacrifício seria feito para a Multidão.

Eles seguiram em meio a pilhas de confete até os tornozelos. Eles se perderam e se encontraram em uma nevasca de papel picado de revista. Garraty pegou um pedaço de papel no ar escuro e louco e se viu olhando para uma propaganda de fisiculturismo de Charles Atlas. Pegou outro e ficou cara a cara com John Travolta.

E, no auge da empolgação, no alto daquela primeira colina da 202, com vista para a via expressa lotada e a cidade engolida e abarrotada aos seus pés, o feixe de luz de dois enormes holofotes roxo-esbranquiçados cortava o ar à frente deles, e o major estava lá, afastando-se deles no jipe como uma alucinação, sustentando a continência com a firmeza de um mastro, incrível e fantasticamente alheio à multidão em estertores gigantescos de esforço em volta dele.

E os competidores... As cordas das emoções deles não estavam arrebentadas, só muito desafinadas. Tinham comemorado loucamente com vozes roucas e inaudíveis, os trinta e sete que tinham sobrado. A multidão não tinha como saber que eles estavam comemorando, mas sabia. De alguma forma, entendia que o ciclo de adoração da morte e desejo pela morte tinha se fechado por mais um ano, e a multidão ficou completamente enlouquecida, convulsionando em paroxismos cada vez maiores. Garraty sentia uma dor aguda e perfurante no lado esquerdo do peito, mas não conseguia parar de comemorar, apesar de entender que estava seguindo na direção da beira do desastre.

Um competidor de olhar evasivo chamado Milligan salvou todos ao cair de joelhos, com os olhos bem fechados e as mãos apertando as têmporas, como se estivesse tentando segurar o cérebro lá dentro. Caiu para a frente de cara no chão, ralando a ponta do nariz no asfalto como giz macio em um quadro-negro áspero (que incrível, pensou Garraty, esse garoto está gastando o nariz na estrada), e aí Milligan foi misericordiosamente abatido. Depois disso, os competidores pararam de comemorar. Garraty estava morrendo de medo da dor no peito, que estava melhorando só um pouco. Ele prometeu que era o fim da loucura.

— A gente está chegando perto da sua garota? — perguntou Parker.

Ele não tinha enfraquecido, mas tinha abrandado. Garraty até estava gostando dele.

— Uns oitenta quilômetros. Talvez uns noventa e cinco. Mais ou menos.

— Você é um filho da puta de sorte, Garraty — disse Parker, melancólico.

— Sou? — Ele estava surpreso. Virou-se para ver se Parker estava rindo dele. Parker não estava rindo.

— Você vai ver sua garota e sua mãe. Quem eu vou ver entre agora e o fim? Ninguém além desses porcos. — Apontou para a multidão com o dedo do meio, que pareceu entender o gesto como uma saudação e gritou delirantemente. — Estou com saudade de casa. E com medo. — De repente, o competidor gritou para a multidão: — *Porcos! Seus porcos!* — As pessoas gritaram para ele com alegria, mais alto ainda.

— Eu também estou com medo. E com saudade de casa. Eu... Digo, *nós*... — Ele procurou as palavras. — Todos nós estamos muito longe de casa. A estrada nos mantém longe. Eu posso até ver as duas, mas não vou poder tocar nelas.

— As regras dizem...

— Eu sei o que as regras dizem. Contato corporal com quem eu quiser, desde que eu não saia da estrada. Mas não é a mesma coisa. Tem um muro.

— É fácil pra caralho pra você falar. Você vai vê-las de qualquer jeito.

— Talvez isso só piore as coisas — disse McVries, que tinha se aproximado em silêncio por trás deles.

Haviam acabado de passar por uma luz amarela piscando no cruzamento de Winthrop. Garraty conseguia ver o reflexo surgindo e sumindo no asfalto depois de passarem, um olho amarelo terrível se abrindo e se fechando.

— Vocês são todos loucos — disse Parker, dócil. — Eu vou sair daqui. — Ele aumentou a velocidade, e logo tinha quase desaparecido nas sombras.

— Ele acha que a gente está gamado um no outro — disse McVries, achando graça.

— Ele *o quê?* — Garraty levantou a cabeça de súbito.

— Ele não é um cara ruim — disse McVries, pensativo. Virou para Garraty com um olhar de diversão no rosto. — Talvez ele até esteja meio certo. Talvez tenha sido por isso que salvei a sua pele. Talvez eu esteja gamado em você.

— Com essa cara que eu tenho? Achava que os pervertidos como você gostavam do tipo mais delicado. — Ainda assim, Garraty ficou incomodado de repente.

Subitamente, de um jeito meio chocante, McVries perguntou:

— Você me deixaria bater uma punheta pra você?

Garraty arquejou.

— Que porra...

— Ah, cala a boca — disse McVries com irritação. — Onde você arruma toda essa merda moralista? Eu não vou nem facilitar a sua vida dizendo se estou brincando. Mas e aí?

Garraty sentiu uma secura grudenta na garganta. A questão era que ele queria ser tocado. Se ele era gay, se não era, isso não parecia importar agora que estavam todos ocupados morrendo. A única coisa que importava era McVries. Ele não queria que McVries o tocasse, não daquele jeito.

— Bom, você salvou a minha vida… — Garraty deixou a frase no ar.

McVries riu.

— Eu devia me sentir um aproveitador porque você me deve uma coisa e eu estou tirando vantagem? É isso?

— Faça o que quiser — disse Garraty, seco. — Mas para de joguinhos.

— Isso quer dizer sim?

— O que você quiser! — gritou Garraty. Pearson, que estava olhando quase hipnotizado para os próprios pés, levantou o olhar, sobressaltado. — O que você quiser, porra! — repetiu Garraty.

McVries riu de novo.

— Você é legal, Ray. Não duvida disso nunca. — Ele deu um tapa no ombro de Garraty e recuou.

Garraty ficou olhando para o outro garoto, intrigado.

— Ele não tem limite — disse Pearson com a voz cansada.

— Hã?

— Quase quatrocentos quilômetros — gemeu Pearson. — Meus pés parecem chumbo com veneno dentro. Minhas costas estão queimando. E esse doente do McVries não tem limite. Ele parece um homem faminto engolindo laxantes.

— Ele quer se machucar, você acha?

— Meu Deus, o que você acha? Ele devia estar usando uma plaquinha escrito BATE COM FORÇA. Eu queria saber o que ele está tentando compensar.

— Sei lá — disse Garraty.

Ia acrescentar outra coisa, mas viu que Pearson não estava mais ouvindo. Ele estava olhando para os pés de novo, as feições cansadas repuxadas em linhas de horror. Ele tinha perdido os sapatos. As meias esportivas brancas sujas nos pés dele faziam arcos cinzentos no escuro.

Passaram por uma placa que dizia LEWISTON 51 e, um quilômetro e meio depois disso, por um letreiro elétrico em arco que proclamava GARRATY 47 com letras feitas de lâmpadas.

Garraty queria cochilar, mas não conseguiu. Sabia o que Pearson queria dizer quando tinha falado das costas. A coluna dele parecia uma vara incandescente. Os músculos da parte de trás das pernas eram feridas abertas e quentes. A dormência nos pés estava sendo substituída por uma agonia bem mais intensa e definida do que qualquer outra que ele tivesse sentido antes. Não estava mais com fome, mas comeu alguns concentrados mesmo assim. Vários competidores não passavam de esqueletos cobertos de pele, horrores de campos de concentração. Garraty não queria ficar daquele jeito... mas é claro que estava mesmo assim. Passou a mão pela lateral do corpo e tocou xilofone nas costelas.

— Eu não ouço falar de Barkovitch tem um tempo — disse ele, fazendo um esforço para tirar Pearson daquela concentração horrenda; era parecida demais com uma reencarnação de Olson.

— Não. Alguém disse que ele teve uma cãibra quando a gente estava em Augusta.

— Ah, é?

— Foi o que disseram.

Garraty teve uma vontade súbita de ir ficando para trás e dar uma conferida em Barkovitch. Foi difícil encontrar o garoto no escuro e Garraty ganhou uma advertência, mas acabou vendo Barkovitch, agora no pelotão da retaguarda. Barkovitch estava mancando e arrastando os pés, o rosto em linhas repuxadas de concentração. Os olhos estavam apertados de um jeito que pareciam moedas vistas de lado. O casaco tinha sumido. Ele estava falando sozinho em um tom baixo e tenso.

— Oi, Barkovitch — disse Garraty.

Barkovitch tremeu, tropeçou e ganhou a terceira advertência.

— Pronto! — gritou Barkovitch com irritação. — Pronto, viu o que você fez? Você e seus amigos fodões estão satisfeitos agora?

— Você não parece estar muito bem — disse Garraty.

Barkovitch abriu um sorriso malicioso.

— É tudo parte do Plano. Lembra quando eu contei sobre o Plano? Você não acreditou em mim. Olson não acreditou. Davidson também não. Nem Gibble. — A voz de Barkovitch diminuiu até virar um sussurro suculento, carregado de saliva. — Garraty, eu danceeeeeeei nos túmulos deles!

— Sua perna está doendo? — perguntou Garraty baixinho. — Não é horrível?

— Só faltam trinta e cinco pra superar. Todos vão cair hoje. Você vai ver. Não vai ter nem uma dúzia na estrada quando o sol nascer. Você vai ver. Você e seus amigos malandros, Garraty. Todos mortos de manhã. Mortos até a *meia-noite.*

Garraty se sentiu muito forte de repente. Ele sabia que Barkovitch iria em breve. Teve vontade de sair correndo, com rins doloridos e coluna queimando e pés gritando e tudo, sair correndo para contar ao McVries que ele poderia cumprir a promessa.

— O que você vai pedir? — perguntou Garraty em voz alta. — Quando você vencer?

Barkovitch abriu um sorriso alegre, como se estivesse esperando a pergunta. Na luz incerta, o rosto dele pareceu se amassar e se espremer, como se empurrado e socado por mãos gigantes.

— Pés de plástico — sussurrou ele. — Pés de pláááástico, Garraty. Vou mandar cortar esses aqui, que se fodam eles se não aguentam uma piada. Vou mandar colocar pés novos de plástico e botar esses aqui em uma máquina de lavar de lavanderia e vou ficar olhando enquanto eles giram e giram...

— Eu achei que você talvez fosse pedir amigos — disse Garraty com tristeza. Uma sensação inebriante de triunfo, sufocante e arrebatadora, cresceu nele.

— Amigos?

— Porque você não tem nenhum — disse Garraty com pena. — Nós todos vamos ficar felizes de te ver morrer. Ninguém vai sentir falta de *você*, Gary. Talvez eu ande atrás de você e cuspa no seu cérebro depois que o explodirem na estrada. Talvez eu faça isso. Talvez todos nós façamos. — Era loucura, loucura, como se a cabeça dele toda estivesse voando, era como quando ele tinha batido com o rifle de ar no Jimmy, o sangue... Jimmy gritando... a cabeça dele tinha ficado inebriada e quente com a justiça selvagem e primitiva do ato.

— Não me odeia — choramingou Barkovitch. — Por que você quer me odiar? Eu não quero morrer, tanto quanto você. O que você quer? Que eu peça desculpas? Eu peço! Eu... eu...

— Nós todos vamos cuspir no seu cérebro — disse Garraty loucamente. — Você também quer tocar uma pra mim?

Barkovitch olhou para ele com o rosto pálido, os olhos confusos e vazios.

— Eu... me desculpa — sussurrou Garraty.

Ele se sentia degradado e sujo. Afastou-se rapidamente de Barkovitch. Maldito seja, McVries, pensou ele, por quê? Por quê?

Na mesma hora, as armas rugiram, e dois caíram mortos ao mesmo tempo e um *tinha* que ser Barkovitch, *tinha* que ser. E, desta vez, era culpa de Garraty, ele era o assassino.

Mas Barkovitch estava rindo. Barkovitch estava gargalhando, um som mais alto e mais louco e ainda mais audível do que a loucura da multidão. — Garraty! Gaaarraaaaty! Eu vou dançar no seu túmulo, Garraty! Eu vou dançaaaaar...

— Cala a boca — gritou Abraham. — Cala a boca, seu babaquinha.

Barkovitch parou e começou a chorar.

— Vai para o inferno — murmurou Abraham.

— Agora você conseguiu — disse Collie Parker com reprovação. — Você o fez chorar, Abe, seu menino malvado. Ele vai pra casa e vai contar pra mamãe.

Barkovitch continuou chorando. Era um som vazio e pálido que deixou a pele de Garraty arrepiada. Não havia esperança nele.

— O pentelhinho vai contar pra mamãe? — gritou Quince. — Aaah, Barkovitch, não é uma *pena*?

Deixem o garoto em paz, gritou Garraty em pensamento, deixem o garoto em paz, vocês não têm ideia de quanto ele está sofrendo. Mas que tipo de pensamento hipócrita horrível era aquele? Ele queria que Barkovitch morresse. Era melhor admitir. Queria que Barkovitch amarelasse e batesse as botas.

E Stebbins devia estar lá atrás, rindo de todos.

Garraty se apressou e alcançou McVries, que estava andando e olhando distraído para a multidão. A multidão o fitava com avidez.

— Por que você não me ajuda a decidir? — disse McVries.

— Claro. Qual é o tema de decisão?

— Quem está na jaula. Nós ou eles.

Garraty riu com prazer genuíno.

— Todos nós. E a jaula fica na casa no pardieiro onde o major mora.

McVries não riu junto com Garraty.

— Barkovitch está pirando, não está?

— Acho que sim.

— Eu não quero mais ver. É horrível. E é trapaça. Você constrói tudo em volta de uma coisa… se predispõe a uma coisa… e aí, não quer mais. Não é horrível que as grandes verdades sejam todas mentiras?

— Eu nunca pensei muito nisso. Você percebeu que são quase dez da noite?

— É como treinar salto com vara a vida toda, chegar na Olimpíada e dizer "Pra que eu vou querer pular por cima daquela barra idiota?".

— É.

— Quase dá pra se importar, né? — disse McVries, irritado.

— Está ficando mais difícil me irritar — admitiu Garraty. Ele fez uma pausa. Estava muito incomodado com uma coisa havia um tempo. Baker tinha se juntado a eles. Garraty olhou de Baker para McVries e para Baker de novo. — Vocês viram Olson… viram o cabelo dele? Antes de ele ganhar o bilhete?

— O que tinha o cabelo? — perguntou Baker.

— Estava ficando grisalho.

— Não, isso é loucura — disse McVries, mas de repente pareceu bem assustado. — Não, era poeira ou algo do tipo.

— Estava grisalho — disse Garraty. — Parece que a gente está nesta estrada desde sempre. Foi o cabelo do Olson ficar… ficar daquele jeito que me fez pensar pela primeira vez, mas… talvez isso seja uma espécie meio louca de imortalidade. — O pensamento era terrivelmente deprimente. Ele ficou olhando para a escuridão à frente, sentindo o vento no rosto.

— Eu andei, eu andava, eu andarei, eu terei andado — cantarolou McVries. — Devo traduzir para o latim?

Nós estamos suspensos no tempo, pensou Garraty.

Os pés deles se moviam, mas eles não. O brilho vermelho dos cigarros na multidão, a lanterna ou sinalizador ocasional podiam ser estrelas, constelações estranhamente baixas que marcavam a existência deles para a frente e para trás, rareando até virar nada nas duas direções.

— Aff — disse Garraty, tremendo. — Dá pra ficar maluco.

— Isso mesmo — concordou Pearson, depois riu com nervosismo.

Eles estavam começando a subir um aclive longo e sinuoso. A estrada era de concreto remendado, cruel com os pés. Garraty tinha a impressão de estar sentindo cada pedrinha pela sola fina como papel dos sapatos. O vento ligeiro tinha espalhado embalagens de balas, caixas de pipoca e lixo variado no caminho deles. Em alguns lugares, quase tinham que abrir caminho. Não é justo, pensou Garraty, com dó de si mesmo.

— Como é lá pra frente? — perguntou McVries em tom de quem se desculpa.

Garraty fechou os olhos e tentou elaborar um mapa em pensamento.

— Não me lembro de todas as cidadezinhas. Nós vamos para Lewiston, a segunda maior cidade do estado, maior do que Augusta. Vamos pela via principal. Era rua Lisbon, mas agora é avenida Cotter Memorial. Reggie Cotter foi o único cara do Maine a vencer a Longa Marcha. Foi muito tempo atrás.

— Ele morreu, né? — perguntou Baker.

— É. Teve hemorragia em um olho e terminou a Marcha cego desse olho. Acontece que ele tinha um coágulo no cérebro. Morreu uma semana depois da Marcha. — E, em um esforço débil de tirar o fardo daquilo das costas, Garraty repetiu: — Foi muito tempo atrás.

Ninguém falou por um tempo. Papéis de bala estalavam debaixo dos pés deles como o som de um incêndio distante na floresta. Uma bombinha estourou na multidão. Garraty via uma claridade suave no horizonte que devia ser das cidades gêmeas de Lewiston e Auburn, a terra dos Sussette e Aubuchon e Lavesque, a terra do *Nous parlons français ici*. De repente, Garraty teve um desejo quase obsessivo de mascar um chiclete.

— O que vem depois de Lewiston?

— Vamos seguir pela rodovia 196 e pegar a 126 para Freeport, onde vou ver minha mãe e minha garota. Também é onde vamos pegar a U.S. 1. E vamos ficar nela até acabar.

— A grande rodovia — murmurou McVries.

— Isso.

As armas soaram e todos se sobressaltaram.

— Foi Barkovitch ou Quince — disse Pearson. — Não sei dizer qual... um deles ainda está andando... é...

Barkovitch riu no escuro, um som agudo e gorgolejante, estridente e apavorante.

— Ainda não, suas putas! Eu ainda não fui! Ainda *nãããããããoooo*...

A voz dele foi ficando mais e mais alta. Parecia um alarme de incêndio enlouquecido. E as mãos de Barkovitch subiram de repente como pombas sobressaltadas levantando voo, e ele enfiou as unhas na própria garganta.

— Meu *Deus!* — gritou Pearson, e vomitou em si mesmo.

Eles fugiram dele, fugiram e se espalharam na frente e atrás, e Barkovitch continuou gritando e gorgolejando e enfiando as unhas na goela e andando, o rosto selvagem virado para o céu, a boca uma curva retorcida de escuridão.

Em seguida, o som de alarme de incêndio começou a falhar, e Barkovitch falhou junto. Ele caiu e atiraram nele, morto ou vivo.

Garraty se virou e voltou a andar adiante. Ele estava levemente grato por não ter recebido uma advertência. Viu uma cópia do horror que estava sentindo no rosto de todos ao redor. O papel de Barkovitch naquilo tinha acabado. Garraty pensou que não era um bom presságio para o restante deles, para o futuro deles naquela estrada escura e sangrenta.

— Não estou me sentindo bem — disse Pearson. A voz dele estava seca. Ele teve uma ânsia de vômito e andou curvado por um momento. — Ah. Não estou bem. Ah, Deus. Eu não. Estou. Bem. Ah.

McVries ficou olhando para a frente.

— Eu acho... que queria ser louco — disse ele, pensativo.

Só Baker não disse nada. E isso foi estranho, porque Garraty de repente sentiu um aroma de madressilva. Chegou a ouvir o coaxar dos sapos ao longe. Sentiu o zumbido suado e preguiçoso das cigarras cavando a casca grossa do cipreste para entrar nos dezessete anos de sono sem sonhos. E viu a tia de Baker se balançando, os olhos sonhadores e sorridentes e vazios, sentada na varanda ouvindo a estática e o zumbido e as vozes distantes em um rádio Philco velho com gabinete lascado e rachado de mogno. Balançando-se e balançando-se e balançando-se. Sorrindo, sonolenta. Como um gato que invadiu o galinheiro e está bem satisfeito.

15

Não ligo se você vai ganhar ou perder, contanto que você ganhe.

Vince Lombardi
Ex-técnico principal do Green Bay Packers

A luz do dia nasceu sorrateira por entre um mundo de neblina branco e silencioso. Garraty estava andando sozinho de novo. Nem sabia mais quantos tinham partido durante a noite. Cinco, talvez. Seus pés estavam com dor de cabeça. Enxaquecas horríveis. Ele os sentia inchando cada vez que apoiava o peso neles. Suas nádegas doíam. A coluna era um fogo gélido. Mas seus pés estavam com dor de cabeça e o sangue estava coagulando neles e transformando todas as veias em espaguete *al dente*.

E ainda assim havia uma cobrinha de excitação crescendo nas entranhas dele: estavam a apenas vinte quilômetros de Freeport. Estavam em Porterville, e a multidão mal os via em meio à névoa densa, mas estava cantarolando o nome dele desde Lewiston. Era como a pulsação de um coração gigante.

Freeport e Jan, pensou ele.

— Garraty? — A voz era familiar, mas estava distante. Era McVries. O rosto dele parecia um crânio peludo. Os olhos estavam cintilando febrilmente. — Bom dia — grunhiu McVries. — Nós sobrevivemos pra lutar mais um dia.

— É. Quantos foram na noite de ontem, McVries?

— Seis. — McVries tirou um pote de pasta de bacon do cinto

e começou a enfiar o conteúdo na boca com o dedo. As mãos dele tremiam muito. — Seis depois do Barkovitch. — Ele guardou o pote com o cuidado de um velho paralisado. — Pearson ganhou o bilhete.

— É?

— Não sobraram muitos de nós, Garraty. Só vinte e seis.

— Não, não muitos. — Andar pela neblina era como andar por nuvens sem peso de pó de mariposa.

— E não muitos de *nós*. Os Mosqueteiros. Você e eu e Baker e Abraham. Collie Parker. E Stebbins, se você quiser contá-lo. Por que não? Por que não, porra? Vamos contar Stebbins, Garraty. Seis Mosqueteiros e vinte lanceiros.

— Você ainda acha que eu vou ganhar?

— Sempre fica cheio de neblina assim aqui na primavera?

— O que isso quer dizer?

— Não, eu não acho que você vai ganhar. Vai ser o Stebbins, Ray. Nada o cansa, ele parece feito de diamante. Dizem que Vegas está apostando de nove pra um nele agora que Scramm está fora. Meu Deus, ele está quase igual a quando começamos.

Garraty assentiu, como se já esperasse aquilo. Procurou o tubo de concentrado de carne e começou a comer. O que não daria por um pouco do hambúrguer cru do McVries...

McVries fungou um pouco e limpou o nariz com as costas da mão.

— Não é estranho pra você? Voltar pra sua região natal depois disso tudo?

Garraty sentiu a empolgação se retorcer e girar de novo.

— Não — disse ele. — Parece a coisa mais natural do mundo.

Eles desceram uma longa colina, e McVries olhou para o nada branco que lembrava uma tela de cinema ao ar livre.

— A neblina está piorando.

— Não é neblina — disse Garraty. — É chuva, agora.

A chuva caía suavemente, como se não tivesse intenção de parar por muito tempo.

— Cadê o Baker?

— Lá atrás, em algum lugar — disse McVries.

Sem dizer nada (palavras já eram quase desnecessárias), Garraty começou a ficar para trás. A estrada os levou por uma ilha de tráfego, pelo decadente Centro Recreativo de Porterville com as cinco pistas de boliche, por um prédio todo preto de Vendas do Governo com uma placa na janela com os dizeres MAIO É MÊS DE CONFIRMAÇÃO DO SEXO.

Na neblina, Garraty deixou Baker passar e acabou andando ao lado de Stebbins. Duro como diamante, McVries tinha dito. Mas aquele diamante estava demonstrando algumas pequenas falhas, pensou ele. Andavam em paralelo ao poderoso e poluído rio Androscoggin. Do outro lado, a Porterville Weaving Company, uma indústria têxtil, projetava as chaminés na neblina como um castelo medieval imundo.

Stebbins não ergueu o rosto, mas Garraty sabia que Stebbins sabia que ele estava ali. Não disse nada, tolamente determinado a fazer Stebbins dizer a primeira palavra. A estrada fez outra curva. Por um momento, a multidão sumiu quando eles cruzaram a ponte sobre o Androscoggin. Embaixo dela a água corria e borbulhava, mal-humorada e salgada, vestida com uma espuma amarelada de queijo.

— E aí?

— Poupa o fôlego por um minuto — disse Garraty. — Você vai precisar.

Eles chegaram ao fim da ponte, e a multidão estava com eles de novo quando viraram para a esquerda e começaram a subir a Brickyard Hill. A estrada era longa, íngreme e irregular. O rio fluía abaixo deles, à esquerda, e à direita havia um barranco quase perpendicular. Os espectadores se agarravam às árvores, aos arbustos, uns aos outros, e cantarolavam o nome de Garraty. Uma época, ele tinha saído com uma garota que morava na Brickyard Hill, uma garota chamada Carolyn. Ela havia se casado. Tinha um filho. Talvez o tivesse deixado fazer tudo com ela, mas ele era jovem e bem burro.

Lá na frente, Parker soltou um *porra!* sussurrado e sem fôlego que mal deu para ouvir no meio da multidão. As pernas de Garraty tremeram e ameaçaram virar geleia, mas aquele era o último aclive grande antes de Freeport. Depois disso, não importava. Se ele fosse para o inferno, iria para o inferno. Finalmente, eles chegaram ao cume (Carolyn tinha belos seios, ela costumava usar suéteres de casimira) e Stebbins, ofegando só de leve, repetiu:

— E aí?

As armas rugiram. Um garoto chamado Charlie Field estava fora da Marcha.

— E aí nada — disse Garraty. — Eu estava procurando Baker, mas encontrei você. McVries disse que acha que você vai ganhar.

— McVries é um idiota — disse Stebbins casualmente. — Você acha mesmo que vai ver sua garota, Garraty? No meio de tanta gente?

— Ela vai estar na frente — disse Garraty. — Ela tem um passe.

— A polícia vai estar ocupada demais segurando todo mundo pra levá-la pra frente.

— Isso não é verdade — disse Garraty. Ele falou com rispidez porque Stebbins tinha colocado seu medo mais profundo em palavras. — Por que você diria uma coisa assim?

— É sua mãe que você quer ver de verdade.

Garraty se encolheu subitamente.

— O quê?

— Você não vai se casar com ela quando crescer, Garraty? É o que a maioria dos garotinhos quer.

— Você é louco!

— Sou?

— É!

— O que te faz pensar que você merece vencer, Garraty? Você tem um intelecto de segunda classe, é um espécime com físico de segunda classe e deve ter libido de segunda classe. Garraty, eu apostaria meu cachorro e tudo que tenho que você nunca meteu nessa sua garota.

— Cala essa sua boca, porra!

— Virgem, é? Talvez um pouco gay também? Um interessezinho pelo outro lado? Não tenha medo. Pode conversar com o papai Stebbins.

— Eu vou andar mais que você nem que eu tenha que andar até a Virgínia, seu filho da puta medíocre! — Garraty estava tremendo de raiva. Ele não se lembrava de ter sentido tanto ódio na vida.

— Tudo bem — disse Stebbins de um jeito tranquilizador. — Eu entendo.

— Chupa meu pau! Você...!

— *Esse* é um xingamento interessante. O que te fez usar *essa* expressão?

Por um momento, Garraty teve certeza de que desmaiaria de fúria caso não se jogasse em cima de Stebbins, mas não fez nenhuma das duas coisas.

— Nem que eu tenha que andar até a Virgínia — repetiu ele. — Nem que eu tenha que andar até a Virgínia.

Stebbins se espreguiçou todo até as pontas dos pés e abriu um sorriso tímido.

— *Eu* tenho a sensação de que conseguiria andar até a Flórida, Garraty.

Garraty foi para longe dele, procurando Baker, sentindo a raiva e a ira virarem uma espécie de vergonha latejante. Ele achava que Stebbins o considerava um alvo fácil. E Garraty achava que era mesmo.

Baker estava andando ao lado de um garoto que Garraty não conhecia. Estava de cabeça baixa, os lábios se movendo um pouco.

— Ei, Baker — disse Garraty.

Baker levou um susto e pareceu se chacoalhar todo, como um cachorro.

— Garraty — disse ele. — Você.

— É, eu.

— Eu estava tendo um sonho. Um sonho horrível. Que horas são?

Garraty olhou para o relógio.

— Quase vinte pras sete.

— Vai chover o dia todo, você acha?

— Eu... *hã*! — Garraty tropeçou, momentaneamente desequilibrado. — O salto do meu tênis soltou — disse ele.

— Se livra dos dois — aconselhou Baker. — Os pregos vão começar a espetar. E você vai precisar se esforçar se estiver desequilibrado.

Garraty tirou um tênis com um movimento de chute e o calçado foi rolando até quase a turba, onde ficou caído como um filhotinho de cachorro aleijado. As mãos da Multidão tatearam com avidez para pegá-lo. Uma pessoa o agarrou, outra o tirou das mãos da primeira, e houve uma luta violenta e confusa pelo tênis. O outro não saiu com um chute; o pé de Garraty tinha inchado e estava espremido dentro. Ele se ajoelhou, recebeu a advertência, desamarrou o calçado e o arrancou. Considerou jogá-lo para a multidão, mas o deixou caído no chão. Uma onda enorme e irracional de desespero tomou conta dele de repente e ele pensou: *Eu perdi meus sapatos. Eu perdi meus sapatos.*

O asfalto estava frio sob seus pés. Os restos rasgados das meias logo ficaram encharcados. Os dois pés estavam esquisitos, estranhamente caroçudos. Garraty sentiu o desespero virar pena dos próprios pés. Logo alcançou Baker, que também estava andando sem sapatos.

— Eu estou quase no limite — disse Baker simplesmente.

— Todos nós.

— Eu fico lembrando todas as coisas boas que já me aconteceram. A primeira vez que levei uma garota pra um baile, e tinha um sujeito grandão bêbado que ficava tentando nos atrapalhar, e eu o levei pra fora e dei uma surra nele. Só consegui porque ele estava muito bêbado. E aquela garota me olhou como se eu fosse a melhor coisa do mundo depois do motor de combustão interna. Minha primeira bicicleta. A primeira vez que li *A mulher de branco*, de Wilkie Collins... É o meu livro favorito, Garraty, se alguém te perguntar algum dia. Ficar sentado meio dormindo na beira de um lago com uma linha de pesca e pegando lagostins aos montes. Ou deitado no quintal dormindo com um gibi do *Popeye* na cara. Eu penso nessas coisas, Garraty. Ultimamente. Como se eu estivesse velho, ficando senil.

A chuva da manhã caía em volta deles, prateada. Até a plateia parecia mais quieta, mais recolhida. Já era possível ver rostos de novo, borrões, como rostos atrás de vidraças molhadas de chuva. Eram rostos pálidos de olhos escuros com expressões infelizes debaixo de chapéus e guarda-chuvas e jornais abertos como tendas. Garraty sentiu uma dor profunda dentro de si, e parecia que ficaria melhor se ele conseguisse gritar, mas ele não conseguiu, tanto quanto não conseguiu consolar Baker e dizer que tudo bem morrer. Talvez fosse; por outro lado, porém, talvez não fosse.

— Espero que não seja escuro — disse Baker. — É a única coisa que espero. Se existir um... um além, eu espero que não seja escuro. E espero que dê pra *lembrar*. Eu odiaria andar por aí no escuro pra sempre, sem saber quem eu era ou o que estou fazendo lá, sem nem saber que eu já tinha vivido algo diferente.

Garraty começou a falar, mas tiros o silenciaram. As coisas estavam acelerando de novo. O hiato que Parker tinha previsto com precisão estava quase acabando. Os lábios de Baker se repuxaram numa careta.

— É disso que eu mais tenho medo. Desse som. Por que a gente fez isso, Garraty? Nós devíamos estar loucos.

— Acho que não houve nenhum bom motivo.

— Nós somos ratos em uma ratoeira.

A Marcha continuou. Choveu. Eles passaram pelos lugares que Garraty conhecia: barracos em que ninguém morava, uma escola de um cômodo só abandonada, que tinha sido substituída pelo novo prédio da Consolidated, galinheiros, caminhões velhos sem rodas apoiados sobre blocos, campos recém-arados. Ele parecia se lembrar de cada campo, de cada casa. Estava formigando de empolgação. A estrada parecia voar. Suas pernas pareceram ganhar uma elasticidade nova e espúria. Mas talvez Stebbins estivesse certo, talvez ela não estivesse lá. Era algo a ser considerado e para o qual ele devia se preparar, pelo menos.

Um boato se espalhou pelos poucos competidores restantes, de que havia um garoto quase na frente que achava que estava com apendicite.

Garraty teria se assustado com isso antes, mas já não se importava com nada além de Jan e Freeport. Os ponteiros do relógio estavam correndo com uma diabólica vida própria. Só mais oito quilômetros. Eles tinham passado pela divisa municipal de Freeport. Em algum lugar à frente, Jan e sua mãe já estavam paradas na frente do Woolman's Free Trade Center Market, como haviam combinado.

O céu tinha clareado um pouco, mas permanecia encoberto. A chuva virara um chuvisco teimoso. A estrada era um espelho escuro, gelo preto no qual Garraty quase conseguia ver o reflexo distorcido do próprio rosto. Ele passou a mão pela testa. Estava quente e febril. Jan, ah, Jan. Você precisa saber que eu...

O garoto que estava com a lateral do corpo doendo era o número 59, Klingerman. Ele começou a gritar. Seus gritos logo ficaram repetitivos. Garraty pensou na Longa Marcha que tinha visto, também em Freeport, e no garoto que ficava cantarolando sem parar *Não dá. Não dá. Não dá.*

Klingerman, pensou ele, fecha essa matraca.

Mas Klingerman continuou andando e continuou gritando, as mãos unidas na lateral do corpo, e os ponteiros do relógio de Garraty continuaram correndo. Eram oito e quinze da manhã. Você vai estar lá, Jan, não vai? Vai. Certo. Eu não sei mais o que você representa, mas sei que ainda estou vivo e que preciso que você esteja lá pra me dar um sinal, talvez. É só estar lá. Esteja lá.

Oito e meia.

— Já estamos chegando perto dessa maldita cidade, Garraty? — gritou Parker.

— Que diferença faz pra *você*? — disse McVries. — Você não tem uma garota te esperando.

— Eu tenho garotas em toda parte, seu imbecil — disse Parker. — Elas olham pra esse rostinho e molham a calcinha. — O rosto ao qual ele se referia estava abatido e magro, uma mera sombra do que já tinha sido.

Quinze para as nove.

— Vai devagar, cara — disse McVries quando Garraty o alcançou e começou a passar. — Guarda um pouco pra de noite.

— Não consigo. Stebbins disse que ela não estaria lá. Que não teria ninguém disponível pra ajudar Jan a ir pra frente. Eu preciso descobrir. Preciso...

— Só estou dizendo pra você pegar leve. Stebbins faria a própria mãe beber um coquetel de Lysol se isso o ajudasse a ganhar. Não dá atenção pra ele. Ela vai estar lá. É ótima divulgação, pra começar.

— Mas...

— Não me venha com mas, Ray. Vai devagar e vive.

— Pode enfiar suas banalidades no cu! — gritou Garraty. Lambeu os lábios e levou a mão trêmula ao rosto. — Eu... me desculpa. Isso foi desnecessário. Stebbins também disse que eu só queria ver a minha mãe.

— E você não quer?

— Claro que quero! O que você acha que eu... não... sim... sei lá. Eu tinha um amigo. E ele e eu... nós... nós tiramos a roupa... e ela... ela...

— Garraty — disse McVries, colocando a mão no ombro dele. Klingerman estava gritando muito alto. Alguém perto da fileira da frente perguntou se ele queria uma aspirina. O comentário gerou risadas. — Você está desmoronando, Garraty. Se acalma. Não estraga tudo.

— *Larga do meu pé!* — gritou Garraty. Enfiou um punho na boca e mordeu. Depois de um instante, disse: — Só me deixa em paz.

— Tudo bem. Claro.

McVries se afastou. Garraty queria chamá-lo de volta, mas não conseguiu.

E aí, pela quarta vez, eram nove da manhã. Eles viraram para a esquerda, e a multidão reapareceu embaixo dos vinte e quatro competidores quando eles atravessaram o viaduto 295 que levava até a cidade de Freeport. À frente ficava a sorveteria Dairy Joy onde ele e Jan costumavam parar depois do cinema. Eles viraram à direita e entraram na U.S. 1, o que alguém tinha chamado de grande rodovia. Grande ou pequena, era a última rodovia. Os ponteiros no relógio de Garraty pareciam pular na cara dele. O centro ficava bem adiante. O Woolman's ficava à direita. Ele conseguia ver o prédio achatado e feio escondido atrás da fachada falsa. A fita adesiva estava começando a soltar de novo. A chuva a deixara encharcada e grudenta, sem vida. A multidão estava aumentando. Alguém tinha acionado o alarme de incêndio da cidade, e os berros se misturavam com os de Klingerman. Klingerman e o alarme de incêndio de Freeport cantavam em um dueto digno de pesadelos.

As veias de Garraty foram tomadas de tensão, ficaram cheias de fios de cobre. Ele ouvia seu coração batendo, ora nas entranhas, ora na garganta, ora entre os olhos. Duzentos metros. Estavam gritando o nome dele de novo (*RAY-RAY-RAY-É-O-REI!*), mas ele ainda não tinha visto nenhum rosto familiar na multidão.

Ele foi para a direita até que as mãos esticadas da Multidão estivessem a centímetros dele; um braço comprido e forte chegou a roçar no pano da camisa de Garraty, e ele pulou para trás como se quase tivesse sido engolido por um debulhador. O soldados estavam com as armas apontadas para ele, prontos para disparar se ele tentasse desaparecer no amontoado de humanidade. Só mais cem metros. Ele via a placa marrom grande do Woolman's, mas nenhum sinal da sua mãe e de Jan. Deus, ah, Deus, Deus, Stebbins estava certo... E, mesmo que elas estivessem ali, como ele as veria naquela multidão agitada e espremida?

Um grunhido trêmulo escapou dele, como um pedaço de carne vomitado. Ele tropeçou e quase caiu sozinho por causa das pernas frouxas. Stebbins estava certo. Ele queria parar ali, não queria ir em frente. A decepção, a sensação de perda eram tão sufocantes que pareciam vazias. Qual era o sentido? Qual era o sentido àquela altura?

O alarme de incêndio tocando, a Multidão gritando, Klingerman berrando, chuva caindo, sua alma pequena e torturada batendo na cabeça dele e se chocando cegamente com as paredes.

Eu não consigo ir em frente. Não consigo, não consigo, não consigo. Mas seus pés seguiram em frente. *Onde eu estou? Jan? Jan?... JAN!*

Ele a viu. Ela estava balançando o lenço azul que ele tinha dado de aniversário para ela, e a chuva cintilava no cabelo da garota como pedras preciosas. A mãe dele estava ao lado dela, usando o casaco preto liso. As duas estavam espremidas no meio da multidão, sendo balançadas de um lado para o outro. Por cima do ombro de Jan, irrompia o focinho de uma câmera idiota.

Uma dor enorme em alguma parte do corpo dele pareceu explodir. A infecção vazou dele em um fluxo verde. Ele disparou em uma corrida bamba e manca. As meias rasgadas balançavam e batiam nos pés inchados.

— Jan! Jan!

Ele ouviu o pensamento, mas não as palavras em sua boca. A câmera de televisão o acompanhou com entusiasmo. A barulheira era tremenda. Ele via os lábios dela formarem seu nome e precisava chegar nela, precisava...

Um braço o segurou. Era McVries. Um soldado falando por um megafone neutro estava dando a primeira advertência dos dois.

— Não vá pra multidão! — McVries estava com os lábios encostados no ouvido de Garraty, gritando. Uma pontada de dor trespassou a cabeça de Garraty.

— Me solta!

— Eu não vou deixar você se matar, Ray!

— *Me solta, porra!*

— Você quer morrer nos braços dela? É isso?

O tempo estava voando. Ela estava chorando. Ele via as lágrimas nas bochechas dela. Ele se soltou de McVries. Foi na direção dela de novo. Sentiu os soluços intensos e furiosos subindo dentro dele. Ele queria dormir. Encontraria o sono nos braços dela. Ele a amava.

Ray, eu te amo.

Ele viu as palavras nos lábios dela.

McVries ainda estava ao seu lado. A câmera de televisão filmava. Com a visão periférica, ele via sua turma do ensino médio, e os adolescentes estavam abrindo uma faixa enorme que exibia o rosto dele, a foto do anuário ampliada do tamanho do Godzilla, ele estava sorrindo para ele mesmo enquanto chorava e tentava alcançá-la.

Segunda advertência, berrada pelo megafone como se fosse a voz de Deus.

Jan...

Ela estava esticando a mão na direção dele. Mãos se tocaram. A mão fria dela. As lágrimas...

Sua mãe. As mãos esticadas...

Ele as segurou. Com uma das mãos, segurou a de Jan; com a outra, a da mãe. Ele tocou nelas. E era aquilo.

Era aquilo até McVries envolver os ombros dele de novo, o cruel McVries.

— Me *solta*! Me *solta*!

— Cara, você deve odiar mesmo essa garota! — gritou McVries no ouvido dele. — O que você quer? Morrer sabendo que as duas estão fedendo com seu sangue? É isso que você quer? Pelo amor de Deus, vamos!

Ele resistiu, mas McVries era forte. Talvez McVries até estivesse certo. Ele olhou para Jan, e os olhos dela estavam arregalados de alarme. Sua mãe gesticulou para que ele continuasse. E nos lábios de Jan ele leu as palavras como uma condenação: *Vai! Vai!*

Claro que eu tenho que ir, pensou ele estupidamente. Eu sou o Garoto do Maine. E naquele segundo ele a odiou, se bem que tinha apenas feito Jan (e a mãe) caírem na armadilha que tinha armado para si mesmo, isso se é que havia feito algo.

Ele e McVries levaram a terceira advertência, que ribombou majestosamente como um trovão; a multidão fez certo silêncio e ficou olhando com ansiedade e olhos úmidos. Havia pânico na cara de Jan e da mãe de Garraty. Ela levou as mãos ao rosto, e ele pensou nas mãos de Barkovitch indo até o pescoço e em pombas sobressaltadas e em arrancar a própria garganta.

— Se você for fazer isso, que seja depois da próxima esquina, seu merda! — gritou McVries.

Garraty começou a choramingar. McVries o tinha vencido de novo. McVries era muito forte.

— Tudo bem — disse ele, sem saber se McVries estava ouvindo ou não. Ele começou a andar. — Tudo bem, tudo bem, me solta antes que você quebre a minha clavícula. — Ele chorou, soluçou, limpou o nariz.

McVries o soltou com cautela, pronto para agarrá-lo de novo.

Quase em um pensamento tardio, Garraty se virou e olhou para trás, mas elas já estavam perdidas na multidão de novo. Pensou que nunca esqueceria aquela expressão de pânico surgindo nos olhos delas, aquela sensação de confiança e certeza enfim arrancada brutalmente dele. Teve apenas um meio vislumbre de um lenço azul sendo balançado.

Ele se virou para a frente de novo, sem olhar para McVries, e seus pés trôpegos e traidores o levaram em frente, e eles saíram da cidade.

16

O sangue começou a correr! Liston está cambaleando! Clay está acertando ele com uma combinação! [...] partindo pra cima! Clay está matando ele! Clay está matando ele! Senhoras e senhores, Liston caiu! Sonny Liston está no chão! Clay está dançando... acenando... gritando pra plateia! Ah, senhoras e senhores, não sei como descrever essa cena!

Narrador de rádio
Segunda luta de Clay contra Liston

Tubbins tinha ficado louco.

Tubbins era um garoto baixo de óculos e o rosto cheio de sardas. Usava uma calça jeans frouxa que ficava puxando para cima o tempo todo. Não tinha falado muito, mas era um sujeito legal antes de ficar louco.

— PROSTITUTA! — gritou Tubbins para a chuva. Ele tinha virado o rosto para cima, e a chuva escorria dos óculos para as bochechas e passava pelos lábios e ia até a ponta do queixo. — A PROSTITUTA DA BABILÔNIA ESTÁ ENTRE NÓS! ELA SE DEITA NAS RUAS E ABRE AS PERNAS NA IMUNDÍCIE DOS PARALELEPÍPEDOS! CUIDADO COM A PROSTITUTA DA BABILÔNIA! OS LÁBIOS DELA PINGAM MEL, MAS O CORAÇÃO É PURA AMARGURA E FEL...

— E ela tem gonorreia — acrescentou Collie Parker com cansaço. — Meu Deus, ele é pior do que Klingerman. — Ele ergueu a voz. — Cai morto, Tubby!

— AMANTE DE PROSTITUTAS! — berrou Tubbins. — VIL! IMPURO!

— Puta merda — murmurou Parker. — Eu vou matar esse cara se ele não calar a boca.

Ele passou dedos esqueléticos e trêmulos nos lábios, levou-os ao cinto e passou trinta segundos fazendo-os soltarem a fivela que prendia o cantil ao cinto. Ele quase o deixou cair ao levá-lo até a boca e derramou metade da água. Começou a chorar de leve.

Eram três da tarde. Portland e South Portland tinham ficado para trás. Uns quinze minutos antes, eles haviam passado por uma faixa molhada balançando que declarava que a divisa com New Hampshire ficava a apenas setenta quilômetros dali.

Apenas, pensou Garraty. *Apenas*, que palavrinha idiota. Quem foi o idiota que botou na cabeça que a gente precisava de uma palavrinha idiota como essa?

Ele estava andando ao lado de McVries, mas McVries estava monossilábico desde Freeport. Garraty mal ousava falar com ele. Estava outra vez em dívida com o garoto, e isso o envergonhava. Isso o envergonhava porque sabia que não ajudaria McVries se a oportunidade surgisse. Jan tinha ficado para trás, sua mãe tinha ficado para trás. Irrevogavelmente e por toda a eternidade. A não ser que ele vencesse. E, naquele momento, ele queria muito vencer.

Era estranho. Aquela era a primeira vez que ele conseguia se lembrar de querer vencer. Nem no começo, quando estava descansado (quando os dinossauros andavam pelo planeta), ele tinha *desejado* conscientemente vencer. Só havia o desafio. Mas as armas não produziam bandeirinhas vermelhas com BANG escrito. Não era beisebol nem nenhum tipo de jogo. Era tudo real.

Ou será que ele sabia daquilo o tempo todo?

A dor nos pés parecia ter dobrado desde que ele decidira que queria vencer, e Garraty sentia pontadas no peito quando inspirava fundo. A sensação de febre estava aumentando; talvez tivesse pegado alguma coisa de Scramm.

Ele queria vencer, mas nem mesmo McVries poderia carregá-lo pela linha de chegada invisível. Ele não achava que fosse vencer. No sexto ano, tinha ganhado um concurso de soletrar da escola e fora para a competição do distrito, mas a mestre de cerimônias do distrito não era a srta. Petrie, que deixava os participantes tentarem de novo. A srta. Petrie e seu coração mole. Ele tinha ficado imóvel no palco, magoado, sem acreditar, com a certeza de que devia ter havido algum erro, mas não houvera erro algum. Ele só não tinha sido bom o suficiente para passar daquela etapa, e não seria bom o suficiente ali na Longa Marcha. Bom o suficiente para andar mais do que a maioria, mas não mais do que todos. Suas pernas e seus pés tinham passado da rebelião dormente e furiosa e estavam a um passo do motim.

Só três encontraram o fim depois que os competidores haviam saído de Freeport. Um deles fora o infeliz Klingerman. Garraty sabia o que o restante deles estava pensando. Bilhetes demais já tinham sido distribuídos para que simplesmente desistissem, qualquer um deles. Não com apenas vinte sobrando na Marcha. Eles andariam até os corpos ou as mentes se desfazerem.

Eles passaram por uma ponte sobre um riacho plácido, a superfície pontilhada pela chuva. As armas rugiram, a multidão comemorou e Garraty sentiu o pontinho teimoso de esperança no fundo do cérebro crescer mais um pouquinho infinitesimal.

— Acha que sua garota estava bem?

Era Abraham, parecendo uma vítima da Marcha da Morte de Bataan. Por algum motivo inconcebível, havia tirado o casaco e a camisa, deixando expostos o peito ossudo e a caixa torácica protuberante.

— Sim — disse Garraty. — Tenho esperança de voltar pra ela.

Abraham sorriu.

— Esperança? É, estou começando a lembrar como se soletra essa palavra também. — Era uma leve ameaça. — Foi o Tubbins?

Garraty prestou atenção. Não ouviu nada além do barulho regular da multidão.

— É, por Deus, foi. A maldição do Parker pegou, pelo visto.

— Eu fico repetindo pra mim mesmo — disse Abraham — que só preciso continuar botando um pé na frente do outro.

— É.

Abraham pareceu consternado.

— Garraty... É difícil dizer isso...

— O quê?

Abraham ficou em silêncio por muito tempo. Os sapatos dele eram Oxfords grandes que pareciam terrivelmente pesados para Garraty (que estava de pés descalços, gelados e ficando em carne viva). Eles batiam e se arrastavam no asfalto da estrada, que tinha se expandido para três pistas. A multidão não parecia mais tão barulhenta nem tão apavorantemente próxima como estava desde Augusta.

Abraham pareceu mais consternado do que nunca.

— É uma merda. Não sei como dizer.

Garraty deu de ombros, confuso.

— Acho que é só dizer.

— Bom, olha. Nós estamos nos juntando em uma coisa. Todos nós que sobramos.

— Uma partida de Scrabble?

— É uma espécie de... de promessa.

— Ah, é?

— Ninguém ajuda ninguém. Ou a gente faz sozinho ou não faz.

Garraty olhou para os próprios pés. Ele se perguntou quando tinha começado a sentir fome, e se perguntou quanto tempo demoraria para desmaiar se não comesse alguma coisa. Pensou que os sapatos de Abraham eram como Stebbins: poderiam carregá-lo dali até a ponte Golden Gate sem arrebentar um único cadarço... ao menos era o que parecia.

— Isso me parece bem cruel — disse ele por fim.

— A situação acabou ficando bem cruel. — Abraham não olhou para ele.

— Você falou com todos os outros sobre isso?

— Ainda não. Só com uns dez.

— É, é uma merda mesmo. Entendi por que você disse que é difícil falar.

— Parece que fica mais difícil, não mais fácil.

— O que eles disseram? — Ele sabia o que tinham dito, o que poderiam ter dito?

— Eles toparam.

Garraty abriu a boca, depois a fechou. Olhou para Baker à frente. Baker estava de casaco, e estava encharcado. Ia de cabeça baixa. O quadril parecia balançar para um dos lados, projetado de um jeito meio estranho. A perna tinha enrijecido bem.

— Por que você tirou a camisa? — perguntou Garraty a Abraham de repente.

— Estava fazendo minha pele coçar. Estava dando brotoeja, sei lá. Era sintética, talvez eu tenha alergia a fibras sintéticas, como vou saber? O que você diz, Ray?

— Você parece um penitente religioso, sei lá.

— O que você diz? Sim ou não?

— Acho que eu tenho uma dívida com McVries.

McVries ainda estava próximo, mas era impossível saber se ele conseguia ouvir a conversa deles com o barulho da multidão. Vamos lá, McVries. Diz pra ele que eu não te devo nada. Anda, seu filho da puta. Mas McVries não disse nada.

— Tudo bem, conta comigo — disse Garraty.

— Legal.

Agora eu sou um animal, nada mais do que um animal sujo, cansado e idiota. Você conseguiu. Você me convenceu.

— Se você tentar ajudar alguém, nós não podemos te segurar. Isso é contra as regras. Mas nós vamos te isolar. E você vai ter quebrado sua promessa.

— Eu não vou tentar.

— O mesmo vale pra qualquer um que tentar te ajudar.

— Ah.

— Não é pessoal. Você sabe, Ray. Mas agora estamos no fim.

— Cada um por si.

— Isso aí.

— Não é pessoal. Só estamos de volta à selva.

Por um segundo, ele achou que Abraham ficaria irritado, mas a inspiração rápida saiu como um suspiro inofensivo. Talvez ele estivesse cansado demais para ficar irritado.

— Você concordou. Vou te lembrar disso, Ray.

— Talvez eu devesse me exaltar e dizer que vou manter minha promessa porque sou um homem de palavra — disse Garraty. — Mas vou ser sincero. Eu quero te ver ganhar o bilhete, Abraham. Quanto antes, melhor.

Abraham lambeu os lábios.

— É.

— Seus sapatos parecem bons, Abe.

— É. Mas são pesados pra cacete. O ponto que ganham em resistência perdem em peso.

— Não dá pra ter tudo na vida, né?

Abraham riu. Garraty observou McVries. O rosto dele estava ilegível. Ele talvez tivesse ouvido. Talvez não. A chuva caía sem parar em linhas retas, mais pesada, mais fria. A pele de Abraham estava branca como a barriga de um peixe. Abraham parecia mais um condenado sem camisa. Garraty se perguntou se alguém tinha dito para Abraham que ele não tinha a menor chance de aguentar a noite sem camisa. O crepúsculo já parecia estar chegando. McVries? Você ouviu? Eu te vendi, McVries. Mosqueteiros pra sempre.

— Ah, eu não quero morrer assim — disse Abraham. Ele estava chorando. — Não em público, com gente torcendo pra você se levantar e andar mais alguns quilômetros. É tão idiota. Simplesmente *idiota*. Tem tanta dignidade nisso quanto em um idiota se sufocando com a própria língua e cagando na calça ao mesmo tempo.

Eram três e quinze da tarde quando Garraty fez a promessa de não ajudar. Às seis da tarde, só mais um competidor tinha recebido bilhete. Ninguém falava nada. Parecia haver uma conspiração desconfortável em andamento para ignorar os últimos centímetros esgarçados de vida deles, pensou Garraty, só para fingir que aquilo não estava acontecendo. Os grupos — os poucos e lamentáveis grupos que ainda restavam — tinham se desfeito por completo. Todos haviam concordado com a proposta de Abraham. McVries. Baker. Stebbins riu e perguntou a Abraham se ele queria furar o dedo dele para assinar com sangue.

Estava ficando muito frio. Garraty começou a questionar se existia sol ou se ele tinha sonhado. Até Jan era um sonho para ele, um sonho de verão de um verão que nunca existiu.

Mas ele parecia ver o pai cada vez mais claramente. O pai, com a cabeleira densa que Garraty tinha herdado, e os ombros grandes e fortes de caminhoneiro. O pai de Garraty tinha corpo de jogador de futebol americano. Ele se lembrava do pai o pegando no colo, girando--o até ele ficar tonto, desgrenhando seu cabelo, beijando-o. Amando-o.

Ele não tinha visto a mãe direito em Freeport, percebeu com tristeza, mas ela estava lá, com o casaco preto puído, "o melhor", cuja gola estava sempre marcada pela nevasca branca de caspa por mais que lavasse o cabelo. Ele devia tê-la magoado profundamente ao ignorar a mãe em favor de Jan. Talvez até tivesse pretendido magoá-la. Mas isso não importava mais. Era passado. Era o futuro que estava se desfazendo antes de ser tricotado.

Tem que ir pro fundo, pensou ele. Nunca pro raso, só mais pro fundo, até estar fora da baía, nadando em mar aberto. Houve uma época em que tudo aquilo parecia simples. Engraçado mesmo. Havia conversado com McVries, e McVries tinha contado aquilo para ele na primeira vez que o salvara por puro reflexo. Depois, em Freeport, tinha sido para impedir que acontecesse algo horrível na frente de uma garota bonita que ele jamais conheceria. Assim como ele nunca conheceria a esposa de Scramm, com a criança na barriga. Garraty sentiu uma pontada de dor com o pensamento, seguida de uma dor súbita. Ele não pensava em Scramm havia muito tempo. Achava McVries bem adulto, de verdade. Perguntou-se por que *ele* não tinha conseguido crescer nem um pouco.

A Marcha continuou. Cidades passaram.

Ele caiu em um humor melancólico e estranhamente satisfatório que foi destruído de repente por um ruído irregular de tiros e gritos roucos da multidão. Quando olhou para trás, ficou perplexo ao ver Collie Parker em cima da semilagarta com um fuzil nas mãos.

Um dos soldados tinha caído e estava deitado, olhando para o céu com olhos vazios e sem expressão. Havia um buraco azul cercado por um halo de queimadura de pólvora no centro da testa dele.

— Filhos da mãe malditos! — gritou Parker. Os outros soldados tinham pulado da semilagarta. Parker olhou para os competidores atordoados. — Venham, pessoal! Venham! Nós podemos...

Os competidores, inclusive Garraty, olharam para Parker como se ele tivesse começado a falar um idioma estrangeiro. E um dos soldados que tinha pulado quando Parker fora até a lateral da semilagarta atirou com cautela nas costas de Collie Parker.

— Parker! — gritou McVries. Era como se só ele entendesse o que tinha acontecido e uma chance que talvez tivessem perdido. — Ah, não! *Parker!*

Parker grunhiu como se alguém tivesse batido nas costas dele com um porrete acolchoado. A bala se expandiu e ali estava Collie Parker, de pé em cima da semilagarta, com entranhas na camisa cáqui rasgada e na calça jeans. Uma das mãos ficou parada no meio de um gesto amplo, como se ele fosse fazer um discurso furioso.

— Deus.

"Do céu", disse Parker.

Com o fuzil que havia tirado do soldado morto, atirou duas vezes na direção da estrada. As balas estalaram e chiaram, e Garraty sentiu o deslocamento de ar de uma delas na frente do rosto. Alguém na plateia gritou de dor. E a arma deslizou das mãos de Parker. Ele fez uma meia-volta quase militar e caiu na estada, onde ficou jogado de lado, ofegando como um cachorro atropelado e ferido mortalmente por um carro. Os olhos dele fulminavam. Ele abriu a boca e lutou contra o sangue para dar uma declaração final.

— Seu. Fi. Filho. Da. Mã. — Ele morreu olhando cruelmente para eles enquanto passavam.

— O que aconteceu? — gritou Garraty para ninguém especificamente. — O que *aconteceu* com ele?

— Ele os pegou de surpresa — disse McVries. — Foi isso que aconteceu. Devia saber que não conseguiria. Chegou por trás e pegou os caras dormindo no ponto. — A voz de McVries ficou rouca. — Ele queria todos nós lá em cima com ele, Garraty. E acho que a gente teria conseguido.

— Do que você está falando? — perguntou Garraty, apavorado de repente.

— Você não sabe? — perguntou McVries. — Você não *sabe*?

— Lá em cima com ele...? O quê...?

— Esquece. Só esquece.

McVries se afastou. Garraty teve um ataque de tremedeira repentino. Não conseguia fazer parar. Não sabia do que McVries estava falando. Não queria saber do que McVries estava falando. Nem pensar.

A Marcha prosseguiu.

Às nove da noite, a chuva tinha parado, mas o céu estava sem estrelas. Ninguém mais tinha sido abatido, mas Abraham tinha começado a gemer inarticuladamente. Estava muito frio, mas ninguém ofereceu algo para Abraham vestir. Garraty tentou pensar naquilo como justiça poética, mas isso só o deixou enjoado. A dor dentro dele tinha virado uma doença, uma sensação podre de doença que parecia estar crescendo nos vãos do corpo dele como um fungo verde. Seu cinto de concentrados estava quase cheio, mas ele só conseguiu comer um tubinho de pasta de atum sem vomitar.

Baker, Abraham e McVries. Seu círculo de amigos tinha se reduzido aos três. E Stebbins, se ele fosse amigo de alguém. Conhecido, então. Ou semideus. Ou diabo. Ou qualquer coisa. Ele se perguntou se algum deles estaria andando de manhã e se ele estaria vivo para saber.

Enquanto pensava nisso, ele quase se chocou com Baker no escuro. Algo tilintou nas mãos de Baker.

— O que você está fazendo? — perguntou Garraty.

— Hã? — Baker olhou para cima sem entender.

— O que você está fazendo? — repetiu Garraty, paciente.

— Contando minhas moedas.

— Quanto você tem?

Baker bateu as moedas nas mãos em concha e sorriu.

— Um dólar e vinte e dois centavos — disse ele.

Garraty sorriu.

— Uma fortuna. O que você vai fazer com isso?

Baker não sorriu para ele. Olhou para a escuridão fria com expressão sonhadora.

— Comprar um dos grandes — disse ele. O sotaque sulista suave tinha ficado bem mais pesado. — Comprar um dos forrados de chumbo com acolchoamento de seda rosa e um travesseiro branco de cetim. — Ele piscou os olhos vazios de maçaneta. — Eu nem apodreceria assim, só nas Trombetas do Juízo Final, quando estaremos como éramos. Vestidos na carne incorruptível.

Garraty sentiu um arrepio quente de horror.

— Baker? Você enlouqueceu, Baker?

— Não tem como vencer. A gente foi doido de tentar. Não dá pra vencer a podridão disso tudo. Não neste mundo. Com forro de chumbo, esse é o segredo...

— Se você não se controlar, vai estar morto até de manhã.

Baker assentiu. Sua pele estava repuxada nas maçãs do rosto, dando a ele o aspecto de um crânio.

— Esse é o segredo. Eu queria morrer. Você não? Não é esse o motivo?

— Cala a boca! — gritou Garraty. Estava tremendo de novo.

A estrada assumiu uma inclinação íngreme, interrompendo a conversa. Garraty se curvou na direção do aclive, com frio e com calor, a coluna doendo, o peito doendo. Ele tinha certeza de que seus músculos se recusariam a sustentá-lo por muito mais tempo. Pensou no caixão com forro de chumbo de Baker, selado contra o milênio sombrio, e se perguntou se seria a última coisa em que pensaria. Ele esperava que não, e lutou para encontrar outro caminho mental.

Advertências eram dadas esporadicamente. Os soldados na semilagarta estavam atentos de novo; o que Parker tinha matado fora substituído de forma implacável. A multidão gritava em um tom monótono. Garraty se perguntou como seria se deitar no maior silêncio de biblioteca empoeirada do mundo, tendo sonhos infinitos e sem pensamento por trás de pálpebras coladas, vestido para sempre com o terno de domingo. Sem se preocupar com dinheiro, sucesso, medo, alegria, dor, tristeza, sexo e amor. Um zero absoluto. Sem pai, mãe, namorada, amante. Os mortos são órfãos. Não têm companhia além do silêncio como uma asa de mariposa. Um fim à agonia do movimento, ao longo pesadelo de seguir pela estrada. O corpo em paz, imobilidade e ordem. A escuridão perfeita da morte.

Como seria? Como é que seria isso?

De repente, seus músculos irritados e agonizantes, o suor escorrendo pelo rosto e até a dor em si... tudo pareceu bem doce e real. Garraty se esforçou mais. Lutou para chegar ao alto da colina e ofegou de forma irregular por toda a descida do outro lado.

Às onze e quarenta, Marty Wyman ganhou sua cova. Garraty tinha se esquecido de Wyman, que não tinha falado nem gesticulado nas últimas vinte e quatro horas. Ele não morreu de forma espetacular. Só se deitou e levou o tiro. E alguém sussurrou: era o Wyman. E outra pessoa sussurrou: é o número 83, né? E pronto.

À meia-noite, eles estavam a apenas treze quilômetros da divisa com New Hampshire. Passaram por um cinema ao ar livre, um retângulo branco enorme na escuridão. Uma única imagem ocupava a tela: A GERÊNCIA DESTE CINEMA SAÚDA OS COMPETIDORES DESTE ANO DA LONGA MARCHA! À meia-noite e vinte, começou a chover de novo, e Abraham começou a tossir. Era o mesmo tipo de tosse úmida e irregular que Scramm tivera pouco antes de morrer. À uma da manhã, a chuva tinha se tornado um aguaceiro forte e regular que fez os olhos de Garraty arderem e o corpo doer com uma espécie de febre interna. O vento açoitava as costas deles.

À uma e quinze da manhã, Bobby Sledge tentou correr em silêncio para o meio da multidão sob a proteção da escuridão da chuva. Foi alvejado com rapidez e eficiência. Garraty se perguntou se o soldado louro que quase tinha lhe dado o bilhete tinha sido quem dera o tiro ali. Ele sabia que o louro estava de serviço; tinha visto o rosto dele claramente no brilho dos holofotes do cinema. Queria muito que o louro tivesse sido o soldado que Parker mandara dessa para melhor.

À uma e quarenta, Baker caiu e bateu a cabeça no asfalto. Garraty foi na direção dele sem pensar. Uma mão ainda forte segurou o braço dele. Era McVries. Claro que teria sido McVries.

— Não — disse ele. — Chega de mosqueteiros. E agora é pra valer.

Eles continuaram andando sem olhar para trás.

Baker ganhou três advertências e o silêncio se prolongou de forma interminável. Garraty esperou as armas soarem e, quando nada aconteceu, olhou para o relógio. Mais de quatro minutos tinham se passado. Não muito tempo depois, Baker passou por ele e por McVries, sem olhar para nada. Havia uma ferida feia sangrando na testa dele, mas seus olhos pareciam mais sãos. O olhar vazio e atordoado tinha sumido.

Um pouco antes das duas da manhã, eles entraram em New Hampshire em meio ao maior pandemônio até ali. Canhões foram disparados. Fogos estouraram no céu chuvoso, pintando com uma febril luz louca uma multidão que se prolongava até onde o olhar alcançava. Bandas de competição tocavam marchas. Os gritos pareciam trovões. Uma grande explosão no céu exibiu o contorno do rosto do major em fogo, fazendo Garraty pensar com torpor em Deus. Isso foi seguido pelo rosto do governador provisório de New Hampshire, um homem conhecido por ter invadido a base nuclear alemã em Santiago quase sozinho em 1953. Ele havia perdido uma perna devido a envenenamento por radiação.

Garraty cochilou de novo. Seus pensamentos ficaram incoerentes. Bizarro D'Allessio estava agachado atrás da cadeira de balanço da tia de Baker, encolhido em um caixão pequenininho. O corpo dele era de um gato gordo da Alice. Estava sorrindo, cheio de dentes. Bem suaves, na pelagem entre os olhos verdes meio afastados, havia marcas curadas de um antigo ferimento de beisebol. Estavam vendo o pai de Garraty ser levado para uma van preta sem identificação. Um dos soldados ao lado do pai de Garraty era o soldado louro. O pai de Garraty estava só de cueca. O outro soldado olhou para trás e, por um momento, Garraty achou que fosse o major. Mas aí viu que era Stebbins. Olhou de volta e o gato da Alice com a cabeça do Bizarro tinha sumido... Menos o sorriso, que pairava curvado no ar debaixo da cadeira de balanço, como a casca de uma fatia de melancia...

As armas dispararam de novo, Deus, estavam atirando nele agora, ele sentiu o ar daqueles tiros, tinha acabado, era o fim...

Ele acordou e correu por dois passos, gerando pontadas de dor que foram dos pés até a virilha antes de perceber que estavam atirando em outra pessoa, e essa outra pessoa estava morta, de cara no chão na chuva.

— Ave Maria — murmurou McVries.

— Cheia de graça — disse Stebbins atrás deles. Ele tinha se adiantado, se afastado do morto, e estava sorrindo como o gato da Alice no sonho de Garraty. — Me ajude a vencer essa corrida de stock-car.

— Para com isso — disse McVries. — Não seja um cuzão debochado.

— Meu cu é tão debochado quanto o seu — disse Stebbins solenemente.

McVries e Garraty riram... com uma certa inquietação.

— Bem — disse Stebbins —, talvez um pouco.

— Leva um de cada vez, bota no chão um na frente do outro, cala a boca — cantarolou McVries.

Ele passou a mão trêmula no rosto e continuou andando, os olhos voltados para a frente, os ombros parecendo um arco quebrado.

Mais um se foi antes das três da manhã, com um tiro na chuva e na escuridão tomada pelo vento quando caiu de joelhos em algum lugar perto de Portsmouth. Abraham, tossindo sem parar, andava em um surto febril desesperado, uma espécie de brilho da morte, uma luminosidade que fez Garraty pensar em meteoros caindo. Ele queimaria de dentro para fora em vez de queimar de fora para dentro. Estava ruim assim.

Baker andava com uma determinação firme e séria, tentando se livrar das advertências antes que elas se livrassem dele. Garraty conseguia vê-lo através da chuva forte, mancando e com as mãos fechadas ao lado do corpo.

E McVries estava desmoronando. Garraty não sabia bem quando tinha começado; devia ter acontecido em um segundo, quando ele estava de costas. Em um momento, ele ainda estava forte (Garraty se lembrava da força dos dedos de McVries em seu braço quando Baker caiu), e logo depois parecia um velho. Era assustador.

Stebbins era Stebbins. Ele seguia em frente, como os sapatos de Abraham. Parecia estar forçando um pouco uma das pernas, mas podia ser a imaginação de Garraty.

Dos outros dez, cinco pareciam ter entrado naquele submundo especial que Olson tinha descoberto, um passo além da dor e da compreensão do que estava prestes a acontecer com eles. Andavam pela escuridão chuvosa como fantasmas cadavéricos, e Garraty não gostava de olhar para eles. Eram os mortos ambulantes.

Logo antes do amanhecer, três deles se foram ao mesmo tempo. A boca da multidão rugiu e arrotou com entusiasmo quando os corpos giraram e caíram como pedaços de madeira cortada. Para Garraty, pareceu o começo de uma temerosa reação em cadeia que poderia se espalhar por eles e acabar com todos. Mas ela chegou ao fim. Chegou ao fim com Abraham engatinhando, os olhos virados cegamente para a semilagarta e para a multidão além, sem noção de nada e tomados por uma dor confusa. Eram os olhos de um cordeiro preso em uma cerca de arame farpado. Em seguida, ele caiu de cara. Os sapatos pesados bateram de forma espasmódica na estrada molhada e pararam.

Logo depois, a sinfonia aquosa do alvorecer começou. O último dia da Marcha nasceu úmido e nublado. O vento uivava pela estrada quase vazia como um cachorro perdido sendo açoitado para avançar por um lugar estranho e terrível.

3

O COELHO

17

Mãe! Mãe! Mãe! Mãe!

Reverendo Jim Jones no momento da apostasia

Os concentrados estavam sendo distribuídos pela quinta e última vez. Um único soldado deu conta de distribuí-los. Só tinham restado nove competidores. Alguns olharam para os cintos estupidamente, como se nunca tivessem visto aquilo, e deixaram que deslizassem das mãos como cobras escorregadias. Garraty levou o que pareceram horas pra fazer as mãos executarem o ritual complicado de fechar o cinto ao redor da cintura, e pensar em comer fez o estômago contraído e murcho parecer feio e nauseado.

Stebbins andava ao lado dele. Meu anjo da guarda, pensou Garraty com ironia. Enquanto Garraty olhava, Stebbins abriu um sorriso largo e enfiou dois biscoitos salgados cheios de creme de amendoim na boca. Comeu ruidosamente. Garraty ficou enjoado.

— O que foi? — perguntou Stebbins com a boca cheia e grudenta. — Não aguenta?

— E por acaso é da sua conta?

Stebbins engoliu com o que pareceu a Garraty um esforço real.

— Não é. Se você desmaiar de desnutrição, melhor pra mim.

— Nós vamos chegar a Massachusetts, acho — disse McVries com voz doentia.

Stebbins assentiu.

— A primeira Marcha a fazer isso em dezessete anos. O povo vai ficar louco.

— Como você sabe tanto sobre a Longa Marcha? — perguntou Garraty de repente.

Stebbins deu de ombros.

— Está tudo registrado. Eles não têm do que ter vergonha. Ou têm?

— O que você vai fazer se vencer, Stebbins? — perguntou McVries.

Stebbins riu. Na chuva, o rosto magro, com barba por fazer e marcas de cansaço, parecia o de um leão.

— O que *você* acha? Comprar um Cadillac amarelo enorme com a capota roxa e uma televisão colorida com alto-falantes estéreo pra todos os aposentos da casa?

— Eu esperaria — disse McVries — que você doasse duzentos ou trezentos mil pra Sociedade para a Intensificação de Crueldade com Animais.

— Abraham parecia um cordeiro — disse Garraty de repente. — Um cordeiro preso em arame farpado. Foi o que pensei.

Passaram por baixo de uma faixa enorme que informava que eles estavam a apenas vinte e cinco quilômetros da fronteira com Massachusetts; não havia muito de New Hampshire na U.S. 1, só um pedaço estreito de terra que separava o Maine e Massachusetts.

— Garraty — disse Stebbins amigavelmente —, por que você não vai transar com a sua mãe?

— Desculpa, você não está mais batendo muito bem. — Ele selecionou de forma deliberada uma barra de chocolate do cinto e a enfiou inteira na boca. Seu estômago se contraiu, furioso, mas ele engoliu o chocolate. E depois de uma luta curta e tensa com suas entranhas, soube que conseguiria manter a comida no estômago. — Eu acho que consigo andar mais um dia inteiro se precisar — disse ele casualmente — e mais dois se for necessário. Aceita, Stebbins. Desiste da guerra psicológica. Não funciona. Come mais biscoitos salgados com creme de amendoim.

Stebbins contraiu a boca; foi só por um momento, mas Garraty viu. Ele tinha irritado Stebbins. Ele sentiu uma onda incrível de euforia. Tinha enfim encontrado a mina de ouro.

— Vamos lá, Stebbins — disse ele. — Conta pra nós por que *você* está aqui. Já que não vamos ficar juntos por muito mais tempo. Conta. Só entre nós três, agora que a gente sabe que você não é o Super-Homem.

Stebbins abriu a boca e, com uma brusquidão chocante, vomitou os biscoitos salgados e o creme de amendoim que tinha comido, quase inteiros e parecendo intocados por suco gástrico. Ele cambaleou e, pela segunda vez desde que a Marcha começara, recebeu uma advertência.

Garraty sentiu o sangue latejando nas têmporas.

— Anda, Stebbins. Você já vomitou. Agora, admite. Conta.

O rosto de Stebbins tinha ficado da cor de atadura velha, mas ele tinha recuperado a compostura.

— Por que eu estou aqui? Vocês querem saber?

McVries estava olhando para ele com curiosidade. Não havia ninguém perto; o mais próximo era Baker, que estava vagando próximo da multidão, olhando com atenção para o rosto da massa.

— Por que eu estou aqui ou por que eu ando? O que vocês querem saber?

— Eu quero saber tudo — disse Garraty. Era a verdade.

— Eu sou o coelho — disse Stebbins.

A chuva caía sem parar, pingava do nariz deles, pendia em gotículas dos lóbulos das orelhas como brincos. À frente, um garoto descalço, os pés reduzidos a colchas de retalhos roxos de veias estouradas, caiu de joelhos, engatinhou com a cabeça balançando loucamente para cima e para baixo, tentou se levantar, caiu e enfim conseguiu. Seguiu em frente. Era Pastor, Garraty reparou, um tanto impressionado. Ainda conosco.

— Eu sou o coelho — repetiu Stebbins. — Você sabe do que estou falando, Garraty. Os coelhinhos mecânicos cinza que os cães perseguem nas corridas de cachorros. Por mais rápido que corram, eles nunca conseguem alcançar o coelho. Porque o coelho não é de carne e osso como eles. O coelho é só um recorte de papelão em uma vareta, preso a uma série de engrenagens e rodas. Antigamente, na Inglaterra, usavam coelhos de verdade, mas às vezes os cachorros os pegavam. É mais confiável do jeito novo.

"Ele me enganou."

Os olhos pálidos de Stebbins observaram a chuva caindo.

— Talvez você até pudesse dizer... que ele me conjurou. Ele me transformou em coelho. Lembra do Coelho de *Alice no País das Maravilhas*? Mas talvez você esteja certo, Garraty. Está na hora de pararmos de ser coelhos e porcos grunhindo e cordeiros e sermos pessoas... Mesmo que a gente só consiga chegar ao nível de amantes de prostitutas e dos pervertidos nos camarotes dos teatros da rua 42.

Os olhos de Stebbins ficaram loucos e eufóricos, e ele olhou para Garraty e McVries — que se afastaram daquele olhar. Stebbins estava maluco. Naquele instante, não tinha como haver dúvida. Stebbins estava completamente louco.

A voz grave dele subiu até o tom de alguém discursando de um púlpito.

— Como eu sei tanto sobre a Longa Marcha? Eu sei tudo sobre a Longa Marcha! Eu tenho que saber! *O major é meu pai, Garraty! Ele é meu pai!*

A voz da multidão subiu em um grito indiscriminado que foi gigantesco e febril em sua intensidade; talvez as pessoas estivessem comemorando o que Stebbins tinha dito se tivessem ouvido. As armas soaram. Era isso que a multidão estava comemorando. As armas soaram e Pastor caiu morto.

Garraty sentiu um arrepio nas entranhas e no escroto.

— Meu Deus — disse McVries. — É verdade? — Ele passou a língua pelo lábio rachado.

— É verdade — disse Stebbins, quase jovial. — Eu sou filho bastardo dele. É que... eu achava que ele não sabia. Eu achava que ele não sabia que eu era filho dele. Foi nisso que errei. Ele é um filho da puta da pior espécie, o major. Soube que ele tem dezenas de bastardinhos. O que eu queria era jogar isso na cara dele... jogar na cara do mundo. Surpresa! E quando eu ganhasse, o Prêmio que eu pediria seria ser levado pra casa do meu pai.

— Mas ele sabia de *tudo*? — sussurrou McVries.

— Ele fez de mim o coelho dele. Um coelhinho cinzento pra fazer o resto dos cachorros correrem mais rápido... e mais longe. E acho que deu certo. Nós vamos chegar em Massachusetts.

— E agora? — perguntou Garraty.

Stebbins deu de ombros.

— O coelho é de carne e osso, afinal. Eu ando. Eu falo. E acho que, se isso não terminar em breve, vou acabar me arrastando de barriga no chão como um réptil.

Eles passaram por uma robusta torre de energia. Vários homens com botas de eletricista estavam agarrados aos postes de sustentação, acima da multidão, como louva-a-deus grotescos.

— Que horas são? — perguntou Stebbins. O rosto dele parecia ter derretido na chuva. Tinha se tornado o rosto de Olson, o rosto de Abraham, o rosto de Barkovitch... e, terrivelmente, o rosto de Garraty, desesperançoso e exaurido, afundado e ameado em si mesmo, o rosto de um espantalho podre em um campo colhido muito tempo antes.

— São vinte pras dez — disse McVries. Ele sorriu, uma imitação fantasmagórica do antigo sorriso cínico que exibia. — Feliz dia cinco pra vocês, otários.

Stebbins assentiu.

— Vai chover o dia todo, Garraty?

— Acho que vai. É o que parece.

Stebbins assentiu devagar.

— Também acho.

— Bem, hora de botar os pés no chão — disse McVries de repente.

— Tudo bem. Obrigado.

Eles continuaram andando, com passos sincronizados, apesar de os três estarem deformados para sempre pelas dores que os acometiam.

Quando entraram em Massachusetts, havia sete deles: Garraty, Baker, McVries, um esqueleto esforçado com olhos fundos chamado George Fielder, Bill Hough ("a pronúncia é 'Rãf'", ele dissera a Garraty bem mais cedo), um sujeito meio alto e musculoso chamado Rattigan, que ainda não parecia estar tão mal, e Stebbins.

A pompa e a barulheira da travessia da divisa estadual foram ficando para trás. A chuva continuou, constante e monótona. O vento uivava e fustigava com toda a crueldade jovem e alheia da primavera. Arrancou bonés da multidão e os fez girar como discos em arcos breves e violentos pelo céu embranquecido.

Bem pouco tempo antes, logo depois da confissão de Stebbins, Garraty tivera uma sensação estranha de suspensão leve de todo o seu ser. Seus pés pareceram lembrar o que já tinham sido. Houve uma espécie de cessão paralisada das dores crescentes nas costas e no pescoço. Foi como subir um último paredão íngreme de rocha e chegar ao pico, fora da neblina agitada das nuvens e no sol frio e no ar rarefeito e estimulante... sem lugar para ir além de para baixo, e em alta velocidade.

A semilagarta estava um pouco à frente deles. Garraty olhou para o soldado louro encolhido debaixo do guarda-chuva grande de lona na parte de trás. Tentou arrancar de si toda a dor, toda a infelicidade encharcada de chuva e a projetar no homem do major. O louro só o encarou com indiferença.

Garraty olhou para Baker e viu que o nariz dele estava sangrando muito. As bochechas estavam coradas de sangue, que também pingava da mandíbula.

— Ele vai morrer, né? — disse Stebbins.

— Claro — respondeu McVries. — Estão todos morrendo, você não sabia?

Um sopro forte de vento jogou chuva neles e McVries cambaleou. Ele ganhou uma advertência. A multidão gritou, inabalada e parecendo insensível. Pelo menos havia menos bombinhas naquele dia. A chuva tinha posto fim àquela alegria de merda.

A estrada os levou por uma curva grande e inclinada, e Garraty sentiu o coração dar um salto. Ouviu Rattigan murmurar baixinho:

— Meu bom Jesus!

A estrada ficava entre duas colinas. Parecia a fenda do decote entre dois seios volumosos. As colinas estavam pretas de tanta gente. As pessoas pareciam se erguer acima e ao redor deles como paredes vivas de um atoleiro enorme.

George Fielder ganhou vida de repente. A cabeça que mais parecia um crânio virou lentamente de um lado para o outro sobre o pescoço fino.

— Vão engolir a gente — murmurou ele. — Vão cair em cima da gente e engolir a gente.

— Acho que não — disse Stebbins brevemente. — Nunca houve uma...

— Vão nos engolir! Nos engolir! Nosengolir! Engolir! Engolir! Nosengolirnosengolir...

George Fielder traçou um círculo amplo e instável na estrada, os braços batendo loucamente. Os olhos ardiam com pavor encurralado. Para Garraty, ele parecia um personagem de videogame travado.

— *Nosengolirnosengolirnosengolir...*

Ele estava berrando com a voz no volume máximo, mas Garraty mal conseguia ouvi-lo. As ondas de som das colinas os atingiam como martelos. Garraty não conseguiu nem ouvir os tiros quando Fielder ganhou o bilhete; só o grito selvagem vindo da garganta da Multidão. O corpo de Fielder se remexeu em uma rumba desengonçada e estranhamente graciosa no meio da estrada, os pés balançando, o corpo tremendo, os ombros se sacudindo. Em seguida, aparentemente cansado demais para dançar, ele se sentou, as pernas bem abertas, e morreu assim, sentado, o queixo apoiado no peito como um garotinho cansado que caiu no sono de repente no meio da brincadeira.

— Garraty — disse Baker. — Garraty, estou sangrando. — As colinas estavam atrás deles agora, e Garraty o ouvia... mas por pouco.

— É — disse ele. Foi difícil manter a voz firme. Art Baker estava com alguma hemorragia interna. O nariz estava jorrando sangue. As bochechas e o pescoço estavam cobertos de meleca vermelha. A gola da camisa estava encharcada com aquilo.

— Não parece grave, né? — perguntou Baker. Ele estava chorando de medo. Sabia que era grave.

— Não, não muito — disse Garraty.

— A chuva está tão quente — disse Baker. — Mas é só a chuva. É só a chuva, né, Garraty?

— É — disse Garraty, sentindo-se mal.

— Eu queria ter gelo pra botar nisso — disse Baker, e saiu andando. Garraty o viu se afastar.

Bill Hough ("a pronúncia é Rãf") ganhou o bilhete às quinze para as onze e Rattigan às onze e meia, logo depois que o esquadrão de demonstração aérea Flying Deuces disparou pelo céu com seis F-111 em tom azul-elétrico. Garraty achava que Baker partiria antes de um dos dois. Mas Baker continuava, embora a parte de cima da camisa já estivesse toda encharcada.

A cabeça de Garraty parecia estar tocando jazz. Dave Brubeck, Thelonious Monk, Cannonball Adderley — os baderneiros banidos que todo mundo guardava escondido e tocava quando a festa ficava barulhenta e embriagada.

Parecia que ele já tinha sido amado, que já tinha amado no passado. Mas naquele momento, havia só o jazz e a batida crescente na cabeça, e sua mãe era só um boneco de palha com um casaco de pele, Jan nada além de um manequim de loja de departamento. Tinha acabado. Mesmo que vencesse, mesmo que conseguisse durar mais do que McVries e Stebbins e Baker, tinha acabado. Ele nunca mais iria para casa.

Garraty começou a chorar um pouco. Sua visão ficou borrada e seus pés se embolaram e ele caiu. O asfalto estava duro e chocantemente frio e inacreditavelmente repousante. Ele levou duas advertências antes de conseguir se levantar, usando uma série de movimentos embriagados de caranguejo. Fez os pés voltarem a trabalhar. Soltou um pum — um barulho longo e estéril que não pareceu ter semelhança nenhuma com um peido honesto.

Baker estava ziguezagueando como bêbado pela estrada. McVries e Stebbins estavam com as cabeças unidas. Garraty teve a certeza súbita de que estavam planejando matá-lo, da mesma forma que um cara chamado Barkovitch tinha matado um número sem rosto chamado Rank.

Ele se obrigou a andar mais rápido e os alcançou. Abriram espaço para ele sem falar nada (Vocês pararam de falar de mim, né? Mas estavam falando. Acham que não sei? Vocês acham que eu sou louco?), mas houve uma tranquilidade. Ele queria estar com eles, ficar com eles até morrer.

Passaram por uma placa que, aos olhos estupidamente curiosos de Garraty, parecia resumir toda a insanidade gritante que poderia haver no universo, toda a risada assobiada e idiota da música cósmica, e a placa informava: 79 QUILÔMETROS ATÉ BOSTON! COMPETIDORES, VOCÊS CONSEGUEM! Ele teria caído na gargalhada se conseguisse. Boston! O mero som daquelas palavras era mítico, carregado do inacreditável.

Baker estava ao lado dele de novo.

— Garraty?

— O quê?

— Nós estamos dentro?

— Hã?

— Dentro, nós estamos dentro? Garraty, *por favor*.

Os olhos de Baker estavam suplicantes. Ele parecia um abatedouro, uma máquina de sangue fresco.

— Sim. Nós estamos dentro. Nós estamos dentro, Art. — Ele não tinha ideia do que Baker estava dizendo.

— Eu vou morrer agora, Garraty.

— Tudo bem.

— Se você vencer, faz uma coisa pra mim? Tenho medo de pedir pra outra pessoa. — E Baker fez um gesto amplo pra estrada deserta, como se a Marcha ainda tivesse dezenas de competidores.

Por um momento arrepiante, Garraty pensou que talvez eles ainda estivessem todos lá, fantasmas ambulantes que Baker conseguia ver em seus momentos derradeiros.

— O que você quiser.

Baker colocou a mão no ombro de Garraty, que começou a chorar incontrolavelmente. Parecia que seu coração explodiria no peito e choraria lágrimas próprias.

Baker disse:

— Forrado de chumbo.

— Anda um pouco mais — disse Garraty em meio às lágrimas.
— Anda um pouco mais, Art.

— Não... Eu não consigo.

— Tudo bem.

— Talvez a gente se veja, cara — disse Baker, e limpou sangue
grudento do rosto distraidamente.

Garraty baixou a cabeça e chorou.

— Não fica olhando quando eles fizerem — disse Baker. — Me
promete isso também.

Garraty assentiu, sem palavras.

— Obrigado. Você tem sido meu amigo, Garraty. — Baker tentou
sorrir. Esticou a mão cegamente, e Garraty a apertou entre as dele.

— Em outro tempo, em outro lugar — disse Baker.

Garraty levou as mãos ao rosto e precisou se curvar para continuar andando. Os soluços o sacudiam e o fizeram sentir uma dor
que era muito maior do que qualquer coisa que a Marcha tivesse
conseguido provocar.

Tinha a esperança de não ouvir os tiros. Mas ouviu.

18

Declaro o fim da Longa Marcha deste ano. Senhoras e senhores, cidadãos, eis o vencedor!

Major

Eles estavam a sessenta e cinco quilômetros de Boston.

— Conta uma história, Garraty — disse Stebbins de repente. — Conta uma história que faça a gente tirar os problemas da cabeça. — Ele tinha envelhecido, inacreditavelmente; Stebbins era um idoso.

— É — disse McVries. Ele também parecia velho e encarquilhado. — Uma história, Garraty.

Garraty olhou de um para o outro estupidamente, mas não conseguiu ver falsidade nos rostos deles, só um cansaço que ia até os ossos. Ele também estava decaindo depois do fôlego final; todas as dores feias e arrastadas estavam voltando com tudo.

Ele fechou os olhos por um longo momento. Quando os abriu, o mundo estava duplicado, e voltou ao foco com relutância.

— Tudo bem — disse ele.

McVries bateu palmas solenemente, três vezes. Estava com três advertências; Garraty tinha uma; Stebbins, nenhuma.

— Era uma vez…

— Ah, quem quer ouvir uma porra de conto de fadas? — perguntou Stebbins.

McVries deu uma risadinha.

— Vocês vão ouvir o que eu quiser contar! — disse Garraty, irritado. — Querem ouvir ou não?

Stebbins tropeçou e trombou com Garraty. Ele e Stebbins levaram advertências.

— Acho que um conto de fadas é melhor do que nada.

— Não é um conto de fadas. Não é por que acontece em um mundo que não existe que é um conto de fadas. Não significa...

— Você vai contar ou não vai? — perguntou McVries com implicância.

— Era uma vez — disse Garraty — um cavaleiro branco que saiu pelo mundo em uma Missão Sagrada. Ele saiu do castelo e andou pela Floresta Encantada...

— Cavaleiros cavalgam — protestou Stebbins.

— Cavalgou pela Floresta Encantada, então. *Cavalgou*. E viveu muitas aventuras estranhas. Lutou com mil trolls e goblins e um montão de lobos. Está bom assim? E finalmente chegou ao castelo do rei e pediu permissão pra levar Gwendolyn, a famosa Bela Dama, pra dar uma volta — contou. McVries riu. — O rei não cedeu, achando que ninguém era bom pra filha dele, Gwen, a mundialmente famosa Bela Dama, mas a Bela Dama amava tanto o Cavaleiro Branco que ameaçou fugir do Bosque Selvagem se... se...

Uma onda de tontura tomou conta dele, sombria, fazendo-o sentir como se estivesse flutuando. O rugido da multidão chegava nele como o estrondo do mar por um túnel longo e cônico. A sensação passou, mas lentamente.

Ele olhou ao redor. A cabeça de McVries tinha pendido, e ele estava andando na direção da multidão, dormindo.

— Ei! — gritou Garraty. — Ei, Pete! *Pete!*

— Deixa ele em paz — disse Stebbins. — Você fez a promessa, como o resto de nós.

— Vai se foder — disse Garraty com todas as letras, e correu na direção de McVries.

Tocou nos ombros do garoto e o virou na direção certa. McVries ergueu o rosto para ele com expressão sonolenta e sorriu.

— Não, Ray. Está na hora de eu me sentar.

O peito de Garraty foi tomado de terror.

— Não! De jeito nenhum!

McVries olhou para ele por um momento, sorriu de novo e balançou a cabeça. Ele se sentou de pernas cruzadas no asfalto. Parecia um monge abatido pelo mundo. A cicatriz na bochecha era uma faixa branca na escuridão da chuva.

— *Não!* — gritou Garraty.

Ele tentou levantar McVries, mas, mesmo magro como estava, McVries era pesado demais. McVries nem quis olhar para ele. Estava de olhos fechados. E de repente dois soldados arrancaram McVries dele. Botaram as armas na cabeça de McVries.

— *Não!* — gritou Garraty de novo. — *Eu! Eu! Atirem em mim!*

Mas ele só ganhou a terceira advertência.

McVries abriu os olhos e sorriu de novo. No momento seguinte, estava morto.

Garraty andou sem saber como. Ficou olhando cegamente para Stebbins, que devolveu o olhar dele com curiosidade. Garraty estava tomado de um vazio estranho e trovejante.

— Termina a história — disse Stebbins. — Termina a história, Garraty.

— Não — disse Garraty. — Não vai rolar.

— Então deixa pra lá — disse Stebbins, e abriu um sorriso de vitória. — Se existem almas, a dele ainda está por perto. Você pode alcançá-la.

Garraty olhou para Stebbins e disse:

— Eu vou andar mais que você, até gastar o chão.

Ah, Pete, pensou ele. Nem tinha mais lágrimas para chorar.

— Vai? — disse Stebbins. — Vamos ver.

Às oito daquela noite, eles estavam andando por Danvers, e Garraty finalmente soube. Estava quase acabando, porque Stebbins não podia ser vencido.

Eu passei tempo demais pensando. McVries, Baker, Abraham... Eles não pensaram, só foram. Como se fosse natural. E *é* natural. De certa forma, é a coisa mais natural do mundo.

Ele seguia aos trancos e barrancos, os olhos saltados, a boca aberta, a chuva caindo. Por um momento enevoado e fugaz, pensou ter visto uma pessoa que conhecia, que conhecia tão bem quanto a si mesmo, chorando e chamando o nome dele na escuridão à frente, mas não adiantava. Ele não podia continuar.

Garraty diria isso a Stebbins. O outro garoto estava um pouco à frente, mancando bastante e parecendo esquálido. Garraty estava muito cansado, mas não estava mais com medo. Sentia-se calmo. Sentia-se bem. Ele se obrigou a ir mais rápido até conseguir colocar a mão no ombro de Stebbins.

— Stebbins — disse ele.

Stebbins se virou e olhou para Garraty com olhos enormes e flutuantes que não viram nada por um momento. Em seguida, o reconhecimento veio, e ele esticou a mão e enfiou as unhas na camisa de Garraty, rasgando-a. A multidão gritou de raiva por essa interferência, mas só Garraty estava perto o suficiente para ver o horror nos olhos de Stebbins, o horror, a escuridão, e só Garraty soube que o movimento de Stebbins fora uma última tentativa desesperada de ser salvo.

— *Ah, Garraty!* — gritou ele e caiu.

O som da multidão ficou apocalíptico. Era o som de montanhas caindo e se partindo, da terra se estilhaçando. O som esmagou Garraty com facilidade. O som o teria matado se ele tivesse ouvido. Mas ele não ouvia nada além da própria voz.

— Stebbins? — disse ele, curioso.

Ele se curvou e conseguiu virar Stebbins. Stebbins continuou olhando para ele, mas o desespero já tinha passado. A cabeça rolou para o lado, mole no pescoço.

Garraty botou a mão fechada na frente da boca de Stebbins.

— Stebbins? — disse ele de novo.

Mas Stebbins estava morto.

Garraty perdeu o interesse. Ele se levantou e saiu andando. Os gritos preenchiam a terra e os fogos preenchiam o céu. À frente, um jipe rugia na direção dele.

Veículos são proibidos na estrada, seu idiota. Isso é crime capital, podem atirar em você por isso.

O major estava de pé no jipe. Estava sustentando uma continência rígida. Pronto para conceder o primeiro desejo, cada desejo, qualquer desejo, desejo de morte. O Prêmio.

Atrás dele, terminaram atirando no já morto Stebbins, e só havia ele, sozinho na estrada, andando para onde o jipe do major tinha parado diagonalmente sobre a linha branca, e o major estava descendo, indo na direção dele, o rosto gentil e ilegível atrás dos óculos espelhados.

Garraty deu um passo para o lado. Ele não estava sozinho. O vulto escuro tinha voltado, lá na frente, não muito longe, chamando. Ele conhecia aquele vulto. Se conseguisse chegar mais perto, identificaria as feições. Quem ele não tinha deixado para trás? Era Barkovitch? Collie Parker? Percy Sei Lá de Quê? Quem era?

— *GARRATY!* — gritou a multidão delirante. — *GARRATY, GARRATY, GARRATY!*

Era Scramm? Gribble? Davidson?

Uma mão em seu ombro. Garraty se desvencilhou dela com impaciência. O vulto escuro o chamava, chamava-o na chuva, chamava-o para ir até lá e andar, para ir participar do jogo. E estava na hora de começar. Ainda havia tanto a andar.

Com os olhos cegos, as mãos suplicantes esticadas à frente do corpo como se pedindo esmola, Garraty andou na direção do vulto escuro.

E quando a mão tocou no ombro dele de novo, de alguma forma ele encontrou forças para correr.

1ª EDIÇÃO [2022] 1 reimpressão

ESTA OBRA FOI COMPOSTA PELA ABREU'S SYSTEM EM BERLING LT STD
E IMPRESSA EM OFSETE PELA GRÁFICA SANTA MARTA SOBRE PAPEL PÓLEN NATURAL
DA SUZANO S.A. PARA A EDITORA SCHWARCZ EM FEVEREIRO DE 2023

FSC
www.fsc.org
MISTO
Proveniente de
fontes responsáveis
FSC® C005648

A marca FSC® é a garantia de que a madeira utilizada na fabricação do
papel deste livro provém de florestas que foram gerenciadas de maneira
ambientalmente correta, socialmente justa e economicamente viável,
além de outras fontes de origem controlada.